395

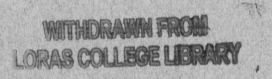

JE L'ENTENDS ENCORE

JEAN CAYROL

JE L'ENTENDS ENCORE

roman

ÉDITIONS DU SEUIL
27, rue Jacob, Paris VIᵉ

IL A ÉTÉ TIRÉ DE CET OUVRAGE
TRENTE EXEMPLAIRES
SUR VÉLIN NEIGE
NUMÉROTÉS DE 1 A 30
ET CINQ HORS COMMERCE
NUMÉROTÉS DE H.C. 1 A H.C. 5
CONSTITUANT L'ÉDITION
ORIGINALE.

© *Editions du Seuil, 1968.*

Pour cet enfant de dix ans que j'ai rencontré un matin dans le camp de concentration de Mauthausen, et qui partait vers sa mort, le regard étonné et fiévreux.

Projet

Un homme très âgé meurt. Silence autour de lui. C'est le combat secret, intemporel, au cœur de la nuit. Mais soudain quelqu'un crie : « Il vit ! » Julien rouvre les yeux, ses volets, et toute sa vie recommence à l'envers. Il rajeunit de jour en jour, reprend l'âge de sa maturité, puis de sa jeunesse. Son existence se déroule avec ses cahots jusqu'à la naissance. A un certain moment, quand il atteint trente ans, il se marie, mais perd sa femme au bout de quelques mois. Ce sera son unique amour : le point culminant de sa vie, la réussite.

Julien est écrivain. Il allait mourir au moment où il rédigeait, d'une manière désordonnée, ses souvenirs. Tout son passé était ainsi peu à peu inventorié. Ou, du moins, il le croyait. Au fur et à mesure qu'il avance vers sa naissance, le lecteur doit s'apercevoir qu'il meurt d'une autre façon : la naissance, c'est aussi un dénouement. Tout début commence à partir du chaos et sa vie parallèle à une autre vie se déroule en la côtoyant, en l'expliquant, en s'en éloignant. Donc, de toute manière Julien est coincé, jamais libre à chaque bout. Comment vivre une seule fois ?

Seule la mémoire peut remettre en ordre ce qui est impossible à garder dans son intégrité ; évidemment, il ne peut marcher à reculons, défroisser le papier froissé ou se déprendre de ses amours. On se servira de notes, de communications téléphoniques, de bouts de récit pour rétablir un ordre plus réaliste.

Quand Julien retourne vers sa naissance, il va dans toutes

les directions, l'éparpillement peut devenir intolérable. Il a dû être malade, et dans cet espace où il est soumis à la souffrance, au déséquilibre de son corps, son existence est autre, elle change. La santé rétablit le rythme initial ; il y a eu « correction de la trajectoire ». Grâce à son grand amour pour sa femme, il se réfugiera dans l'éternité. Le temps sera nié, comme s'il se trouvait dans un engin spatial. Le monde est ainsi amplifié, mais à l'abri.

Il vit avec une autre femme, genre « servante au grand cœur ». (Penser aux enfants...) Il aura donc vécu plus long-temps avec son épouse. Ajouter un accident, la mort de son père en 1942, puis, à l'âge de quinze ans, ne pas oublier de parler de ses fugues, de ses coups de tête. A sept ans, il peut être mourant (blessure ou maladie)... Il suffit d'inventer raisonnablement *de manière à éviter les heurts et les ruptures intolérables.*

Donc, en remontant le cours de son existence, il connaîtra l'après, l'avant ensuite : le bond dans ce qui n'est pas encore. Ce sont plutôt des chapitres, des parties de sa vie qu'il va rejoindre, la solution avant la question, la réponse avant l'interrogation, mais l'interrogation ne sera-t-elle pas absurde et désavantagée ? (Comme tout va se compliquer et s'obscurcir !)

Julien, par cette démarche s'apercevra qu'il a été mené non par des événements majeurs, mais par de menus incidents qui peuvent, par ce retour en arrière, devenir monstrueux (le disque rouge du soleil derrière un arbre d'hiver, un couple à demi nu dans un bois, une certaine qualité de nuit limpide, une coquille d'œuf, le fourneau triangulaire en fonte noire de sa grand-mère, un oiseau frissonnant, etc.).

Les grands faits l'intéressent beaucoup moins, il les subit. Et la peur change : dans sa vieillesse, elle est présente, étroite, comme cassante. Dans son jeune âge, sa peur est mobile, grave, mais aussi capricieuse.

Penser aux voyages.

Dans son âge mûr, Julien va loin, il s'oblige à se perdre, parcourt des territoires, il voit l'ensemble. Jeune, il ne prend de l'intérêt qu'à de petites randonnées, parcours en vélo, émotion devant une frontière fermée, un peu piéton... (Un jour, il s'est endormi dans une prairie, recouvert par les herbes.) S'éloigner, ce n'est pas s'écarter, mais croire que tout peut commencer n'importe où, sans les autres : il ne vit que le début des choses et des sentiments, la pauvreté le fixe. Attention à ne pas le laisser se perdre pour augmenter ses chances. Mal dans sa peau. Il ne sait pas finir, il bâcle seulement, il interrompt. Comment vivre en continuité ? Mal aussi dans son rêve. C'est pourquoi Julien peut revenir vers sa naissance puisqu'il n'a vécu que les pointes, niant les intervalles. VIE ELLIPTIQUE. Julien n'aime pas répéter ; pour lui, c'est se redire. Donc, il s'aveugle facilement : écrire, c'est le seul moyen de se rebeller, car il aime se raviser, revenir sur... non pas pour améliorer la situation, mais pour couper les ponts.

Julien va-t-il utiliser des raccourcis, abréger son existence, accélérer le parcours ? Qu'est son passé ? Trouvera-t-il d'autres déviations, de nouvelles définitions puisque le temps n'existe plus dans cette rétroactivité ? Reprendre l'idée du cosmos... La mémoire a ses « années-lumière ». Il s'apercevra que tout est contemporain ; *aucune méthode de classification ; pour vivre ce basculement, il doit avant tout « former un ensemble » de partis pris. En revenant en arrière, tout est possible ; d'autres combinaisons sont à prévoir. Il n'est plus le centre de son système existentiel : ses souvenirs arrivent comme des météorites, une sorte de bombardement imprévisible et l'impact, c'est la mémoire, c'est-à-dire la fable, l'astre mort...*

A quoi me sert d'être ponctuel dans l'invention ? Mettre de côté cette synopsis dans laquelle j'ai perdu tout contact avec Julien, cette ombre affamée qui réclame mon propre pain. Il est déjà présent à chaque page et il me crie : alors, que fait-on ? A chaque page !

Un résumé ne tient qu'à l'éloignement des personnages : ils sont dans la réserve, on ne les sortira qu'au bon moment. Et l'histoire se trame à leur insu, les trouvailles peuvent devenir des abus, les situations ne se définissent que dans un rapport abstrait des caractères. Ça se déroule dédaigneusement.

Et pourtant cet abrégé qui se refuse à l'analyse, mené dans le noir et soudain livré à l'inspiration, va ramasser visages, bribes de paroles, impressions, souvenirs, mobiles, frayeurs, et dans une pesanteur imprévisible, celle d'une inhumation ou d'une léthargie, croître, prospérer sous les effets combinés de l'absence et du coup de théâtre ; le drap mortuaire s'est déchiré ; la nouvelle ahurissante se propage dans l'intimité de l'auteur, envahit son existence, provoque son intimité, détruit ou détourne le cours naturel des jours et des nuits, intervient dans les relations avec autrui, l'embarrasse, l'enflamme sans coup férir, perturbe sa vie sociale et amoureuse ; il n'a plus qu'à mettre au point l'intervention, le coup de bistouri, afin d'aboutir à l'irradiation totale, jusqu'à l'identité parfaite, tout en empêchant la formation des périphrases qui feraient du roman un monstre de la transplantation.

C'est toujours la même chose : on plagie, on fabule, on tente d'assouvir quelque appétit de l'intelligence par une description faussement minutieuse d'un problème qui, après tout, n'engendre que sa propre histoire et ne se fait ou ne se défait que suivant des menées dont nous sommes les victimes consentantes ou rebelles par indécision.

Laisse faire, n'interviens dans la maquette que pour te rappeler à son avenir. Tu ne peux effrayer les hiéroglyphes, ni les rendre sensibles à ton malheur. Subis pour t'évader. Et surtout exalte ce flocon de neige qui glace ta main et l'empêche d'écrire : c'est à ce prix que tu seras complice, donc compétent...

1

... J'en ai assez de ces regards sur mes lèvres ; mes vieilles lèvres honteuses. Est-ce la peine de tendre l'oreille ? Ai-je encore le temps d'aimer ? Mes mains traînent sur le drap, grinçantes. L'air est comme une grande mouillure, il se plaque contre mes joues, les feuilles de l'année dernière, la peur de toucher du métal, le froid venu de tant de lumières à la fois. Je m'affaiblis d'aimer. C'est si simple quand un bras se laisse prendre ; le poignet, c'est plus délicat, ça palpite, il y a cette dépression molle par où la veine passe et se dérobe. On n'a pas idée, non, on n'a pas d'idée. J'aimerais une grande idée générale, incorruptible, charpentée : mais toutes les idées meurent au moment choisi, mais choisi pourquoi ?

Ce sera obscur jusqu'à la fin. Et cette nage dans une eau trop légère, comme bouillie !... Eclatements, face rocheuse, mer éteinte depuis longtemps, violette. On m'a parlé une fois du soleil, d'une chaleur intolérable sur les paupières, d'un vrai bleu de soirée. Je préfère le soleil, la nuit, à l'horizon, sur les crêtes, quand les pillards remuent dans leur sommeil. Je me suis toujours méfié des sources ; on vous en parle mystérieusement, ce sont des conciliabules autour d'elles, un chuchotement et pourtant les sources aiment le risque. Comme s'il suffisait d'en parler pour les faire naître !

On a déjà enseveli mes mots, on me les prend jusque sur ma bouche quand je dors sans précaution. Je n'ai plus droit qu'à sept mots par jour, et encore, je me débrouille par signes, je ne parle jamais à la même personne, je ne me confie qu'aux étrangers tout de blanc vêtus. On veut que je me taise de moi-même.

Si j'avais le temps de parler pour savoir! Aujourd'hui, c'est le mot *tisserand* qui m'entre dans l'esprit. Ce matin, j'ai dit : « Le soleil va faire pousser les tisserands.» Puis, plus tard : « On ne m'entend jamais sonner quand je suis tisserand.» Personne ne comprend que je ne vis qu'avec les mots qui m'apportent du mouvement. Je n'ai pas connu de tisserand. C'est inhabituel, je ne peux rien en faire de vivant, il ose pour moi. C'est un mot qui m'est imposé pour que je me taise. Hier, c'était *gravois*. J'aurais préféré, pour mon goût, *littoral*, à cause de l'effilement d'une rive vue de haut. Peut-être n'ai-je pas le droit d'avoir mes préférences. Comment aimer avec un vocabulaire semblable? On me glace les mots, c'est à moi de les réchauffer, mais avec quoi ? M'empêche-t-on de parler pour mieux m'écouter? On s'y perd, je n'engendre que la fin.

Il y a longtemps que je ne rêve plus ; mes rêves sont trop livides, ils se bousculent comme des orties en plein vent. A quoi ça peut me servir, le silence, les voix basses ou la pénombre ? Quand je me bouche l'oreille droite, j'écoute un sifflet d'oiseau, c'est joli, un peu conventionnel, mais ça ne dure qu'un temps très court, le sifflement diminue, ça pique. « *C'est ainsi qu'au sommet du mont Blanc où l'air est très raréfié, un coup de pistolet ne fait pas plus de bruit qu'un coup de fouet dans la plaine.*» L'alarme n'est pas encore donnée, je vibre, je me propage, je me transmets à l'infini. Mon intensité, c'est le seul moyen que j'ai pour me confier aux obstacles ; sans eux, je fuis, rien ne peut me retenir et il me faut l'*écho*.

A quoi bon vouloir revenir si je ne peux apparaître autrement qu'avec cette réverbération ténébreuse autour de moi ? L'alourdissement de l'ombre, ces pesées sur le corps ne me permettent pas de faire apparaître, comme sur une plaque photographique, l'image cachée sur laquelle on me reconnaîtra enfin avec des cris de joie : « C'est lui, c'est bien lui, il n'y a pas à se tromper, c'est encore lui... »

Vivats, applaudissements, défilés des ancêtres, trésors de guerre, cortège des innocents répudiés, retraites aux flambeaux, tandis que je m'endors réconcilié, sûr de la victoire, au bout de la fête, sur un banc, les papiers s'envolant sous le vent qui se lève... Après, il n'y aura plus d'interprétation hasardeuse, de passages qui n'appartiennent pas à la pièce originale. On me verra vivre sans interruption. Aucun interlude, mon existence ne sera plus précaire ; peu importe l'usure, les constellations, les grandes peurs, les rayures d'une tempête ou d'un drame, une vie qui ne sera plus imaginaire, qui peut passer entre toutes les mains, devant tous les regards. Une vie invariable.

Mais alors, l'amour ? Qui se passionnerait pour mon aventure ? Autant revenir dans l'incompréhension. Me croire capable de mourir chez un autre !

C'est nasillard autour de moi. Et pourtant, j'aimerais une narration parfaite, une exposition des faits : être un *sujet donné*. Le pour et le contre. Et puis la conclusion. Attention aux redites quand le tout sera formé, fermé. Inventer ne veut pas dire arranger. J'aperçois le monde studieux penché sur mon cas. Les guerres sont abandonnées, les grands morts austères, les nationalités, les famines, les intrusions. On grave sur la pierre, les plumes grincent sur la peau d'animal, les machines paradisiaques se remettent en marche, les observateurs sont prêts, la lumière se fait...

A quoi bon réveiller ce qui ne sera que plus tard ! J'en suis encore à rêver au bruit des armoires, aux sonneries ; on mange sans moi, je suis mis dehors. C'est une bonne année pour les fruits à noyaux, on me l'a dit. Pause, gourmandise. Les piqûres de la guêpe, la poire qui se défait. Je suis au courant de tout, mais pourquoi n'y a-t-il pas d'heures fixes pour chaque fait ? Les circuits sont désorganisés, des erreurs sont commises, des retards. J'attends. On a brouillé les pistes, enlevé les repères, je ne suis qu'une forme congelée, transparente, laiteuse ; un acacia noyé par la pluie, le vert fuit, je blanchis. Flotter à la surface des eaux, je ne veux pas ! J'ai besoin d'entendre caqueter le temps, ciseaux mal aiguisés, lazzis, ségrais, cavalerie légère, semelles, où sont les bruits claquants, furieux, secs, et non cet ébruitement, ce bruissement désaccordé. Je veux le vacarme. On ne peut pas me refuser le fracas, le mur brutal, la nuit des temps, une voix inconnue avec un accent étranger, les poules du couvent couvent, cinq pères capucins, ceints du cordon de leur ordre, sains de corps et d'esprit portaient sur leur sein le seing du Saint-Père, respirez, respirez, l'écharnoir, la filanzane, les garennes, cent plongeurs descendent sous l'eau au moyen d'une pierre liée à une corde, une voix inconnue, particulière, répétez, répétez je vous prie, elle prononce mal, je ne connais personne en Thaïlande, ce souffle derrière l'éventail, l'odeur des bas... Au dernier moment, tout devient si blessant, sac, sec, sic, soc, suc, l'ennui, c'est d'être nu au mauvais moment, avec un testament dont chaque feuille est cueillie, desséchée, thé noir, je ne vous connais pas, approvisionné d'air au moyen d'une pompe, rêves qui découvrent sous la neige les lichens dont ils se nourrissent, rainettes râleuses : *voilà tout ce qui me suit* et si je parlais, comment avoir raison, comment être raisonnable ?

... Les mots en liberté, comme les rats, ils m'abandonnent. Les mettre en litanie, à la raison, d'où Dieu a tiré l'homme, mon semblable. — Des blancs, partout des blancs, en finir avec la noirceur, la nomenclature, être interpellé nominativement. Un blanc invariable qui attend le noir des mots, puis le nacré, enfin l'étincellement...

Ça s'arrange, les distances sont plus courtes, les éloignements plus mobiles, le blanc devient ajouré, provocant. Je vois mieux ce qui est près, j'attire, je ne suis plus dans mon tort. Profiter de ce tumulte. Si on ne m'entend pas, on verra le mouvement de mes lèvres, pourquoi je suis empêché et ce sera le retour, les rires, les félicitations, l'afflux des confrères, les télégrammes. Avec tout cet amour qu'il avait dans le cœur... J'aborde au rivage, je suis vivant de naissance. Age tendre, fleuret, finesse des coutures, c'est moi, enfant. Je nais avant ma mère, toute amincie ; elle me parle de ses poupées dont le corps était en peau de daim, elle sourit, s'alarme pour sa mère qui a oublié son sac lors du passage de la douane de Dieppe. Je me suis caché dans le panier de la blanchisseuse, j'étouffe sous les draps et les chemises, on me retire, rouge et essoufflé, on rit, on s'assemble, on me retire dessous le sable de la sablière, presque violet, la bouche terreuse, le chien aboie, on lui fait fête, caresses, lessive, c'est la paresse avec les lézards mouchetés, les insectes, les fougères royales, on me retire de l'ornière, le genou blessé, les freins n'ont pas marché, j'ai voulu freiner avec le pied, le cadre du vélo est cassé, la roue tourne encore. Ce n'est plus possible d'être ta mère. Adieu. Orphelin d'une Orphée, on a trouvé la dame à deux mètres de fond, en robe blanche avec ceinture dorée, l'enfant vivait encore. Je suis né dans les herbes, dans la boue, le front coupé par une feuille de roseau. Tout mouillé, dans l'eau virginale, huileuse, avec le sang qui vient, fabuleux, dans l'écoulement traditionnel, tandis qu'on chante par une fenêtre ouverte...

La nuit est orange, à peine jaunie sur le bord, presque verte à la pointe, un véritable nectar, cette nuit onctueuse, facile à transvaser. Amas lumineux, bulles, c'est navigable

17

sur tout le parcours ; les eaux, le fond sableux, les poissons y viennent se chauffer, appel des insectes, araignées d'eau courant sur la surface, bourdonnements, cassures... Les feuilles se frôlent sans s'étouffer et moi qui suis étendu, encore secoué par la traversée. Le vêtement colle à la peau, mes cheveux me font mal, la nuque me tire et le tremblement des mains me réjouit. Ce n'est plus qu'une fuite éperdue autour de moi, des déchirures, des cognements, un dos feuillu, un fruit qui roule, des rugosités de tronc, une fraîche incision. Je ménage les ombres, le froid n'est plus noir, les mouchetures s'enlèvent facilement. Je dois paraître plus perdu que jamais, plus vrai, je me ressemble, je prononce le mot *Perse* et c'est le tombeau de Cyrus, des architectures funéraires, le cou plissé des taureaux. Tout revient dans mon histoire, mes mots ont un pluriel, je multiplie les s et les x, les signes sont ordinaires, les règles faciles. Un jour, je mettrai les mains dans les poches, je deviendrai un élégant promeneur, je reprendrai les salutations qu'on se fait entre personnes de qualité, les petits mots, les flatteries, c'est moi qui aurai le linge le plus blanc. L'absence ne sera plus qu'une étourderie. Déjà, le frottement de l'air, tout passe près de moi, râpe, soupirs, les démarches ne sont plus aériennes, mais lourdes et patientes, je corrige les allées et venues. Entends la semelle, mon vieux, entends la semelle !

Les habits craquent, les dents croquent, je ne redoute plus la toile, le plissement de la laine et mon couvert sera mis. Je demande la fourchette dont les dents, à cause de l'usure, se rejoignent, le couteau dont le tranchant s'incurve, l'assiette unique suspendue au mur, et le verre à la transparence mauve et dont le pied est si lourd. Je ne parlerai plus à l'ancienneté, mais quand ça me fera plaisir. Des mots qui annoncent les visiteurs dès l'entrée ; c'est la bourrade, ne plus sentir le creux des joues... Je ne me fais plus défaut, on m'avait entouré d'un trait trop appuyé, je ne devais pas en dépasser les limites. Le corps est là, les mains, un poing se ferme, s'ouvre, les doigts se fatiguent, je touche, ensuite je saisirai, je montre. Il y a ma vraie marque sur le lit, le *tracé*. Je ne suis pas allongé mais couché. On me distingue entre les marbres, j'apparais, je ne me confonds plus avec le reste. C'est éveillé autour de moi, je verrai bientôt une présence, une figure, un regard, des lèvres, j'aboutirai au souffle, au chaud, je serai dans les bras de quelqu'un : c'est ensemble que nous reviendrons par une allée... Les grenouilles mortes et mutilées, la lumière subite sur l'if, sur l'ormeau, embarrassée sur le tilleul, la lumière ferme. Nervation apparente, impatience autour des oreilles, lambeaux du côté de l'Orient, détonations, les fourrés remuent... Qui me verra sous mes paupières ? Qui me lancera la première flèche ?

Le récit est déjà imaginaire, ma vie scrupuleusement codée ; chacun en garde une explication, en retient une image, en découvre la solution, le charnel d'usage courant.

De quoi ai-je à parler si *ce n'est déjà fait ?* Comment reprendre ce qui n'a jamais été compris ou appris ? C'est fou, le noir ! J'appelle comme si j'étais là, dans cette tempête de sable et d'eau morte. Enseveli, puis à découvert, remué, abattu, du vent sur les cuisses, une brûlure au sein, et ces épis qui piquent derrière l'oreille... Alors comment m'accueillir de biais, s'en tenir à mon silence, pourquoi faire varier le dénouement toujours narquois ? Trop tard, diront certains. On n'a pas le pied marin quand il est dans la tombe. Saloperie ! Alors on me revoit sans besoin, le tout est d'être pierreux au bon moment. Oublier de disparaître ! Cette porte taillée en forme de denture, ce groupe de vieillards à contre-jour qui semblent discuter et se retournent, ces échafaudages... Qui m'escalade au moyen de mes côtes ? Parfois, de vieilles monnaies apparaissent sous le ruissellement de la pluie, des éclats de verre, des gobelets, des tissus raidis. Tu dépends de qui, maintenant ? Qui va te redécouvrir, allié à la pierre, plat, démesuré ? Tu as détourné le sens des phrases, tes mots ne pouvaient plus être utilisés que pour la fabrication des vernis ou le nettoyage d'une mémoire, cher désinfectant ! Tu mets le désordre dans l'indivision, tu sépares les douleurs, tu es comme une épingle qui fait saigner un doigt : voilà ta rosée. Oui ou non es-tu rendu inaltérable à la lumière ? Et le délai ? Et la forclusion ? Et l'irrecevabilité ? A quoi peux-tu t'attendre de nous, du respect que nous avons pour toi ? Quoi façonner avec ta glaise ?

Ton irruption nous déçoit. Nous n'avons pas lésiné sur les larmes, nous fûmes des parents malheureux mais non mortifiés. C'est comme un livre qu'on lirait à l'envers ; le commencement nous réclame alors que nous en fûmes absents. Te rends-tu compte de ta présence ? Tu veux disposer d'une loi naturelle... et cette odeur de vanille de la maison, maintenant... On m'aime sans moi !

Qui se permettrait de m'appeler sans en parler aux autres ? Il faudrait des guetteurs, mais, auprès d'un lit, ce ne sont que des rôdeurs.

On a peur de me faire parler pour rien : économisez le souffle. On attend un signal, ma main qui se relève, une soudaine boursouflure du drap, on ne m'aperçoit que dans l'alerte. J'ai passé le temps de crier, je n'aime pas mes halètements, cette rumeur dans la gorge, j'effraie.

Mais je ne m'y habitue pas !

J'ai trop attendu de la nuit, elle seule reste à mes côtés, rugueuse, violette par endroits, je la déteste. Si la fenêtre s'ouvrait brusquement, je serais sauvé ! Qu'on ouvre la fenêtre, qu'on écarte les rideaux ! Une grande claque sur la joue... Si la terre bougeait soudain, si chacun se sentait en danger... On viendrait se réfugier tout près, ce serait la fin ensemble, je serais à l'avant, prêt à intervenir, j'aurais les yeux sur l'horizon, je donnerais des ordres, je n'écou-

terais plus les mourants, on n'aurait plus de regard que
pour moi, patient, inflexible, dans le tendre de l'œuf qui se
brise, dans le tendre du jour... C'est comme si j'avais offensé
quelqu'un, on me retient, on me garde et l'odeur d'huile
brûlée qui se répand...

Tout est chiffré, les langages, la chambre, les gestes, les
lumières, *convenu.* La vie comme un secret à mon oreille...
Top secret. A ne pas ouvrir, cette chambre ! Plus que des
combinaisons : « Le jardin est dans un état épouvantable,
c'est demain que le serrurier doit venir, il nous a dévorés des
yeux... » Et encore : « Plus fragile qu'un éventail peint, tu
n'as pas fait boire les chiens, j'ai bien connu le scribe
accroupi ou j'ai bien connu le cri des toupies... » Et encore :
« Un défaut de la cuirasse, à forme allongée et à pulpe
légèrement jaunâtre... » Tout est ainsi intraduisible, je
ramasse les débris, des bouts de phrases, on me prive de
la parole, comme si je pouvais polluer des lèvres ! »

Là-bas, ils se parlent, ils dépensent sans compter, on dit
oui ou non, et moi ? Bouche cousue, nous saurons enfin le
fin mot de l'histoire, mais mon histoire passe pour nocive,
toi, tu n'en retiens rien, et toi tu l'apprends par cœur afin
d'en être le seul dépositaire, et toi tu l'inverses, tu en
changes le sens et la direction naturelle et je n'en suis que
le bûcheron maladroit. Abattu mais vert. On distribue mon
existence : pour toi, cette longue dispute et pour toi ce grand
amour... Déclaré indigne. Biffé, rayé, une tache noire sur
le nom, je ne suis plus qu'une image impulsive de moi-
même, une ressemblance. Le persil et la ciguë ont une
grande ressemblance. Et saurai-je sortir par l'entrée, sous
les ronces vénérables, c'est une mêlée sur mon seuil. Pris
par les deux bouts. Un énorme écho qui se parle à lui-même,
s'entretient grâce à de très anciens appels... Pas de réponse.
L'écho se répète, je n'ai plus qu'à dire « Je t'aime », pour
que toute la terre me le redise. J'émets pour moi-même,
unique auditeur. Où suis-je domicilié ? Dans quelles ruines,

sur quels terrains douteux ? Personne n'a gardé l'original, mais nous avons d'excellentes copies : une famille en entier. Les ratures n'existent plus, c'est propre, au propre. Quel duo avec moi-même !

Et si quelqu'un se perdait pour moi, était déjà entré pour me rejoindre, pour me donner une consigne, un mot de passe et s'il m'aimait au point de ne plus parler qu'à moi : lui mon écho, une voix toute fraîche, essoufflée de sa course... Il a retrouvé ma trace, il hume mes pas, il s'habitue à ma démarche, il est là. Comment lui dire que si je suis malade, c'est à cause de lui ; sa venue me dévorait, il se nourrissait de mon existence pour mieux m'approcher, il réduisait les distances par son appétit. Il m'a enjambé, il s'éloigne, il disparaît : c'est la dissonance et la rupture. J'étais pourtant le même ; quand il m'a croisé, je n'ai pas disparu. Béant...

Les yeux des chats éclairent la nuit. Je vais commencer à paraître : la nuit prend un brillant inusité. Patienter. Encore de légères oscillations, équilibre, état de repos d'un corps, immobilité, haute mer, le matin, là, ouvert, et les mots piaillent... Blanc, pas très dur, tenace, un matin poudreux...

C'est à n'y rien comprendre, ce chevauchement, ces paniers qui s'alourdissent entre mes mains, cette familiarité avec la chambre, les rites, la peur. La nuit n'est plus qu'un point lumineux, effilé devant moi. Le rouge monte, envahit les fruits, la roseraie s'embrase, c'est l'explosion, le rouge d'abord froid, lourd, puis plus fluide, à peine attiédi, le rouge sang !

A soixante-dix ans, j'ouvre les yeux.

« IL EST VIVANT ! » me crie-t-on.

2

Je sais que je suis malade, mes mains ne me trompent pas. D'abord, cette moiteur aux poignets, ces veines qui ont perdu leur bleuté, ce cuivré de la peau, ce froncement autour des pouces, les ongles qui cassent, et ces fameuses lignes de vie et de chance qui se mêlent ou s'effacent dans les mille fissures d'une peau...

Je regarde mes mains se poser, je tends mes doigts et la chair se colore, luisante sur le dos ; quand je ferme le poing, ça va mieux, malgré mon grand âge : il faudrait que je n'ouvre jamais les mains, ni la bouche, ni les yeux ; les arbres ont de la chance d'avoir leur ombre qui croît avec le temps et dissimule au soleil les écorchures pour ne garder qu'une apparence d'arbre aux formes sereines.

Déjà soixante-huit ans ! Elles m'apitoient, mes mains, et je me résigne (ce mot est pour de l'encre violette), je n'ai plus rien à leur faire prendre brutalement, elles sont oisives, ne se réveillant que quand je saisis une feuille blanche (comme la feuille pour l'arbre, elle sert à ma respiration, elle s'attache, elle va dessiner sa charpente nerveuse et la sève brute devient une sève élaborée) et quelle maladresse quand je veux prendre une feuille dans la rame ! Je souffle entre les feuilles, j'arrive à en décoller une, alors j'écris, je disimule mon âge dans les mots, je raconte ce que je fus : des souvenirs à la pelletée, vieux charbonnier que le noir ne tracasse plus. Je suis assez malin pour me tenir au courant des mots à la mode, je prends sur le vif ce qui ne m'appartient pas, drôle de chasse! Aux mots! A soixante-huit ans (enfin je vais les avoir) on a toujours trop de maisons pour s'y cacher et prendre des poses de jardinier amateur de bourgeons et de fruits défendus. Tant de voyages pour les Pen-clubs, des festivals, des tables rondes, tant d'escaliers d'honneur, de soirées habillées, de micros! Je parle bien, avec cette voix mélodieuse que la vieillesse n'atteint pas, elle passe la rampe, l'écran (le petit): phrases apprises par cœur, rythmées par des mouvements de mains que je ne contrôle plus, historiettes, et ces fameuses rencontres avec des écrivains (quel idiot, j'ai raté le petit Camus!): « Maître, racontez-nous par le menu détail ce dîner à la Jamaïque avec cet auteur américain qui venait d'épouser en cinquièmes noces sa première femme... » Et ça commence. Mon œil s'allume, mes mains voltigent, je saisis une cigarette, je la tiens comme si j'allais fumer... Et pourtant, quand je narre cette aventure, je pense à autre chose, à un chien que j'avais rencontré au fin fond de la forêt de Saint-Iracin ; il aboyait pour attirer mon attention et pour me retenir, il s'avançait, puis reculait, j'avais pris un bâton et j'essayais de le frapper misérablement. Les techniciens rient dans un coin, ça marche, les assistants ont des poses négligées, l'atmosphère se détend... Après, on m'entoure, je poursuis l'histoire, je parle des jambes de la femme, de ses caprices, j'allèche mon auditoire et je repars, satisfait. Alors je peux avoir des rancœurs toute la nuit.

Je n'aime pas qu'on me dérange dans des promenades utiles où je récupère quelques sensations : une lumière oblique entre deux arbres, la pointe d'un rocher extravagant, du lichen sur une écorce, des coloris, je touche, je ramasse, je flaire car il faut que j'entretienne la fraîcheur de mes sentiments. On se passe si vite du grand âge à certains moments. Avoir l'impression que je suis un convalescent qui fait ses premiers pas dans une nature soumise à ses émois, je m'attendris sur ma silhouette, l'indulgence me donne un regard mouillé, j'abandonne ainsi les faits divers qui m'inspirent et les mémoires où les intimités sont publiquement féroces.

Mais j'ai délaissé ces visites un peu solennelles à la nature, la voiture m'accompagnait trop souvent jusqu'à la clairière où je déambulais sans surprise devant la portière ouverte sur Odile tenant un plaid pour le jeter sur mes épaules. Au grand air, je crains que Dieu ne me saute dessus.

Depuis plus de deux mois je reste dans ma chambre, ou je la garde, comme on veut. J'écris mon article dans lequel je suis libre de parler à ma guise, mêlant de pauvres incidents quotidiens avec des aventures du passé, sans oublier les guerres, la mode et les bons mots. Ce n'est pas très beau, cette façon de noyer ce présent qui ne m'apporte plus aucune satisfaction. Je ne prends comme sujet que moi-même, alors je refais des lectures, je note, je compare et, comme toujours, je finis par moi dans une phrase ultime que je balance au gré du vent de ma mémoire. Ce que je peux être féroce dans l'anodin ! Oui, je m'attendris sur la nouvelle feuillée, sur les nouvelles recrues de la littérature (je suis un sage plein d'arrière-pensées), je me rajeunis dans le Littré, j'y pique des mots, des comparaisons, je réfléchis mollement dans cinquante-six lignes, soixante signes, double interligne, je suis *épouvantablement* mélancolique, comme dans les pages de ce journal intime (hum !).

On me reconnaît à mon style ombrageux, surtout dans les études plus fouillées où je réponds quelque vingt ans plus tard à mes humiliations. Je termine bien dans cette ignoble opacité qui saisit mon existence aveugle, donc expiée. Je ne lésine pas sur l'invocation, l'appel, et mon jugement s'affine comme une lame de couteau de plus en plus tranchante au fur et à mesure qu'on l'aiguise trop.

Odile vient chercher le papier, le document, comme elle dit, qu'elle tape avec ses grosses mains, tout en lisant à haute voix le texte. Je l'entends me demander : « Julien, à la troisième ligne de la deuxième page, qu'est-ce que je dois lire : nourriture ou moritur ? » C'est agaçant à la fin et déprimant. Qu'elle réfléchisse, que diable ! Elle est comme une dactylo débutante. Odile enlève ses bagues pour travailler ; souvent, elle se décide à venir vers moi, j'appréhende cet instant. « Tu as déjà publié cette phrase, il y a deux ans, pour ton article sur Baudelaire. Qu'est-ce qu'on fait ?... » Est-ce que je sais, moi !

J'écris par habitude. Qui ne se trompe pas dans son travail ? Je ne répète que ce qui me paraît important : j'ai en tête des idées indestructibles, alors qu'y faire ? Mon tailleur n'at-il pas ajouté, cet hiver, des revers à mon pantalon alors que je lui avais recommandé de n'en point mettre ? Et mes chemises données à la cuisinière pour consolider le bouton du col et qu'elle enlève pour en coudre un plus grand qui ne passe plus dans la boutonnière ? Les détails, surtout, m'exaspèrent.

Mes lauriers sont légitimes. Si le gouvernement vient prendre de mes nouvelles par l'entremise d'un chef de cabinet, c'est parce que je fais partie, de mon vivant, de ses notables ; je lui ai donné des gages pour participer à ses largesses, toute peine mérite salaire, comme dit le vieil adage. J'ai raté l'Académie par étourderie, j'attendais toujours un signe de sa part, mais cette garce n'accepte que les avances, pas les hommages distants. J'eusse aimé perdre ma personnalité dans un grand corps constitué ; mes succès n'ont jamais été que flatteurs.

Aujourd'hui, c'est samedi, mes jambes me font mal, la plante des pieds ; peut-être un bourrelet de ma chaussette m'a meurtri et me donne cet élancement soudain dans la cheville droite. Je ne fais pas assez attention aux avertissements, c'est ce qui me reste de ma jeunesse. Mon médecin m'interdit de me surmener. Il a une curieuse manière de me rappeler qu'il faut prévoir le pire quand on se trouve en bonne santé. C'est en plus un médecin lettré ; je déteste ses visites que je dois payer d'un bon mot ou d'un souvenir. Attaché comme un parasite à un auteur mort depuis des années, il le ressuscite dans des ouvrages mortellement ennuyeux.

Ce matin, tout m'intéresse : on a cité mon nom à la radio de neuf heures, mais comme toujours j'ai pris l'écoute trop tard. Pourquoi ai-je été nommé l'écrivain de la reconnaissance ? La direction devrait m'envoyer par simple courtoisie le texte des émissions où mon œuvre est plus ou moins commentée.

Odile vient de m'inviter pour le déjeuner qu'elle veut offrir à ma fille Patricia et à mon gendre, le jeune et impétueux Gilles. Nous irons au restaurant ; ça me changera des pommes qu'elle m'oblige à croquer pour la santé : la pomme, c'est un fruit si fatigant à manger.

Du blanc, une façon de croire au miracle.

Il faudra parler de la neige avec haine. Quelle matière ! Belle et fondante, trompeuse. Au fond, ce n'est que de l'eau qui n'a pas été utilisée. Ce soir, je la vois tomber devant les vitres. Il ne reste plus à entendre que le clairon de la Bérésina ou les plaintes d'une orpheline séduite par un jeune loup. Ne salissons pas la neige, on ne me le pardonnerait pas.

Je n'écrirai qu'avec une plume en fer pour entendre grincer les mots : grincer des mots, c'est tout ce qui me reste quand je vois passer tous les soirs cette fille sans manteau et qui court. Comment lui faire signe, avec une lampe à la

29

main, un mouchoir. Tu es stupide, vieillard grippé ! Aujourd'hui, je pourrais croire à un avenir. Le soleil ne m'aveugle pas, j'ai laissé les volets ouverts. Tant pis pour mes reliures et les deux Utrillo. J'entends une scie électrique dans le lointain qui réduit un arbre en bûches, puis en allume-feu ; c'est l'âne de mon voisin qu'on a fait sortir de son écurie à cause du beau temps ; il secoue sans fin sa tête. J'aime l'œil de cette bête toujours intriguée.

Les vacances de Pâques ont commencé. Je m'attendris, j'écoute la petite fille qui va faire les commissions, elle chante pour elle-même, c'est aigu et léger ; elle marche vers un arbre de l'avenue, en fait deux fois le tour, puis repart en chantant jusqu'au prochain tronc qu'elle contourne de la même manière. Sa promenade doit être pleine de significations. Son pas m'entraîne loin. Je pourrais en faire un personnage dans un roman, l'emporter à son insu dans une histoire, refaire sa vie si menue, son caractère, la changer... Je suis ignoble. La petite fille d'un conte qui chercherait une fourmi jaune aux yeux verts ; toutes sortes d'aventures et j'y croirai. La fourmi jaune serait une ancienne cigale qui aurait pris la carapace d'une morte et s'introduirait dans les fourmilières pour dévorer les provisions, mais l'ex-cigale, mâle d'origine, tomberait éperdument amoureux de la reine et toute la fourmilière conduite par la petite fille se révolterait contre une passion qui n'amènerait que le désordre dans la communauté. Idiot ! J'ai une imagination qui manque de chlorophylle.

Je ne terminerai pas mon essai sur le corps humain dans les romans du xixe siècle. En avril, comment parler avec austérité de la palpitation d'un sein ou d'un duvet ombré ? Pourquoi cette odeur autour de moi ? Ça sent bon. Une chevelure entretenue, entre deux mèches un regard qui s'étonne, le coloris des joues, le cou, je passe une main sous les cheveux qui se rebellent, je les soulève, les lèvres se détendent, qui me sourit ? Est-ce toi ?...

Quand pourrai-je écrire d'une façon moins étudiée ? Cette froideur harmonieuse, ces embellissements au dernier instant, cette parure ajoutée d'une main insensible, cette ardeur... A qui la fais-tu, jeune homme de soixante-six ans ou presque ?

Cette nuit, j'ai rêvé avec vivacité : un bord de mer, ma vieille Odile marchant derrière moi ; je l'entendais marmonner. La mer se retirait, on ne distinguait plus qu'un mince reflet vert-bleu. Alors un bateau arriva doucement, un trois-mâts : on aurait dit un château blanc et neuf. Une femme se tenait à l'avant, elle me parlait dans un porte-voix de cuivre. C'était ma Thérèse, la malheureuse Thérèse. Elle m'apparaissait en bonne santé. Le voilier suivait parallèlement la plage. Il était énorme, comme embarrassé de ses voiles. Thérèse m'appelait : « Julien ! Julien ! » Elle avait à côté d'elle un coffret. « Julien, pourquoi ne m'écris-tu pas ? Donne-moi de tes nouvelles ! »

Je me suis réveillé, je n'aime pas cette brusquerie, le cœur bat. Il y avait dans ma chambre une mouche dont les ailes se prenaient dans un rideau ; j'étais comme terrassé sur mon lit. Il ne restait plus du rêve que cette mouche prise au piège.

Je ne vois plus le visage de Thérèse quand je ferme les yeux. Son air réfléchi et obstiné ! Elle ne souriait que pour me rassurer et je ne supportais plus ce léger mouvement de la bouche qui ne correspondait à aucun bonheur. Et ses yeux sages, ses mains qu'elle joignait souvent, elle frottait ses paumes l'une contre l'autre, et sa façon de se retourner comme si je venais de lui parler... Tout cela est précis, je ne saisis que l'ensemble, alors que je voudrais la voir de près. Elle est éparse. Et pourtant il m'arrive de retrouver un détail de Thérèse chez les autres ; une inconnue peut me faire souvenir d'elle mieux qu'un souvenir. Plus de vingt ans qu'elle a disparu, soufflée par la guerre... Ce n'est pas la peine, il ne faut pas...

Voici mon courrier du 4 mai. Une lettre pour remercier le réalisateur d'une émission de la radio : ses questions me mettaient en valeur. Je conserve le double de mes lettres, non par prudence mais au cas d'une publication éventuelle : les correspondances divertissent le public en lui donnant le rôle d'un *correspondant de guerre*, si je peux dire.

Parfois, une phrase nuancée, une tournure élégante arrivent sous ma plume, comme autrefois. Je les note sur un carnet qui est sur ma table, tout près de la timbale d'argent où je mets crayons et stylos ; j'ai écrit dessus : *memory words*. Je me comprends. C'est un mémento de mes réussites, même les plus fragiles.

Je ne sais plus écrire aux très jeunes : les conseils viennent vite, les rappels de mon enfance et, soudain, j'ai parfois la surprise d'une certaine juvénilité dans les mots, je fais feu de tout bois, je ne m'applique plus, je me laisse aller à la « reprise de salive », comme disait le petit Rimbaud et je ne me défends plus contre le sourire, les charmantes inexpériences, la désarmante jeunesse, etc. Je me fais aussi vieux que je puis, ainsi : « A la fin de ma vie si courte, c'est aujourd'hui, cher ami, que sa longueur m'étonne. Je suis heureux de recevoir une lettre aussi impertinente et franche. Bien sûr, je suis l'auteur de *Le cœur a ses archers*, troisième volume d'une trilogie que les éditions de la Toison d'Or m'avaient demandée sous le titre général de : *les Voyages sentimentaux* (je n'en aime plus le titre trop bénin). Je croyais que j'avais corrigé la page 45. Vous avez raison. Stendhal a écrit : « Quel bonheur pour moi de voir une duchesse passionnée », et non, comme je l'ai rapporté :

33

« Quel bonheur pour moi de voir une duperie passionnée. »
Merci infiniment pour votre remarque dont je suis votre
obligé. Je pense, ou du moins je le suppose, que vos études
sont terminées et à votre avantage. Stendhal est-il au programme ? Vous avez une saisie des mots remarquable. Vous
verrez quand vous aurez mon âge combien la main devient
molle, comme le vocabulaire. On n'est plus sauvé que par
la grammaire... »

J'aime ainsi me donner l'illusion que je joue au vieillard.
Qui sait, ce garçon me répondra peut-être en me désavouant,
en me disant avec autorité que mon style n'a pas changé,
que l'écriture est un miroir fidèle d'une certaine animation
de l'esprit et qu'il m'admire. Il sonnera à ma porte. C'est
ma vieille Odile qui recevra d'abord ce jeune homme intimidé par la soierie des fauteuils. Elle le fera entrer dans le
grand salon, le temps que je me prépare pour les lumières
plus violentes du lustre. La pièce a du soleil vers cinq heures
de l'après-midi, il faut que je fasse attention à ses rayons
qui pointent sur mon portrait à l'huile fait par Tomassini.
Au fait, qu'est devenu ce peintre ? A trente ans, c'était une
idole, les galeries de tableaux se disputaient ses toiles. Il a
disparu depuis cinq ans, une histoire d'amour, paraît-il.
Dommage, je n'aime pas ce portrait qui n'a pas pris de la
valeur. J'ai remarqué qu'il m'avait fait la lèvre inférieure
trop forte, mais c'est moi qui le lui ai demandé. Les lèvres
minces me dégoûtent comme les veines sinueuses, les yeux
imprégnés de larmes, les nuques rebondies.

C'est au cou que je vois nettement mon vieillissement ;
la peau se détend, a une finesse exagérée, elle ne tient plus,
surtout sous les mâchoires. N'en parlons plus. Mes désirs
sont les mêmes quand je me réveille. A soixante-cinq ans,
je n'ai pas relâché mon attention sur les autres. Je me
surveille en surveillant les autres. Odile, grâce à son caractère emporté, m'oblige à me tenir sur le qui-vive. Et quand
son beau-fils vient déjeuner (quel toupet, ce garçon, il me

traite comme son père !), je mange sans retenue, je bois, je
l'interromps, je raconte la bouche pleine, j'étouffe, je me
tais entre deux plats. Julien, sois raisonnable, Julien, tu
sais bien que cette sauce est au cognac ; le mal de tête
commence, l'écœurement, on s'installe au salon et c'est la
pause, je ne permets pas qu'on se tienne mal au milieu de
mes livres ; même Utrillo a droit à des égards, je flatte de
l'œil le nu de Pascin, cette hanche si poignante au dessert,
je me cale dans un fauteuil, alors je commence à m'intéresser aux autres. Donnez-moi des nouvelles de vos cousins
si sympathiques, etc. Et je m'en vais sans rien dire pour
me jeter sur un divan et faire la sieste, un livre à la main.
Je ne mélange pas les familles. Quand je reçois ma fille et
mon gendre, le repas est plus cérémonieux, je m'applique à
n'écouter qu'à bon escient et de profil. Je parle de mes
lectures, de mes coups de téléphone, de certains projets.
Patricia et Gilles sont mes confidents, ils écoutent bien, c'est
un rare plaisir que de leur donner le meilleur de moi-même,
mes dernières trouvailles dans mes écrits. « Patricia, le journalisme va te tuer, tes chroniques sont bonnes mais que de
mots perdus ! Pourquoi ne t'attaques-tu pas à une œuvre
plus durable ? Gilles n'a nullement besoin de tes fins de
mois et j'ai assez de relations pour te lancer. On ne me
refusera jamais une de tes nouvelles. J'ai des moyens de
pression, ne me remerciez pas. Pourquoi n'écrirais-tu pas
cette histoire que j'ai abandonnée, tu sais, cette femme qui
fut violée durant la guerre et qui n'arrive pas à retrouver
un amour parmi tous ses amants dont elle souille les répu-
tations... Je sais que le sujet est provocant, mais j'ai toutes
les coordonnées, mes notes sont à toi, je relirai tes pages
l'une après l'autre et nous en discuterons... Et si on signait
le livre ensemble ? »

Que de minutes propices à la tendresse quand le repas
est achevé ! Je regarde ce couple qui ne transige pas.
S'aiment-ils jusqu'au bout ? Je les sens contrariés par mon

offre, mais leur regard n'a jamais de complicité. Ils approuvent. Comme mon beau-fils Victor qu'Odile couve encore à trente ans et qui est guichetier aux Assurances sociales, celui-là m'intimide avec ses airs souples, son mutisme, Odile s'extasie : « Julien, il te ressemble ! »

Alors je regarde ma montre et je dis : « Victor, ne vous mettez pas en retard pour votre bureau. » Odile m'en veut, mais ça ne dure pas. Je donne de temps à autre un bijou de ma pauvre Thérèse à Patricia, en cachette d'Odile. « Patricia chérie, prends-la, c'est une pierre inconnue, peut-être une racine d'émeraude. » Je lui passe au doigt cette bague, je m'éloigne pour fumer, j'attends. Les remerciements sont sans passion, elle m'embrasse et Gilles me serre la main. L'heure passe, il est temps de me quitter, on me quitte toujours au moment où je n'en ai pas encore envie. C'est intolérable, cette séparation hâtive avec mes enfants, ces pressions de main quand je suis tout disposé à parler. Alors, moi aussi je fais semblant d'être pressé, je demande mon chapeau et mes gants. « Quatre heures, nom d'un chien, et je dois présider une conférence aux Annales, vous m'excusez ! » Je pars avant les autres, je laisse mes visiteurs entre les mains de ma vieille Odile qui va leur montrer mon armoire aux manuscrits. C'est un meuble Renaissance à deux corps. J'ai fait relier mes originales dans différentes peaux, chagrin, maroquin, parchemin, etc. ; les plus anciennes sont en veau de couleur claire, les plus récentes en chagrin de teinte sombre. Déjà quarante-cinq tomes épais, en comptant mes manuscrits et mon journal. Je les lègue à la Nationale. Il est entendu qu'en cas de guerre ou de catastrophe, le conservateur en assumera la garde dans ses coffres. En 1943, j'ai perdu le canevas d'une pièce qui se passait en Espagne, au temps des Maures ; je n'ai pas oublié le titre : *la Reine mourante*. Il y a de ces coïncidences !

Je préside beaucoup, je présente beaucoup, on me retient

pour certains congrès de la pensée, j'adore parler sur une estrade bien que les projecteurs fatiguent mes yeux. Je donne la parole en la retenant le plus possible, c'est un plaisir innocent. Il faut toujours parler en premier quand le public n'est pas encore déçu, après, l'attention se relâche. Il suffit qu'un auditeur se lève pour rompre un climat de grande qualité. Je parle sans notes pour ne pas avoir à mettre de lunettes ; c'est fâcheux pour le regard, l'étincellement des verres.

Je crains l'intervention inattendue dans un auditoire. Alors je fixe une personne au premier rang, je la tiens sous mon regard, je l'entoure de gestes sûrs ; c'est à elle que je dédie mon topo. Un jour, un jeune homme s'est trouvé mal, il y eut un cri, puis un rassemblement autour d'un fauteuil. J'ai appris un peu plus tard que ce garçon n'avait pas mangé depuis deux jours. Je n'ai jamais su s'il était venu pour moi, car la conférence était gratuite. J'écourtai ma causerie. Je descendis de l'estrade, me mêlai aux spectateurs. L'homme était décemment habillé, ce qui m'émut, mais sa maigreur, ses orbites brunes, ses mains, son corps comme disloqué me troublèrent. Je fus empêché d'écrire pendant plus d'une semaine. Je dois réserver ma sensibilité à l'imagination ; si je m'en sers en dehors de la plage blanche, c'est toute ma création qui en subit les effets. Je ne dois être ému qu'entre deux phrases. On dira que je suis égoïste. Qu'y faire ? N'ai-je pas tout sacrifié à mes emplois du temps ? Ne suis-je pas l'esclave d'une passion dont je dois surveiller les excès et n'en redonner que la fine fleur ? Responsable de mon intelligence, je ne peux la gaspiller à soixante-quatre ans, je la gère, je lui donne des aliments de choix, je l'entretiens, je ne veux pas que mes pensées soient des enfants perdus, je suis comptable des échéances que sont mes livres. Et si mon vrai public me boude aujourd'hui, je n'ai pas à en être désespéré, je continue. Je suis fier de ma franchise, elle me rajeunit.

J'ai écrit un curieux poème, ce matin, je le retranscris non sans étonnement, je l'avais griffonné sur un dos d'enveloppe.

« Œuf rare, soie de l'imaginaire,
à peine nu, quand le baiser écarlate
mouille l'aurore,
retenant les grains de l'épi, fermant
la nuit
et toi faisant du feu
avec mes propres roses... »

Je n'en reviens pas. J'ai osé de tels mots ! Et pourtant, je ne déchirerai pas cette page, j'avais envie de chanter devant ma hardiesse, mais à qui le dire ? Ni Odile, ni Patricia ne sont femmes à rougir. Voilà, je manque d'amis disponibles, ils ont disparu. C'est un poème de vingt ans venu trop tard. Comme si une fille de seize ans frappait à ma porte et se jetait dans mes bras. Je suis tout désorienté. On n'est jamais sûr de sa vieille ni de sa décence. De ma fenêtre, bien souvent je regarde passer les écolières...

J'ai vu Mathilde hier, par hasard. Je m'étais rendu à un thé offert par la comtesse de... Friand de paroles légères, amateur de bévues et de maladresses, j'étais venu dans les meilleures dispositions, on m'avait accueilli fort adroitement, mon fauteuil était réservé près d'une cheminée, un porto brûlant quand il est bien glacé. Je devais retrouver des gens de mon âge, politiciens, professionnels de chasses exotiques, collectionneurs et quelques rivaux dont les romans se réimprimaient tous les ans depuis des années. Nous étions des gens sûrs, qui prenions la parole pour ne pas écrire d'une manière scandaleuse. Je me sentais bien dans ce salon ouvert sur la Seine par de grandes baies. Le paysage ne devenait fabuleux qu'à la nuit tombée : alors les lumières, les reflets et les brises recomposaient un panorama dont j'aimais l'apothéose.

Ce fut Stanislas Mierowicz qui m'interpella, un ennemi d'enfance. Oui, une belle brute sur le retour, des manières de cosaque, un port de tête altier et cette voix rauque, filant vers les aigus quand il parlait aux dames. On le maniait avec soin, ses reparties étaient longues à venir, injustes à souhait. Il sentait toujours le marais avec ses cheveux indisciplinés, des mains qu'il gardait dans le dos comme s'il voulait les cacher à la justice. Une femme l'accompagnait, plus veuve que nature, glissant sur le tapis ; je la reconnus : c'était la fière Mathilde, la « compagne » de mon plus cher ami, Thomas de Beaune, historien fureteur, biographe à la commande et dont les charges en histoire étaient célèbres. Il dépoussiérait les batailles, remettait de l'ordre dans les existences royales et se moquait de Napoléon. Il fut à dix-sept ans le poète le plus nostalgique ; il avait l'automne honteux à ses débuts et ne se privait pas de faire tomber averse et tonnerre sur ses vers dont le glacé m'épouvantait : on le voyait mort à vingt ans. Thomas me suivait dans mes voyages ; il fut un moment mon secrétaire, l'année où j'avais gagné un prix littéraire qui put me permettre de faire le beau sinon le riche. Il avait rencontré Mathilde sur un quai de gare, il la demanda en mariage au moment où le train partait pour Rome. Il suivit cette sylphide sans bagages qui, depuis cette date, refusa de répondre à sa demande. J'aimais ce couple qui se moquait des lois, se promenait bras dessus bras dessous et quand la nuit venait, Mathilde et lui avaient l'air de s'être rencontrés juste au coin de la rue tant leurs regards se dévoraient. J'étais jeune moi aussi et ce duo m'attirait. Je pensais à leur passion qui me fut divertissante au début, m'aiguillonna au point de les meurtrir par des mots sur leur passage, trop acérés. Cet amour blessait mon amour-propre. Puis ils disparurent, comme enlevés par une lame de fond. J'ai revu Mathilde plus tard, beaucoup plus tard, en 1939. Thomas venait de publier un fort volume sur la prostitution à Rome, j'en fus surpris ; la Rome ancienne, bien sûr. Etait-elle au courant de ses travaux dépoétisés ? Elle fut aimable dans ce magasin du faubourg Saint-Honoré où j'achetais un cadeau de mariage. Elle m'embrassait. J'étais embarrassé. Je lui pris le bras, elle se laissa faire. Je ne comprenais pas son attitude ; ses yeux étaient câlins, sa bouche encore bien. Je fus déférent, puis complaisant. Un rendez-vous, plusieurs rendez-vous et je l'eus dans mes bras. Nous ne parlâmes jamais de Thomas ; d'ailleurs, nous parlions peu. Je l'attendais, elle se donnait. Quand elle rouvrait les yeux, elle écourtait mes embrassades, s'éloignait comme une enfant. Que lui faisaient mes étreintes ? Pourquoi revenait-elle ? Nous perdions toute intimité dès le saut du lit. Je l'ai décrite dans mon roman *les Faméliques*. C'est elle, cette petite Christine dans laquelle tant de femmes se sont reconnues, sauf elle. Je reçus du Japon une lettre de Thomas qui me félicita plus qu'à l'accoutumée pour ce livre qui, disait-il, « lui faisait découvrir tout ce qu'il y avait de fortuit dans les rencontres ». Thomas avait oublié.

Et c'était encore elle dans ce salon, au crépuscule, toujours la même, indifférente aux hommages, encore élégante. Je restai auprès d'elle.

Mathilde vient me voir demain pour me demander conseil au sujet de son fils âgé de vingt ans qui voudrait faire l'école du journalisme. Et si c'était mon fils ? Je suis idiot. Je l'aurais su, les amis sont là pour ça.

« Chère Mathilde, asseyez-vous, mettez-vous à votre aise.
Je m'excuse pour cette pénombre, mais j'ai les yeux fatigués.
A mon âge, on relit ce qu'on n'a jamais lu. Enlevez votre
manteau... Comment me trouvez-vous ?

Quand je vous vois, je peux croire que je suis le même,
chère, chère amie ! Un peu de whisky ? Non ? Rien ? Servez-
vous, ce sont des cigarettes anglaises. Je ne fume plus depuis
cinq ans, pour mon travail. Je me contente de la fumée des
autres. Oui, je suis le même, à part les cigarettes. Maintenant je pense à l'amour, avant je le faisais. Je m'endors sur
une réflexion et non plus sur une épaule. Bien sûr, j'ai été
malade comme tout le monde, quand on est convalescent
on peut se dire : j'en ai encore pour un bout de temps...
Mais je ne veux pas que mon travail souffre de mes souf-
frances.

Avez-vous lu mon essai sur Voltaire et l'opinion publique ?
Quand vous partirez, pensez à m'en demander un exemplaire, j'aimerais avoir votre avis. Vous voyez, j'écris sans
cesse. Connaissez-vous mon article sur la vieillesse qui a
paru dans *les Nouvelles littéraires* ? Ça devrait vous intéresser : la sénescence est-elle un accaparement ou un dépas-
sement ? J'analyse mes sentiments quotidiens, je parle de
l'invention chez les vieillards. Doit-on innover ou se garder
de changer une écriture qui a mis tant de temps pour « se
tenir droite », comme je l'ai écrit. Une vraie confession ;
j'y fais mes adieux, comme toujours, mais avec verdeur.
Mon cœur mis à nu dans un interrogatoire serré. Ma clarté
ne vient-elle pas d'une usure ? Et ma lucidité de cette découverte de mes frontières ? Je ne mâche pas les mots...

Non, je suis heureux à ma façon. J'ai changé d'éditeur,

quelqu'un de plus jeune, de plus dynamique; pour son catalogue, je suis important. Chez Sterne, j'avais l'impression que je survivais à mon œuvre, je m'endormais sur le monticule de mes ouvrages comme Siméon le styliste sur sa colonne.

On republie tout, à tirage réduit, avec des illustrations et en coffret, je vous enverrai un bulletin de souscription, si ça vous amuse. Toute mon œuvre payable par mensualités, je veux être moderne avant tout. Dire que ma première plaquette se vend aussi cher que toute mon œuvre... Je me lance à nouveau dans un roman : le héros sera mon père que j'ai à peine connu, j'ai retrouvé ses lettres d'amour avec leur brouillon. Il avait un attelage et déjà, comme on dit aujourd'hui, il draguait dans les avenues du Bois. Pittoresque à souhait. Au moins, il aura été utile à quelque chose...

J'aurai soixante-trois ans en octobre... Ah, vous vous souvenez ? Oui, le 9 octobre exactement. Non, je ne me souviens plus. C'était un briquet ? Non ? Alors un coupe-papier en argent ? Non plus ? L'encrier en cristal taillé ? Peut-être une gravure ? Ah, si j'avais mis cette soirée dans un roman, je me le rappellerais. Un roman pour moi, ce n'est pas seulement un livre, j'y conserve mes sensations, mille détails de ma vie qui m'échapperaient comme un vulgaire fait divers. Vous savez, écrire, c'est, c'est...

Non, je ne le pense pas. Ecrire, c'est... Pardon ? Mais je ne savais pas. Comme je suis heureux que vous ayez échappé à la mort. Eh bien, en écrivant mon récit, *les Cœurs torrides*, j'ai eu comme un pressentiment, au quinzième chapitre, je ne sais pas ce qui m'est arrivé, j'ai pensé à vous, sur une plage du Nord. Attendez, en 1939 je m'étais réfugié dans une maison prêtée par un industriel du Nord, un admirable collectionneur. Il pleuvait sur la verrière, et le bruit de la pluie m'avait incité à écrire les dernières pages de mon roman. J'eus comme un éblouissement, je voyais mon

43

héroïne bafouée, trompée et trempée, pardonnez le jeu de mots, je vous voyais, je voyais votre visage, je ne savais pas que huit jours après, j'allais vous rencontrer sous un parapluie devant un magasin. Nous, écrivains...

Vous croyez ? C'est comme moi, je ne m'habitue pas à cet irrespect du monde, on ne répond plus aux lettres de vœux ; depuis que les hommes ne portent pas de chapeau, ils sont devenus peu soigneux de leurs sentiments... M'obliger à m'émouvoir de la rudesse des gens, ce n'est plus possible, j'ai fait mon temps dans la colère, je me tourne vers moi-même. Si j'avais la foi, comme tout serait simple, je pourrais prendre mes repas avec le Seigneur, mais la dévotion abîmerait mes réalisations. Comment écrire avec effroi ?

Pour moi aussi, la vie fut âpre. Il y a des hauts et des bas dans toute tentative littéraire. Il faut lutter d'une manière enjouée, l'engouement dure peu. Le succès est frivole. Longtemps, j'ai cru que gagner de l'argent avec son imagination était une chaise mauvaise. Vous partez ? Déjà ? Restez encore un peu, s'il vous plaît. J'aimerais vous lire un jour des pages de mes méditations, vous seule pourriez les comprendre, chère Mathilde, c'est terrible de se sentir vieux avant de l'être...

Je n'aime pas les jeunes gens d'aujourd'hui, ils sont incertains, passionnés d'eux-mêmes, le contraire de nous. Et comment nous traitent-ils ? J'ai essayé de diriger un garçon qui me paraissait bien sous tous les rapports. Je crois qu'il m'admirait, je l'ai aidé, avec rudesse, en faisant épanouir sa vraie personnalité. Il me donnait des pages d'écriture, je lui montrais à se méfier de sa personnalité, je le poussais vers des auteurs anciens indispensables. J'appris un an plus tard qu'il me tournait en dérision ; c'était lui qui avait signé cet ignoble article, vous savez bien, dans *Commentaires*. Il racontait que je pillais des écrivains méconnus, que je m'attribuais certaines de leurs phrases les mieux venues, comme si j'avais besoin d'imiter pour être meilleur...

Vous allez goûter un alcool qui vient de Sologne, c'est le président de la Société internationale des écrivains gastronomes qui me l'a envoyé : il a cent ans d'âge, l'alcool, pas cet ami... Vous permettez que je donne un coup de téléphone, je suis inquiet pour mes épreuves, une petite étude que je crois fort adroite sur les nouvelles tendances. Que peut-on démolir de plus aujourd'hui ?

Je dénonce les atteintes portées aux droits imprescriptibles de la Beauté, bien chère amie, je réclame de la tenue dans un roman...

Vous êtes si pressée, Mathilde ? Nous avions tant de choses à nous raconter. C'est vrai, moi aussi je suis en retard. Même un vieil auteur a des rendez-vous, mais ce ne sont plus les mêmes. Je ne vole plus que vers des éditeurs ou des congrès. Il faudra que vous me parliez de vous, comme autrefois, si, si, comme autrefois ; on ne se cachait rien... Revenez surtout... Je m'occuperai de votre protégé, je vous le promets. Mathilde, mon amie... »

Ce qu'elle a vieilli, la Mathilde ! Elle ne devrait pas s'habiller aussi clair, et ce fard sur les yeux... On lui arrache les mots de la bouche, c'est d'un pénible... Odile, mon thé !

« Ma chère Patricia,

« Je t'écris cette lettre la veille de ton mariage avec Gilles. Il est naturel qu'un père soit intimidé, surtout quand un jeune homme aussi séduisant devient ton mari. Ta mère n'est plus là depuis des années, elle vit dans un passé qui lui appartient et que je préserve. Je suis seul ce soir pour regarder le brillant de tes yeux devant le bonheur, car tu es heureuse puisque je ne suis pas intervenu dans ta décision. Tu vas au mariage comme tu l'as désiré ; moi aussi ,je suis heureux de ce déchirement. Tu me quitteras, nos intimités, nos rapports vont changer, je ne serai plus inquiet de la même façon, je ne saurai que plus tard ce qui t'est arrivé ; tes chagrins, tes attentes, je ne les apprendrai que si tu le veux bien, tu ne pleureras pas sur mon épaule, tu ne me tiendras pas le bras en riant de la mine déconfite de notre entourage. Tu te redresses, tu t'éloignes, tu me souris d'une autre manière à laquelle je dois m'habituer. Il est naturel que ce soit Gilles le bienvenu.

Un père est toujours un homme devant sa fille, il a beau s'attendrir, écouter avec patience, tes secrets sont ceux d'une femme, il n'arrive jamais à les reconnaître comme siens. C'est pourquoi il a l'air sans fin de s'interroger, ses questions sont pudiques, il délègue sa sensibilité à d'autres, tes amies, tes confidentes.

Je fus brisé bien avant l'âge, père définitif, s'accomplissant dans son enfant et si je fus à certains moments impénétrable, c'est que je ne voulais pas que tu devines ce qui aurait pu me pousser parfois à devenir un père absent : il est terrible pour un homme d'être jeune par à-coups.

Ta mère, je l'avais enlevée comme un vulgaire aventurier, utilisant cachettes et hommes de main, me procurant une fausse identité, portant lunettes noires et cache-col épais. L'orage fut de la partie dans cette randonnée qui nous amena en pleine guerre par des chemins de contrebandiers vers cette ville espagnole de Pampelune que nous avions choisie à cause de son nom. Nous répétions dans une chanson que nous avions imaginée : pampelune, pampesoleil, comme une prune pour le réveil. J'avais l'escapade facile depuis le temps que je me promettais de faire quelque geste spectaculaire. Odile me surveillait de près, bien qu'elle ne fût pas à ce moment-là ma belle-sœur. Et je partais avec une jeune femme un peu terrorisée par notre audace et déjà pliant à mon bras sous le poids de la marche. La sévérité de nos passeurs nous effrayait, des visages surtout attentifs aux embuscades. Un vague cousin devait nous attendre à l'entrée de la ville dans une carriole. Thérèse, c'était ta mère, n'avait emporté qu'un petit sac de pique-nique ; elle y avait fourré toutes sortes d'inutilités, des lettres, une blouse trop légère, une photo trop grande qu'elle avait dû couper maladroitement avec des ciseaux à ongles et cette chaîne d'or et de perles que je te remets ce soir...

C'était absurde et dangereux ; quelques coups de feu essaimèrent dans le lointain, obligeant Thérèse à se serrer contre moi. Je la portais presque. Nous nous réfugiâmes dans une cahute de bergers à l'odeur forte et, pour comble d'ironie, j'avais mal aux dents.

Un de nos compagnons me passa une petite bouteille qui contenait un alcool aux piments. Je pris des bains de bouche avec ce liquide et la brûlure atténua ma douleur. Une large pluie nous protégeait, mais à cette hauteur qui pouvions-nous rencontrer en dehors de quelques douaniers transis ? Le jour se leva. Thérèse grelottait et mon pull-over ne la réchauffait plus. Elle éternua et nous nous mîmes à rire en songeant que notre évasion finirait par une bonne grippe et des tasses de citronnade. La fièvre nous faisait du bien et nous délirions un peu. Je me souviens avoir récité à Thérèse (laisse-moi la nommer par son prénom) une page de Diderot, la bouche pleine de fromage frais. Je connaissais ta mère depuis trois mois : ses parents lui avaient choisi un fiancé riche et congestionné. Je l'avais vue lors d'un concert d'une pianiste allemande : elle portait une robe noire et rose, du corail autour de son cou, autour de ses poignets, aux oreilles. Une algue chatoyante, comme dans certaines allégories où des filles de la mer se reposent sur un rocher environné de tous les échantillons de coquilles et de crustacés que l'eau recèle dans ses hauts fonds. J'étais ébloui, prêt à tout pour m'approcher d'elle et retenir son regard. Je travaillais dans une Chambre de commerce comme stagiaire et j'écrivais une vie aventureuse inventée de toutes pièces : ce fut mon récit qui me donna l'idée de l'enlèvement. Mon héroïne suivait un galant jusque dans les Isles fortunées...

Tu sais tout, bien sûr j'ai arrangé l'histoire, je l'ai définitivement composée à ton intention de manière qu'elle puisse être racontée et transmise par toi. Je ne te raconterai pas comment mon pantalon fut déchiré par les piquants d'une grille de fer ni pourquoi nous avions vraiment choisi l'Espagne comme lieu de notre passion. Une carte postale trouvée par hasard dans un tiroir nous en avait donné l'idée. Elle représentait une avenue de Madrid sous le soleil, un couple s'y promenait, nous nous reconnûmes dans ces amoureux.

Tu me pardonneras d'avoir été romanesque dans cette lettre, étourdi, je me suis montré devant toi comme je fus un jour et ce père tu ne le connaissais pas ; tu m'as en entier.

La suite fut plus terrible ; nous eûmes à peine un an de bonheur. Thérèse n'était pas faite pour les escales : il lui fallait un foyer. J'étais devenu correspondant d'un journal franco-espagnol, je récoltais de menus faits divers, je faisais le tour de la ville en quête d'une histoire pour ranimer les colonnes de cet hebdomadaire. Thérèse ne put jamais parler l'espagnol. Elle se taisait et les gens la prenaient pour une grande malade. Un prêtre nous maria dans l'obscurité d'une église de quartier, au crépuscule. Notre souper se composa d'un chocolat à la cannelle et de gâteaux au fond d'une pâtisserie.

Tu es née en Espagne non par un hasard dû à un voyage touristique, mais parce que nous habitions Pampelune comme deux réfugiés au bout d'une ruelle dans l'odeur marine des olives, parmi les criailleries de familles trop nombreuses qui nous regardaient avec envie. Nous étions considérés par nos parents comme définitivement perdus. Et cet oubli rongeait ta mère à qui manquaient le réseau familial, la tendre promiscuité des cousins ; elle ne pouvait supporter d'être prise pour une orpheline. Nous avions une deuxième chambre au cas où, brusquement, ma belle-mère ou mon beau-père arriverait pour nous pardonner, après avoir découvert notre refuge.

Je peux te jurer que ta mère est morte dans mes bras : elle essayait de me montrer des vols de martinets qui hurlaient autour d'un campanile. Elle a fermé les yeux sur cette image de juin.

Mais je ne veux pas assombrir cette soirée et la fin de cette lettre où je ne dois pas être un homme abandonné et inconsolable. Odile m'a aidé sans abîmer quoi que ce soit. Ta nouvelle existence va me faire revivre ; je profite de ta joie, ta certitude me raffermit, je vois tes yeux pour la première fois. Sais-tu que je fus outré quand les hommes se retournaient sur ton passage ? Auprès de toi j'ai vieilli sans y croire, je me suis attaché à ce qui faisait ta spontanéité, tes préférences, j'apprenais à vivre avec une blessure, je ne récitais plus ma vie, j'avais à cause de toi des enthousiasmes, je me transformais en père valeureux, je m'accoutumais à prendre avec Odile des initiatives car je désirais

49

que tu sois étonnée et ravie. C'était souvent peu raisonnable, mais comment compenser le vide laissé par ta mère ? Souviens-toi comme je ne supportais pas la moindre pénombre dans l'appartement, je laissais les lampes allumées fort tard dans la nuit. Odile se levait et venait éteindre. Mais j'acceptais tes bouquets les plus fantasques, tes apparitions rieuses et désordonnées, tes amies, et je m'éclipsais au moment voulu ; dans mon bureau, j'écoutais alors ton rire qui avait changé. Je travaillais mal car j'écoutais ces chuchotements qui finissaient par un disque ou par des coups de sonnette intempestifs au moment du repas, avec ce baiser donné du bout des lèvres, nous finissions ton dessert, Odile et moi. Je fus averti de mon âge quand une lettre de tes amies m'invitant à une pièce de théâtre se termina par les mots « respectueux sentiments ». J'avais à m'habiller plus sombre, comme on dit. Le ton était donné une fois pour toutes. On accepte difficilement d'être un père aux yeux de tous. J'avais à apprendre à m'éloigner, à me retirer sous des prétextes futiles et toujours bien reçus. Je faisais des apparitions ; on me croyait occupé, j'étais soucieux. Comme il est malaisé d'avoir une attitude naturelle et insouciante quand le cœur bat ! Je n'avais aucune raison de me méfier, mais j'avais tort de m'en vouloir. Tu vois, je te parle avec franchise ; je ne sais pas quelle image tu dois avoir de moi. Comment parles-tu de moi ? Comment réponds-tu pour me défendre ? D'autres t'ont-ils révélé ce que tu n'avais pas soupçonné de mon caractère ? Peut-être as-tu rompu une amitié à cause de moi...

Au fond, de quoi avons-nous parlé depuis des années puisque je suis aussi ignorant de nos rapports ? Tout ce que je sais, c'est que je t'aime telle que tu es et jamais je n'ai rien regretté. On se fie aux apparences quand on est sûr d'un grief ou d'un dédain. Le tout est d'approfondir même un murmure. Rien ne doit être laissé au hasard. Ce qui est dit est à écouter. Quelle leçon tu m'as donnée ! Un enfant nous oblige à nous débrouiller avec nos brouillons, à ne pas nous satisfaire de nos soupçons. Nous sommes à vif et nous ne devons pas être ostensiblement ce qu'on attend que nous soyons. Je n'ai pas abusé de mon autorité, je n'ai pas risqué au-delà de mes sentiments ; j'ai réduit les malentendus à n'être que des choses mal entendues ; il suffit de les répéter pour s'en convaincre. Nous nous séparons en étant sûrs de ne pas nous être trop mal aimés. Patricia chérie, sois heureuse sans avidité, ne prends pas le bonheur aveuglément, mais qu'il t'éblouisse ! Que toutes tes joies soient l'audace de ta droiture ! Et ne rêve que pour croire. Espère dans les erreurs, réjouis-toi même dans les souvenirs, c'est là où je suis maintenant. Je vous embrasse tous les deux.

... Mais non, cher ami, je ne suis pas éloigné de l'actualité, je la vis comme vous. Allô, allô, ne coupez pas, je reprends. Je la vis comme vous, oui, l'actualité. Mais il y a beaucoup à vivre pour un homme presque âgé comme moi. Bien sûr, Gagarine, ça m'épate... Non, j'applaudis des deux mains. Je bâille d'admiration devant l'exploit, oui, je bée d'admiration, mais en même temps il y a ce personnage Eichmann qui bâille en regardant le procureur général Hausner parler d'une manière intarissable sur ses forfaits... Ecoutez, comment voulez-vous que je signe cette lettre, je n'en connais pas les termes. A quoi sert ma signature ? Depuis le temps que je la donne... Je ne suis même pas de l'Académie ; demandez aux autres, renouvelez vos personnalités, vos signataires. Mais non, je ne me moque pas, cher monsieur, c'est pour l'efficacité de votre lettre que je vous parle ainsi... Mais bien sûr, la négociation doit s'engager le plus tôt possible à Evian ou ailleurs, ça ne peut pas durer. Je connais bien les milieux européens d'Alger, mais ma perplexité est grande, je dis grande... Oui, la maison en face de la mienne a été plastiquée, je me suis réveillé mardi dernier avec toutes les vitres brisées, mon tableau de Vuillard a même reçu un éclat de verre, heureusement dans le coin, la femme au mantelet rouge est intacte, oui, non, non, et on appelle ça la nuit bleue ! J'en ai été quitte pour une bonne grippe. Oui, ça va mieux, je me remets plus lentement... Je vous répète que les musulmans sont déconcertés et les Européens amers... De Gaulle n'a pas le droit de claquer la porte. Non, je ne suis pas pessimiste, seulement je dépassionne le débat, à mon âge il faut penser à l'essentiel. Cher monsieur, le pétrole ne m'intéresse pas... Vraiment, vous êtes certain, pour les tortures ? Les mêmes jeunes gens qui, le soir, écrivent à leurs parents ou à leurs fiancées ? Les abus ne doivent pas devenir des excès, oui, pardon ? C'est exact, mon futur gendre va mieux ; j'ai toujours peur des arrestations arbitraires. Que voulez-vous, Gilles est trop entier dans ses jugements... Mais non, il n'est pas d'extrême droite, nous sommes tous des libéraux dans la famille. Les opinions ne deviennent mauvaises que dans l'injustice ; c'est sûr, quoi ? Le prix Claude-Farrère ? Je ne connais pas. Les lauréats sont quotidiens ; pourquoi ne pas faire des dixièmes pour le Goncourt ! Comme pour la Loterie, oui. La littérature ne peut... Certainement, c'est un surréaliste d'envergure. Comme vous y allez ! Je ne fais plus partie d'aucun jury, c'est trop injuste, je n'ai rien à décerner que mon estime. Vous plaisantez... Il a eu la rosette ? On aura tout vu ! Oui, je suis en état de rêve devant le monde comme le petit Gagarine, les faits m'échappent, seules les intentions demeurent... Mais je ne suis pas intelligent, tout au plus ai-je des intuitions. J'écris, ce n'est pas un roman, plutôt un récit, une femme enfermée dans un camp avec son enfant ; elle l'a élevé en cachette, j'ai essayé d'être exact sans tricherie, oui, des anciens des camps, ils m'ont beaucoup aidé, j'ai cru devenir fou, c'est atroce même à imaginer. Vous êtes trop aimable, je n'écris que ce que je ressens... Mais je ne connais pas la fin... Non, vous ne me dérangez jamais. J'aime vous entendre, cher ami... Eh bien, c'est entendu, j'irai voir *Rocco et ses frères*, je vous le promets, bien que le cinéma ne m'attire pas ; c'est réduire une image à sa plus simple expression. Avec un grand amour, je ne dis pas... Comment ? Le Real Madrid ? Qu'est-ce que c'est ? Un dancing ? Ah ! une équipe de football ! Vous savez, je suis peu doué pour les sports ; quand j'étais jeune, je faisais surtout du tennis et du volley-ball sur les plages. Que ferais-je sur un stade avec mes maux de tête ? Ah, pour applaudir ? Je n'applaudis qu'au théâtre, cher ami, je vous applaudis. Bien, n'en par-

53

lons plus. Prenons rendez-vous, attendez, le jeudi 12, très volontiers. Vingt heures trente. Nous parlons d'une manière si décousue au téléphone. Oui, n'invitez surtout pas les Corber, je suis au plus mal avec le père, il me doit un article et fait la sourde oreille... A jeudi, merci !

Je n'en peux plus, impossible de dormir, je n'ose pas entrer dans mon bureau, il doit y avoir cette odeur des fins de réception. Je n'y entrerai que plus tard, quand tout sera en ordre comme avant. Je n'ai pas envie qu'on frappe à tout instant à ma porte... J'ai eu soixante ans hier et ce dur anniversaire a été fêté avec soin par mes intimes. Ce matin, je n'ai pas changé et pourtant je passe d'une dizaine dans une autre, automatiquement, sans pouvoir arrêter ce temps qui ne s'excuse jamais de son pas de course. Se retourner en arrière ? A quoi bon ce qui a été vécu par habitude, où nous avons eu tant d'ardeur au combat, mais attention aux souvenirs ! Des guêpes méchantes qui veulent entrer par la fenêtre quand la porte ne s'ouvre pas et se jettent sur les vitres, car nous sommes blottis devant un paysage dont nous reconnaissons les trouées et les lumières, mais nous n'arrivons plus à le saisir du regard : une grande vue peinte, encore indéchiffrable, sans mémoire. « Nous sommes en face de cette nature où les feuilles jaunissent (elles ne se dorent que dans les poèmes), où les branches noircissent et deviennent cassantes (aucun oiseau ne s'y pose), où les passants se hâtent vers des trains qui sont à l'heure. Mais ma vie a-t-elle du retard ou suis-je en avance pour ce convoi sifflant qui ne s'arrêtera que pour un seul voyageur ? « (Fin de citation.) Voir à la page 109 de mon essai sur *le Crépusculaire*.

Un enfant tape dans ses mains comme s'il rythmait quelque chant. Il marche au milieu de la route, sans se préoccuper des voitures, il invente sa marche, il mime, il s'accompagne en revenant vers une nuit qui n'est faite encore que pour un tendre sommeil farceur dès le petit matin. L'enfant se réveille, repart, revient. Il ne court que vers une école, il ne se plaint que d'une poussière dans l'œil ou d'une leçon mal apprise, il ne se faufile qu'à travers de menus malheurs, en riant il flâne dans l'ombre. C'est la millième fois qu'il vient sonner à la porte puis s'échappe. J'entends sa course, son rire, il rejoint des amis, on recommencera demain à tirer ma sonnette. Pourquoi me déranger ? Mon enfance est méchante, elle mêle les larmes, les mouches torturées avec soin, les disputes, les galets de la plage, les fruits volés, avec des baisers, des héroïnes aux cheveux dans le dos, avec les cachotteries d'une grand-mère, des fièvres subites et sitôt disparues. Mon enfance, sais-tu qui habite aujourd'hui ta maison ? Sais-tu qui je suis ? Connais-tu cet homme âgé qui n'est ni ton père, ni ton ennemi ? C'est toi-même dans le présent, comptant les années sur les doigts, qui brûles ta chandelle par les deux bouts, avec une mémoire inextricable (qui saurait la déchiffrer, abattre les troncs menaçants, tracer des pistes ?), fidèle parce que tu ne sais plus improviser, intarissable à cause d'un silence dont tu n'as encore que la jouissance avant d'en connaître la pleine propriété, mal défini malgré ton savoir, t'imitant toi-même (comme en ce moment) pour ne pas décevoir, surveillant la raideur de tes gestes, l'ampleur de tes passions, l'effronterie de tes angoisses, déjà perdu au milieu des tiens, ne te laissant plus reconnaître dans tes photos, avec un épilogue dont tu prépares avec soin la morale.

Ami lecteur, ne me juge pas aujourd'hui, j'ai le trac devant les mots que j'emploie, ces mots qui furent fougueux ; on m'épie et ma peur s'épure en attendant. O mes mots entamés comme un gâteau d'anniversaire, qui éteindra mes frêles bougies, d'où viendra ce souffle qui me fait prêter l'oreille à la pénombre ?

On m'a renvoyé l'article. Ce sera pour la semaine prochaine. Roger de Carme, l'homme de science le plus intègre, vient de mourir. Je n'ai eu qu'une heure ou deux pour préparer son éloge funèbre. Un coursier du journal attend dans l'antichambre. L'émotion que j'avais mise dans la composition de cette méditation sur moi-même ne s'est pas dissipée, elle m'a aidé pour honorer ce grand mort que je n'ai connu que lors d'un dîner intime de quatre-vingts couverts chez les Rolmops.

Il me faisait vis-à-vis ; j'avais remarqué sa tenue négligée, sa façon brutale de manger, suçant les pattes du homard qu'il avait dans son assiette. On l'aurait cru à un déjeuner champêtre. Heureusement, j'ai mes carnets où je note depuis plus de vingt ans les phrases solennelles ou divertissantes pour subvenir aux besoins de mon inspiration prise de court et que je dois entretenir comme une maison en désordre dont il est si facile d'emporter les meubles.

Allons, un bon mouvement pour les morts !

Que faisait-elle, cette fille encore jeune dans cette librairie ? Elle n'achetait pas de livres, elle se contentait de les feuilleter, de les remettre en place, parfois elle jetait un coup d'œil de biais sur Julien qui consultait les fichiers de la libraire. Elle respirait vite comme si elle avait couru. Julien était troublé par la nervosité de ses mains. Une étudiante, peut-être, qui a séché un cours et se réfugie derrière ces comptoirs. Dehors, il faisait une chaleur lourde ; l'orage grondait du côté de Montparnasse et le ciel se figeait dans des nuées épaisses et oranges.

La libraire somnolait sur une lettre et les employées faisaient le ménage dans les vitrines. Tout était calme. Une odeur de bois de santal s'était répandue dans le magasin ; la gérante, femme d'âge, parfumait la salle ; cela sentait la mine de crayon. Et Julien, brusquement, se souvenait de son amour pour les crayons quand il était gosse. Il passait sous ses narines la gaine de bois taillée à facettes, respirait ce parfum un peu exotique du bois et du graphite. Il fermait les yeux et voyait un palais léger et pourtant de marbre qui se reflétait dans un bassin immense ; des éléphants s'avançaient, caparaçonnés d'or et de laines dures. Sur leur dos, de petits pavillons dont le toit était posé sur des colonnettes de métal brillant. Des hommes criaient, de jeunes garçons se promenaient sur la tête des éléphants. Parfois, une femme se penchait au-dehors et souriait...

— Pardon, monsieur, vous avez l'heure ?

La jeune fille avait pris le bras de Julien pour regarder la montre à son poignet. Julien se laissa faire, elle approchait de son visage le cadran de la montre pour mieux voir. Julien ne bougeait pas.

— Vous êtes en retard ?

— Oh ! non, je n'ai rien à faire.

— Vous aimez les livres ?

— Pas plus que ça.

— Je vous vois depuis longtemps si absorbée...

— C'est pour me donner une contenance.

— Vous n'avez pas d'argent ?

La jeune femme entraîna Julien qui abandonna les fichiers. La libraire ne s'en étonna pas. Maintenant, il marchait aux côtés de la fille.

— Vous allez où ?

— Je vais prendre un taxi, mademoiselle.

— Je vous connais.

Elle se mit à rire.

— On vous connaît.

Elle avait pris le bras de Julien et accélérait le pas. Elle était habillée sans recherche : un pull, une jupe très courte, un curieux sac fait de petits disques de métal tenu du bout des doigts.

— C'est vous qui avez donné de l'argent à ma copine Lucia.

— Moi ?

— Offrez-moi quelque chose.

Elle l'attira vers une terrasse de café, à l'ombre. Quelques buveurs à demi engourdis, le ciel devenait noir. La lumière étincelait sur un verre, puis tout s'éteignit. Elle commanda deux cognacs, semblait à l'aise. Julien la regarda longuement : ses yeux l'effrayaient par leur mobilité, le vert sec des prunelles. Le visage était maigre, les lèvres très pâles, comme nacrées. Elle respira et ses seins pointèrent sous le lainage.

D'une main, elle agrandit son décolleté en soupirant. Julien regardait ses genoux découverts, ronds comme des pommes, avec une très fine attache, puis ses pieds dont les doigts retenaient les chaussures qu'elle balançait. Il n'aimait pas beaucoup le cognac à jeun, surtout en plein après-midi, mais il n'osa pas refuser.

— Skol!

Ils trinquèrent ; le cognac était de mauvaise qualité et tiède ; il y trempa seulement les lèvres.

— C'est vrai que vous êtes riche ?

— Pas du tout.

— Vous ne voulez pas le dire.

— Mais pas du tout !

— Je le vois bien, et puis dans le quartier tout se sait. J'ai vingt ans.

La fille passa la langue sur ses lèvres ; sa dentition était belle, arrondie ; elle resta la bouche ouverte, sa langue rose palpitait entre les gencives.

— J'aime les gens âgés ; c'est pas comme les jeunes.

Elle se rapprocha de Julien, mais la chaise était vissée à une barre de fer. Brusquement elle ouvrit son sac, en sortit un paquet. Elle le tint sur ses genoux, regarda son vieux compagnon attentif et gêné.

— Ça vient de mon père ; il vivait à Salonique.

La jeune fille défit le paquet et, sous le papier froissé, une statuette apparut. En terre rose avec des traînées blanches. Le corps se devinait sous les voiles, le visage était usé, à peine apparent ; il portait une coiffure pointue sur le devant.

— Qu'en dites-vous ?

— Pourquoi me montrez-vous ça ?

— Vous êtes un amateur.

— Vous l'avez volée.

Julien s'était levé ; il prit un billet, le posa dans une soucoupe. La pluie se mit à tomber. La jeune fille poussa Julien au fond de la terrasse, le plaqua contre les vitres. Un coup de tonnerre claqua avec une telle violence que Julien eut peur. Et cette poitrine contre son veston, chaude, laineuse...

— Ce n'est pas tombé loin.

Julien se sentait perdu ; la fille aperçut son visage, elle lui prit la main qu'elle retira de la poche de son veston.

— Ma chambre est tout près.

Julien contemplait devant lui les arbres du square dont le feuillage était transpercé par l'averse qui hachait les feuilles encore tendres. Julien tremblait : c'était le même arbre que celui sous lequel il s'était réfugié il y a, il y a... En revenant de l'école, l'orage l'avait surpris ; le vent soufflait, entraînant son béret. Il avait couru pour le rattraper, mais les gouttes d'eau le frappaient au visage, piquaient ses joues, glaçaient ses mains, le meurtrissaient. Il s'était mis à l'abri sous les branches d'un poirier ; des poires vertes tombaient autour de lui, l'une d'elles le frappa au front, il gémit. Les larmes vinrent aussi serrées que les trombes d'eau, le ciel se lézardait, éblouissant sous la brutalité des éclairs. On le découvrit plus tard, étendu sur l'herbe, le visage contre terre. Un oiseau était mort à ses côtés, foudroyé. Quand il aperçut un homme au-dessus de lui, le visage caché par un foulard, il se releva et s'enfuit...

Alors Julien s'écarta de la fille, elle pleurait. De quoi ? Son regard avait changé, mais il ne voulait pas paraître ému. Il se faufila entre les tables ; les pans de son veston firent tomber une bouteille de bière vide. A la lisière de la terrasse, il reçut un paquet d'eau que la toile de tente ne pouvait plus retenir. Il prit la première rue venue et s'y engouffra. Mais avant de quitter la place déserte, il se retourna. La fille était toujours au même endroit, toute petite, tassée sur elle-même. Deux jeunes gens bousculèrent Julien, ils marchaient vite en se protégeant de la pluie, ils allaient rejoindre la fille, rire avec elle, ils allaient proposer à d'autres personnes respectables la terre cuite faite par l'un d'eux, ils allaient... Julien fut malade pendant un mois, la fièvre ne le lâchait pas, on crut qu'il ne s'en tirerait pas, mais il tint bon ; la brûlure de ses joues, cette énorme lassitude qui emprisonnait son corps, le décor changeant que son regard captait et déformait dans des images éparses et chatoyantes ranimaient son imagination. Il était comme au fond d'un étang, flottant, frôlé par des herbes, avec des chuchotements sous les roches, sous les éboulis, fixé par des yeux vifs entre les interstices de ce paysage et parfois un immense jacassement de volière...

Julien se remit de cette rencontre et écrivit en cachette son histoire ainsi :

On aurait pu ne pas reconnaître cette ville tant son allure, sa circulation, ses passants lui donnaient un air vif et roucoulant. Les arbres alourdis par leur feuillage perdaient de leur hauteur et pesaient de toute leur ombre monumentale sur les promenades. Je me trouvais, en cette fin de saison qui s'éclaircissait pour quelques heures, un peu stupéfait par mon audace, fuyant une maîtresse que j'avais abandonnée dans un port sans miséricorde ; j'avais coupé les amarres après une nuit étouffante où le ciel même se laissait aller à sa propre colère. L'orage mûrissait à l'horizon, se déchirant avec de brefs éclairs. La mer était silencieuse et apeurée. J'avais conduit Camille à la fenêtre et je me taisais devant ce spectacle. C'était un accompagnement inexorable à nos adieux. Nous nous étions dit sans passion la pauvreté de notre passion, nous avions trop à nous dire ; nos baisers ne sentaient plus la chair fraîche et, sur les draps froissés, nous nous étions abrutis à nous aimer par à-coups, sans aucune délicatesse. Un combat dans lequel il n'y avait aucun enjeu sinon notre liberté. Camille était encore décoiffée et, pour la première fois, elle restait dans le même abandon, la nuit n'existerait pas. Elle gardait sur elle la moiteur de midi.

Je m'étais habillé sans me presser tandis qu'elle restait

accoudée au balcon, comme gelée. Puis ce fut la fermeture de ma valise que je saisis par la poignée. C'est alors qu'elle se retourna, les yeux secs, mais ses lèvres tremblaient malgré leur raideur. Une grande rougeur naissait au bas du cou.

— Ne pars pas.

Je reposai la valise, pris une cigarette, l'allumai, elle m'en demanda une qu'elle porta à sa bouche sans demander du feu, j'oubliai moi-même de lui tendre mon briquet.

— A quoi bon !

Je n'aimais pas son immobilité, elle qui était si remuante, trop détendue quand je lui parlais. J'ajoutai :

— C'est plus simple.

Alors elle se jeta à mes pieds, me saisissant les chevilles, les serrait avec violence, plaquait sa joue sur une jambe de mon pantalon ; elle se traînait misérablement, geignait, ses mains s'agrippaient à l'étoffe, elle tentait de se relever. Je voulus la faire lâcher car je n'aimais pas ce débordement.

— Je t'en prie.

Mais elle se jetait à mon cou, ses larmes mouillaient mes joues, je détournai la tête de peur de compromettre notre séparation.

— Tu seras plus heureuse avec Georges. Moi, tu sais...

Mais elle n'écoutait pas. Comment desserrer son étreinte ? Sa faiblesse me décourageait et son émotion pouvait me gagner. Je l'embrassai brutalement et elle en fut comme abasourdie, elle se recula, j'en profitai pour me précipiter vers la porte. Quand je parvins à l'escalier, j'entendis un cri, une chute accompagnée d'une longue déchirure d'étoffe : son peignoir ouvert devait s'être accroché au dossier d'une chaise. La pluie se mit à tomber, le vent se levait rageur, je voulais revenir sur mes pas, mais le courant d'air fit claquer la porte. Même les éléments déchaînés me donnaient congé.

Que m'importait cette nature excessive comme la pauvre et douloureuse Camille ! A mon âge, n'étais-je pas invincible ? Je fonçai dans l'averse et je reçus les énormes gouttes de pluie sur mon visage avec joie. Camille de mon passé ! Je la voyais aux prises avec sa folle imagination. Qu'elle pleure maintenant ! Je connaissais bien ma faculté d'oubli, l'orage laverait la ville, emporterait tout sur son passage sauf les cris et les sanglots. Elle m'appelait de nouveau, le ciel retrouvait son azur et la mer gardait à peine l'empreinte de la tempête dans le déploiement de ses écumes. Je n'avais plus qu'à courir vers Edmonde qui m'attendait, son corps lisse et soigné, ses rires, la franchise de ses cuisses, sa chevelure. Avec elle, l'amour serait simple, loin de Camille qui finissait sa vie dans l'ouragan, là où les rides sont exaltées et la pâleur naturelle. Après, elle pourrait enfin vieillir. J'étais guéri de l'éternité...

Odile a tapé ce dénouement avec une lenteur inaccoutumée ; elle paraissait inquiète. Je l'ai rassurée sur mon rire.

(A revoir le dernier paragraphe. Ai-je bien décrit les mouvements de mon âme ? Suis-je assez violent dans ma retenue ? Ne pas laisser la pitié prendre ses aises, se refuser à l'écriture « portant beau », ne pas faire attention aux réactions d'Odile qui est *du côté de* Camille.)

Page retrouvée.

C'est toujours le même héros que je traîne avec moi, fuyant et vorace, indécent et tendre, à peine vieilli et pourtant passager clandestin de ce navire en perdition que personne n'ose abandonner, même pas les rats.

Il disparaît entre deux pages, il apparaît au détour d'une phrase, soucieux et irrésolu, mais toujours disponible.

Je croyais lui avoir donné sa part de bonheur, je l'avais habitué à des oublis qui ne soient plus cette perte sèche de la mémoire, mais seulement une manière de hausser la voix et de mener à la vie sa monture efflanquée comme aux pâturages, vers une écuelle propre et reconquise.

A demi endormi, à demi mort, il était comme nous tous ; il avait usé un langage impropre à la consommation ; quel vocabulaire employer sans recourir aux adjectifs à la mode : absurde, révolté, incommunicable, romanesque, etc. Je voulais pour lui des définitions nettes, un arrivage frais de la vie. Rêver à sa faim, aimer nécessairement, s'employer à effacer une trace qu'aucun dieu, même le plus sinistre, aurait pu laisser, partager la colère et le printemps, garder du naufrage le nom des sauveteurs, prendre part aux nouveautés, regarder dans les yeux le figurant fiévreux de son autonomie, se recommander de l'Histoire, de la pauvreté et des inédits que les savants nous rapportent pour authentifier l'avenir, devenir convaincant et ne pas se soustraire à cette masse de permis et d'autorisations, à cette violence de la perpétuité.

Il n'avait plus rien à perdre et tout à gagner dans l'humour, dans l'érotisme, dans la charité et dans le mensonge. Un homme dont la persévérance était parfois assombrie par les exposés sommaires d'une morale qui faisait usage de sa force, oui, un ingénu du malaise et de la perdition. Mais le monde a changé, ses humeurs oubliées, son intolérance aux faits reconnue. Le cépage reste le même. Il fallait qu'une génération se mette à vieillir, puis à mourir ; les guerres, de subites torrefactions, les arsenaux aidaient à cette mue. Que pouvait devenir mon héros en devenant comme les autres ?

P.S. Je ne me souviens plus à quel propos j'ai tracé ce portrait, peut-être dans un mauvais jour. Odile aurait ramassé cette feuille sous le fauteuil et l'aurait gardée dans une chemise pour plus tard. Ce n'est pas mon style, je suis plus ferme dans mes hésitations, mes héros sont plus diversifiés. Ils ont le roman dans la peau.

A quoi servirait le scandale à mon âge ? J'y pense souvent, je me vois, les cheveux teints, la mine reposée, arpentant une plage, une ville, une frontière, riant avantageusement, renversant la tête, portant des lunettes originales (verres ovales cerclés d'acier), entourant ma gorge de quelque laine, savourant la pénombre et les conversations glacées devant une table encombrée dans l'euphorie des paroles qui permettent de dissimuler les mille malheurs d'une réflexion au ralenti, trempant les lèvres dans un vin rare que je traite comme un vin commun ; capricieux. « Personne ne m'aime, mes livres sont mes enfants ingrats, si je donnais rendez-vous à huit heures du matin, place de la Concorde à mes lecteurs, hein ? » Je joue avec mon pessimisme au beau milieu d'un repas, je rabroue le serveur, je me plains du pain dont les morceaux sont trop petits ou trop grands, réclamant de l'eau minérale, « non, pas de Vittel, ni de Vichy, je veux de l'eau de Baden, plus radioactive... ». Hochant la tête, reprenant ma viande dont j'enlève les contours que je considère brûlés « et cette salade est trop vinaigrée ; non, je n'aime que le camembert trop frais, comme du plâtre ». Se rendre intéressant, accaparer les sensibilités, l'humeur des gens, se froisser pour un rien, choisir les feuilles blanches de la laitue en murmurant : « Faites comme moi. » Utiliser tous les arts du désagrément, profiter des silences, des erreurs, donner une date, un détail si précis que mes hôtes s'inclinent devant l'intégrité de ma mémoire. Alors je secoue la tête. « Mais non, autrefois j'avais une mémoire digne de ce nom ; je pouvais réciter à l'envers l'acte II de *Bérénice* ou les premiers paragraphes du traité de Campo-Formio, je n'ai plus que des souvenirs. »

Il ne faut pas laisser de traces de mes hésitations, j'achève les phrases des autres et je les remets dans le circuit. Rien ne m'échappe, je confonds tout le monde avec la rapidité de mon élocution, je souligne les lapalissades, j'abuse dans les détails. Qui parle pour moi ? Qui me devance quand je suis perplexe ? Mes phrases sont comme des attelages désordonnés. D'où me vient cette façon de parler comme un opuscule ? De quel discours suis-je la trame ? J'ai le don des ratures, je ne me reprends qu'au bon moment. J'entends de loin cette jeune femme un peu lourde qui s'en va au bras de son amant : « Il ne change pas vraiment. Tu peux dire tout ce que tu voudras, il est encore sensationnel. » Voilà les éloges dont on me gratifie. Je ne suis renseigné sur moi que par surprise.

Mes pensées ont l'air gravées, mes personnages se dressent comme des cariatides, ils pèsent des tonnes ; c'est gelé derrière, édifié une fois pour toutes. Qui connaît mes efforts pour suivre la file ? Descendre d'infinis escaliers, remonter vers des esplanades d'où je vais pouvoir enfin contempler le tout... La terre a durci autour de mes troncs, elle ne boit plus l'eau qu'on lui donne. Je suis évacué de ces zones frontalières qui ne vivent que de mon érudition. Comme une Pompéi, avec cette éternité qui m'excède, ces prolongements, ces étendues altérées. Je n'existe que dans la généralité. Rien ne commence. Plus aucune échelle, le mortier est sec, les seaux sont vides, les chantiers ; au loin, c'est le frémissement, ici l'ornement ; là-bas, l'inflexion, l'ombrage, ici le soleil implacable, la poussière, la pierraille ; à l'horizon la feinte, les mouvements heureux, ici l'entaille qui ne saigne pas, le document... Les chiens ne se fâchent plus. On meurt disponible, on s'éteint dans le respect de soi-même. Les maux sont continus, les infirmités directes et les gênes naturelles. De quoi se plaindre, qui combattre ? Le destin se cache dans les fissures. C'est l'entretien qui occupe ; être net, pas de plis, supprimer les taches, les odeurs, l'usure des poignets d'une chemise, ne pas sentir surtout. Je ne suis plus à respirer.

Ce soir, je reste devant ma fenêtre ; tout le monde est sorti. Je n'ai pas voulu suivre Odile, Patricia et son mari. Je reste à écouter la nuit comme un mensonge, avec la flûte des crapauds, archaïque, sonore ; le repas fut silencieux après l'appel du président du Conseil. J'attends les avions des paras qui doivent arriver d'Alger. Des voitures passent en trombe ; j'aurais voulu qu'on ait pitié de moi, mais on a parlé de guerre civile, de rassemblement autour des aérodromes, le dessert fut nerveux. Patricia se querellait avec Gilles. Qui voyait mes yeux embués ? J'ai mal choisi ma nuit pour être malheureux, la France aussi.

Il faudra que je prenne mon temps : c'est le seul moyen d'apprivoiser les mille sauvageries d'une journée. Que personne ne pèse sur ma placidité ! Mon corps n'obéit plus ; d'un fauteuil à l'autre, je me traîne, je perds mes forces dans mes livres, je vis sur le mémoire de mes sens.

Hier j'ai pris Odile dans mes bras ; elle ne s'attendait pas à ma brusquerie, je l'injuriai. Elle se mit à pleurer, puis s'effondra sur mon lit. Je fixais l'arrondi de son bras, sa nuque ployée. Je voulais qu'elle se méprenne, qu'elle ait de la joie de la tournure subite des événements.

— Eh bien, quoi !

Odile restait prostrée, les mains sur sa figure, comme si elle attendait la pire injure.

— Couche-toi.

C'était la seule manière de croire à ma présence. Je voyais la scène dans la glace ; je relevai la tête. Tout cela était brumeux, incohérent, et pourtant c'est cette incohérence qui me soutenait : je devais croire aux supplices. Je m'approchai de ce corps fermé afin d'en voir le visage.

— On dirait qu'on n'a jamais fait l'amour ensemble.

Odile se calmait, mais son regard, dans sa franchise, était beau à voir ; peu à peu ses cheveux s'étaient défaits comme je les aime, ses joues se colorèrent, elle étendit ses jambes. Je lui souris.

— Tu crois que je suis insensible ?

Je lui caressai les cheveux, mais ce n'était pas ce geste tendre que je voulais, ce murmure de mon désir, ces approches feutrées. Qu'elle s'ouvre enfin ! J'ai tant besoin de croire à la surprise et n'étais-je pas cruel dans l'ancien temps ! La démarche d'une femme me troublait si facilement : les hanches rondes et souples, le mouvement qui se délie, les chevilles et les cheveux plus clairs sur la nuque... Dans les escaliers, j'étais obligé de m'arrêter, de laisser passer, je simulais l'étouffement dû à l'effort, je perdais de vue dans un tournant la silhouette convoitée. La pénombre me délivrait. Je contemplais comme une proie la main glissant sur la rampe, et c'était le coup de sonnette. Fini le tremblement que je ne pouvais contenir, je fermais les yeux, je pensais à mon éditeur, le froid venait ainsi.

Un jour, je les rouvris sur un homme qui me croisa. Il semblait étonné de ma pause.

— Ça ne va pas ?

Je me trouvais devant un officier botté, le calot sur l'oreille. Il fumait un cigarillo, altier, prêt à l'insolence. Il devait rejoindre sa maîtresse, cette femme qui m'avait dépassé avec autant de hâte. Elle était nue sous sa robe, j'avais senti sa chaleur quand elle m'avait frôlé, une odeur poivrée, gênante. Un beau couple de salauds ! Lui arrivait en uniforme pour donner plus de solennité à sa venue. Elle devait aimer un torse sans plis, des cuisses apparentes sous l'étoffe, ce visage avec une balafre à la tempe, les mains à la peau dure à cause des rênes ; il savait guider une monture. Depuis deux ans, ça durait, je l'avais compris. Et pourtant les locataires saluaient bien bas Mlle de Ginguet, Louisette comme l'appelait la concierge. Elle m'avait regardé plusieurs fois avec insistance, j'attendais qu'elle perdît quelque objet, un gant, un talon ou un mouchoir. Elle montait tous les jours à la même heure vers son appartement : il puait la rose et l'essence de fleurs...

Ce matin-là, elle avait perdu sa clef. Je l'observais, fouinant dans la serrure avec beaucoup d'application. J'habitais l'appartement du dessus. Louisette tenait un magasin de parfums, je ne l'ai su qu'après notre aventure. Vivant dans le taffetas, le moiré ou le cachemire, parmi les coffrets, les crèmes et les laits, entourée de vitrines. Chez elle, c'était toujours la même fragilité, la même odeur pénétrante et sucrée. Ses gâteaux secs en étaient imprégnés, son porto, son savon, ses quittances, ses draps qu'elle n'aimait pas froisser ; elle préférait le tapis pour nos ébats, nous roulions sur la laine, nous cognant aux pieds des fauteuils, nous nous retrouvions devant la fenêtre ouverte, ahuris.

Oui, elle ne vivait que dans le chatoyant et la plume, brûlante et rose, grasse aux bons endroits, une caille. De temps en temps elle jeûnait, surtout le samedi, et je venais partager son thé et ses biscottes. Alors l'amour était plus lent, un peu japonais. Beaucoup d'attitudes, de réserve, des mouvements enveloppés, une bouche musicale et des yeux sans regard. La chute se faisait dans l'extase, avec un cérémonial que je n'aurais pu détruire sans attenter aux convenances. Quelle science dans le remue-ménage ! Je lui pardonnais ces afféteries car elle faisait l'amour avec une insolence propice. Je savourais ses nattes, ses déshabillés que mes mains courtoises ouvraient bien avant l'heure sur la saveur d'un corps enfoui dans des tissus faits à la main. Tendres samedis, sous cette lumière citronnée d'onze heures du matin, au beau milieu d'une oisiveté commune et recherchée. Après, c'était la dînette sur les genoux, les napperons à son chiffre, les desserts à bouche que veux-tu. Le soir, nous allions voir un combat de boxe tout en mangeant des cacahuètes. Et ça recommençait jusqu'à l'aube. Je rejoignais Odile et Patricia par le premier train à la campagne ; j'assistais à leur réveil.

Odile devrait comprendre que je suis toujours le même ; le temps ne fait rien à l'affaire, ma crise cardiaque n'a pas abîmé mon vrai cœur. Je suis contre la déférence en amour. Pourquoi ne pas mourir, une main sur un sein ?

Il est dix heures, le ciel est immobile et gris. Je n'en peux plus, je suis resté au lit, une bouillotte sur le ventre. C'est la deuxième citronnade que je bois avec écœurement. Odile n'écoute pas mes doléances, elle me soigne à sa fantaisie, pose ses lèvres sur mon front après l'avoir essuyé avec son mouchoir. La garce ! Mais dans ma fièvre, j'ai imaginé un beau départ de nouvelle : une intrigue en Extrême-Orient, des dalles fraîches, des jets d'eau, des servantes glissant entre les colonnades et le ciel qu'on ne voit qu'à travers un rideau. J'y ajouterai un vieillard qui fera le jour et la nuit, qui ouvrira portes et fenêtres dans ce drame immobile. Et la lune emmerdeuse et glacée...

— Quel jour sommes-nous ?

Patricia me tend un petit calendrier. Mardi, 13 mai. Il y a dix jours que je niche au fond de ce lit, dix jours à faire semblant de vivre, à respirer n'importe comment.

— Qu'est-ce que j'ai eu ?

Patricia m'assure que la faute en incombe à mon surmenage ; elle m'explique que j'ai présumé de mes forces : ma pièce de théâtre *les Hommes endormis* m'a vidé.

— Un homme de trente ans n'aurait pu tenir.

Je lui demande quand je suis tombé.

— A la fin d'une répétition.

Je suis flatté de cette chute. Avoir des articles dans les journaux, peut-être des communiqués ; je connaissais le succès dans le coma.

— Raconte.

Patricia veut parler, mais l'infirmière, sans que je m'en aperçoive, me fait une piqûre avec une telle rapidité que je ne me suis aperçu de sa présence qu'à l'instant où l'aiguille perçait ma peau à vif.

— Repose-toi, père.

Pendant dix jours, allongé dans le noir, je n'ai pas vécu. Ce sera dans ma vie un intervalle peu rassurant et qui ne m'appartient pas. Qu'est-ce qu'on m'a fait ? Je sens brusquement autour de la poitrine un pansement qui m'étouffe. Aux mains de qui étais-je abandonné ? Moi qui aime me souvenir, qui cherche à analyser les situations, à répertorier mes sensations les plus éphémères, moi qui ne me contente pas du tout-venant d'une journée, qui ne peux supporter d'être écarté d'une conversation ou d'une pensée, on m'avait pris, emporté, on m'avait jeté sur un lit, on m'avait doucement récupéré dans cette odeur aigre des laitages que je sens à nouveau autour de moi, cuisant à petit feu. Se perdre à ce point !

Brusquement, je suis tombé dans la vieillesse, comme foudroyé. Je viens de me réveiller dans une euphorie brumeuse, d'un blanc d'œuf. Ce silence ne me plaît pas, cette lueur autour de mon lit (pourquoi avoir laissé la lampe allumée en plein jour ?). Je tourne la tête. Patricia lit un magazine, elle lève les yeux, fait signe à l'infirmière que je m'assoupis : c'est faux. Un grand rideau de roses écarlates au fond de la pièce (gerbes d'amis), des paquets de lettres que j'aperçois au coin de la table, ma montre qui marche... Je ne me presse pas d'être regardé : comment suis-je dans ces limbes parfumés ? Mon lit me paraît plus court, haut perché, des fioles autour de moi et mon poignet rattaché à un tuyau que je suis des yeux ; en haut, un flacon presque vide : le goutte-à-goutte. Je ne sens pas mon bras, je fais aller mes pieds sous le drap. Il y a toujours des oiseaux autour des cliniques, des pas sur le gravier, une sonnerie...

— Qu'est-ce que je fous ici ?

On arrive à guérir par la grossièreté. Patricia est revenue vers mon lit, elle se penche sur moi, caresse elle aussi mon front, appelle par téléphone.

— Tu es guéri, père.

Brave fille ! Elle veut se persuader de ma guérison. C'est long, dix jours, quel suspens ! J'aime son sourire, comme celui de la Joconde, attentionné, lointain.

— Dans quelques jours, tu reviendras à la maison.

Elle me serre le bras, remonte le drap, en fait disparaître les plis autour de mon cou.

— Tu nous as fait peur.

Attendons, ne soyons pas pressé de connaître une vérité inopportune ; mes mains sont noircies, les veines apparentes. Je touche mon cou, c'est granuleux. J'ai une odeur de fougère sur moi, on m'a déjà embaumé.

Je voudrais fixer la fenêtre, mais la lumière est trop violente. Je ferme les yeux. La sueur est brûlante, on me passe une serviette sur le visage, je n'aime pas ces gestes d'attendrissement, ce souci de m'épargner ma propre odeur...

Dix jours endormi sous un coup de fouet dont je me rappelais brusquement la douleur, dix jours de ce tumulus de draps et de couvertures, plus que Lazare !

— Où est Odile ?

— Elle arrive, père.

— Que fait-elle ?

— Elle est allée prendre un bain.

Patricia me tend une tasse, je bois à la cuillère, le métal frappe sur mes dents. J'avale mal, l'eau glisse sur mon cou. On me relève. Ça y est, je souffre de partout. C'est la vie qui revient par cet élancement dans la nuque, par ces coups d'épingle au bas du dos. J'habite la douleur, elle m'empoigne, me fait un vêtement de feu.

— C'est aujourd'hui ton anniversaire.

Je comprends les gerbes, le monceau d'enveloppes : cinquante-cinq ans. Une belle fête qui finira avec une noisette de beurre sur deux cuillerées de purée.

— Quelles sont les nouvelles ?

Patricia paraît ennuyée ; ma demande la prend au dépourvu. Elle va chercher un journal, l'ouvre devant moi.

— Ludmilla Pitoëff est morte. On donne *les Mains sales* de Sartre au cinéma.

— Et encore ?

— Le *New York Time* a cent ans.

— Le veinard !

Patricia sourit, elle redevient ma fille.

— Continue, ma chérie.

— Gérard Philipe tourne *Fanfan la Tulipe* dans les Alpilles. Il y a douze ministres des Affaires étrangères à la conférence d'Ottawa. Schuman est arrivé là-bas. On a l'air de s'amuser à la Chambre des députés. Le R.P.F. a beaucoup ri avec la S.F.I.O. sur le projet d'aide aux écoles libres.

— Pourquoi ?

— C'est trop compliqué. Un sénateur socialiste a invoqué l'autorité d'un certain abbé Lemire...

Patricia a plié les pages du journal, elle m'épie. Mes douleurs sont intolérables, précises. On me calme, on s'apitoie. Un géant se baisse, il sent la verveine, il doit mettre sur ses cheveux une laque odorante. Des mains me palpent, le rejet des draps me glace, je me sens nu, on défait mes bandelettes. Et je regagne le sommeil, c'est préférable à l'insomnie en commun.

— Vous avez raison, il ne faut pas enlever cette réplique.
Julien s'est levé de son siège dont le fond se rabat avec
violence sur le dossier de cuir. Il écoutait son texte avec
respect : c'était la fin du premier acte ; les acteurs attendaient la sentence.

— Quelle poussière dans cette salle, on n'y voit rien. Je
n'aime pas faire répéter dans l'obscurité.

Des projecteurs s'allument. Il est temps de ne pas laisser
échapper le détail, la mauvaise diction surtout dans l'aigu.

— Nous recommençons.

Le metteur en scène a posé une petite table portative sur
les deux accoudoirs. Il a une curieuse façon d'enlever ses
lunettes, en les tirant par le milieu. Toujours ahuri, ses
mains sont dodues, il claque des doigts. On dirait qu'il
craint des initiatives de la part des comédiens. Moi, j'aurais
mis plus de colère dans le dialogue du professeur ; après
tout, cette scène n'est pas mezzo voce, elle gueule, on ne
doit pas craindre les éclats, il faut grossir les effets...

— Gérard, tu viens d'apprendre que ta femme a eu un
accident, ne souris pas au public, rentre en toi-même, que
ton œil se mouille, pas de gestes inutiles, le regard vers la
porte comme si quelqu'un devait entrer. N'appuie pas tes
effets, reste calme, assombris-toi seulement.

Julien se lasse de ces explications qui lui semblent enfan-
tines. Comment faire comprendre que cette scène est capi-
tale : le malheur consume la parole, l'acteur doit se confondre avec le drame, se fondre dans le décor au moyen d'un
éclairage froid. Je ne suis pas d'accord avec le metteur en
scène, je connais ma pièce mieux que lui, mes personnages

m'ont parlé d'une certaine manière, on doit faciliter le débit en outrant parfois la réplique ; c'est beau, le cri qui reste en suspens !

Sa première pièce. Julien a enfin accepté les propositions du théâtre de la Seine. « Vous ne risquez rien, votre sujet est non seulement beau mais captivant ; la réflexion ne naît pas sur la scène, elle est provoquée plus tard, quand le spectateur revient chez lui, retrouve les lumières de la ville. Vous lui donnez une personnalité, des désirs, il ne dormira pas. »

Julien a cédé. Effectivement, il doit s'imposer par des moyens plus directs que celui du roman ou de l'essai. Le public est là, il faut le prendre et le surprendre, l'intéresser à son œuvre, l'obliger à vivre avec des personnages un peu oubliés. Le roman change, les situations sont plus tendues, brusquées ; terminée, l'avancée psychologique lente et traditionnelle. Les événements conduisent l'intrigue et les personnages n'ont plus le temps de s'extasier dans des répliques ; d'abord des reparties qu'on peut inscrire sur un carnet et apprendre par cœur...

Julien voit des décors plus souples, des éclairages imprévisibles, des costumes barbares. La guerre est encore proche, ça fume toujours à l'horizon. Les affaires de famille ne se traitent plus en catimini, mais en fonction d'une actualité. On est en 1949, bon sang ! Bernstein, Guitry, ce sont des récréations mondaines, l'avenir dramatique est dans l'évocation de la peur, de la dépossession de l'homme, dans sa défiguration : ce n'est qu'en amour qu'il arrive à être ressemblant. Il faut jouer avec le feu et non avec l'abat-jour, le divan, c'est du gravas. On aime avec effraction, on tue pour ne plus parler, c'est le temps du guerrier. (Notes sur la couverture du programme.)

— Des personnages de roman sont difficilement récupérables pour une pièce où je veux affronter le monde moderne dans ses contradictions, l'acculer pour qu'il s'avoue, le prendre en flagrant délit de déraison, vous comprenez ? Et pourtant Laure, cette héroïne qui sort de la mort avec solennité et violence, m'apparaissait d'une trempe théâtrale. J'avais écrit son histoire en 1945...

Julien parle non sans plaisir avec le journaliste du *Temps présent*. Il n'aime jamais commencer une interview et puis, doucement, il se laisse prendre au silence de son interlocuteur.

Laure se relève, jette un coup d'œil sur ses valises qui contiennent toute sa fortune. C'est une juive de Francfort alourdie par le deuil, les yeux flambants, le cou long et tendu. Elle n'arrive plus à arrêter le tremblement de ses mains, depuis cette aube où son mari fut ramené sur une civière entouré de deux officiers de la Gestapo qui riaient parce que les bras ne pouvaient rester sur la poitrine et retombaient des deux côtés du brancard. « Un accident stupide, madame. » Les deux officiers avaient renversé le corps sur le tapis du salon, exsangue. Ensuite, ils avaient tendu un papier à Laure afin qu'elle signât. « Là, dans le bas, la date, s'il vous plaît ! » Et soudain, Laure avait couru derrière les militaires qui se dirigeaient vers la voiture d'ambulance en fumant des cigares. « C'est vous qui l'avez tué, c'est vous ! » Elle les harcelait, mais il n'y avait personne dans la rue, à cinq heures du matin ; la nuit s'éclaircissait, on entendait le grondement d'un train de marchandises dont les boggies se heurtaient à chaque courbe. L'un d'eux l'avait prise par le bras, son souffle était chaud, alcoolisé sur sa figure qu'elle avait détournée. « Pleurez, madame, mais en silence, s'il vous plaît. » Il l'avait rejetée sur le pavé si brutalement qu'elle ne put se relever. Sa cheville était fracturée. Une prostituée l'avait hissée jusque dans son appartement.

Trois mois de mariage ; ils n'avaient pas eu le temps de partir en voyage de noces. Son jeune mari rêvait de la Grèce dans les brumes glacées de l'Oder. Le couple devait partir au début de l'été et Laure avait résilié ses contrats de soliste. Il ne restait plus que le Gaveau dans le salon ; déjà, des membres des jeunesses hitlériennes avaient perquisitionné l'appartement et emporté sous prétexte de vérifications des bijoux, des fourrures et même la timbale en argent de son enfance.

Aujourd'hui, elle fuyait avec ses mains qui n'arrêtaient pas de trembler, c'en était fini du piano.

Laure, la nuit, à Paris, debout derrière la fenêtre de sa chambre d'hôtel donnant sur la gare, Laure sans photos, sans souvenirs, dépossédée de tout et ne ramenant que l'agitation de ses mains, pour toujours... Vers huit heures, elle devait se présenter devant les bureaux d'une compagnie de navigation pour retirer son billet et rejoindre sa sœur d'Argentine, en pleine chaleur de ce juillet vide et pâle. Un été pourri. Mais elle ne partit pas.

J'avais connu Laure dans une de ses tournées à Paris, son premier concert, en 1937. Il y avait peu de monde dans la salle, des étudiants, des mélomanes vieillis et pauvres, car on avait distribué beaucoup de places gratuites au Conservatoire. Un représentant de l'ambassade d'Allemagne la surveillait du coin de l'œil après lui avoir offert non sans emphase un bouquet de roses rouges retenues par un ruban marqué d'une croix gammée. L'attaché culturel avait besoin de Laure non seulement comme représentante de la gentillesse nazie envers les juifs, mais aussi comme otage surveillé par ses gens au cas où les journalistes l'auraient questionnée d'une manière trop insidieuse. Ce jeune homme blond à la raie bien faite, aux mouvements rudes, la suivait comme une ombre en souriant à chacun ; je me souviens de sa cicatrice près d'une oreille et de la façon dont il retenait Laure afin qu'elle ne pût se séparer de sa garde.

J'avais été invité à une réception de l'institut allemand et c'est là que je pus parler à Laure ; elle avait les yeux rouges, je lui en demandai la raison. « Un de vos compatriotes m'a fait parler, je ne sais plus ce que j'ai dit avec mon mauvais français. » J'admirai ses mains, elle me sourit, fit aller ses doigts. « C'est tout ce que j'ai à moi. » J'avais pris une de ses mains, la baisais. Nous fûmes surpris par un Allemand qui vint vers nous : « Mademoiselle est très fatiguée, je crois qu'il est préférable qu'elle se retire. Prenez congé de vos admirateurs, mademoiselle Laure. » Elle attendit que nous soyons seuls. J'avais compris à son regard qu'elle s'affolait, suivant les allées et venues des invités. « C'est surtout du petit jeune dont j'ai peur. » Je lui donnai

81

mon adresse, elle me donna la sienne à Francfort, puis elle me supplia de ne pas lui écrire ; ses lèvres frémissaient. Je l'assurai de ma prudence, je l'aimais. En 1937, comment aimer ? Un rideau d'officiers allemands en pleine discussion, le torse bombé, les jambes en équerre me la cacha. Elle disparut. Je la croyais en sûreté chez sa sœur dont elle m'avait parlé.

Le journaliste : Vous l'avez revue ?

Julien : Je l'ai revue dans des conditions étranges.

Le journaliste : Je vous écoute.

Julien : Elle avait eu la chance de tomber malade. Une syncope au Havre avant l'embarquement. Elle était restée à Paris. Puis ce fut la défaite, l'occupation. Elle vivait de petits travaux de copie. Personne ne se souvenait plus de son nom dans une Europe fracassée ; les Allemands ne l'avaient pas perdue de vue. Un jour, un de ses oncles lui avait enjoint de quitter Paris et de s'installer dans une ambassade allemande en Hongrie afin de devenir l'otage du régime. Son père, qui était spécialiste de l'art roman, se trouvait à Berlin dans les caves de la Gestapo. Il fallait aux services secrets un gage entre leurs mains de façon à peser sur cet homme fier, universellement connu, et lui demander de coopérer à l'Ordre nouveau. Un professeur comme lui, issu directement des incunables, familier des vierges et des tympans de portail, de la coupole byzantine et du triforium, c'était un atout majeur. Ses déclarations ne pouvaient que troubler par leur accent de sincérité : il n'était pas un politicien, mais un chercheur qu'on écouterait sans avoir l'impression de se compromettre.

Le journaliste : Et depuis ?

Julien : Cela ne peut vous intéresser.

Le journaliste : Pourtant, vous en avez fait le personnage principal de votre pièce...

Julien s'était levé sans douceur :

— Excusez-moi.

Sans ajouter un mot, il s'approcha de la scène et, levant la tête, cria :

— On recommence la scène III de l'acte II, quand la pianiste voit ses mains se paralyser...

Le journaliste ne lâchait pas Julien ; il l'avait suivi, le stylo à la main.

— Et la suite ?

Julien restait droit, impénétrable, comme si toute son attention ne se portait plus que sur le jeu des comédiens déjà placés.

— Il n'y a pas de suite, monsieur.

Après un silence, il ajouta :

— La mort, c'est bien une fin, n'est-ce pas ?

Laure venait de mourir dans un accident de voiture près de Dijon. J'avais le télégramme dans ma poche annonçant la nouvelle.

Pourquoi venait-elle à Paris ? Pourquoi ?

Julien ferma les yeux ; un bourdonnement de plus en plus violent emplissait ses oreilles comme celui d'un énorme essaim. Puis un sifflement prolongé avec des arrêts, il reprenait jusqu'à percer ses tempes. Quand il rouvrit les yeux pour s'accrocher à un visage ou à une lumière, il ne vit plus rien : c'était noir et brûlant. Comme des fuites de bêtes autour de lui, des frôlements feuillus, une rumeur d'armée qui piétine. Il valait mieux s'effondrer doucement plutôt que de tomber n'importe où, la tête heurtant un accoudoir ; oui, il valait mieux glisser de soi-même avec le prénom de Laure sur les lèvres...

— Julien, une lettre pour toi.

Après ce voyage tourmenté et fiévreux, c'était la pause, l'attente du courrier. Au loin, la Suisse se figeait comme une carte postale.

J'étais venu aux Rencontres internationales de Genève ; on devait parler de l'homme devant l'inconscience du monde et de ses rapports avec sa conscience. Sujet en or mais pesant, qui me permettait de ne parler qu'ostensiblement et avec ferveur : l'humaniste est aussi humain. Odile m'accompagnait : elle voulait une montre, un manteau de daim, quelques babioles pour les amis, du chocolat pour Patricia et pour mon beau-fils Victor. Dès la première heure, elle arpentait les rues, donnant un regard distrait au lac, à son jet d'eau un peu monstrueux qui prenait de l'altitude dans un ciel pommelé. Je descendis tard dans la matinée afin de ne pas rencontrer quelque historien qui m'aurait parlé de la guerre du Péloponnèse ou un poète rare abusé par les cadences classiques. Odile était fourbue, affalée dans un fauteuil du hall ; à ses pieds, des paquets de toutes sortes, des gants neufs à la main et sur le dos, déjà en place, le fameux manteau velouté, d'une coupe un peu trop stricte pour mon goût.

— Julien, une lettre pour toi de Genève.

— Qui peut m'écrire ?

— Sûrement une invitation.

— Moi qui voulais t'accompagner à Lausanne par le lac...

J'allais m'installer dans un recoin transformé en salle de ferme vaudoise, poutres noircies, cuivres, meubles avec une fontaine immense d'où jaillissaient des fleurs en désordre. Je lus d'abord la signature, difficilement : Laure.

J'avais perdu jusqu'à son souvenir. Laure, silhouette lente et redoutée, attachée uniquement à ses malheurs et dont les mains, après tant de soins, pouvaient enfin se reposer immobiles. Je l'avais tellement aimée, avec cette peur de la perdre, même à côté de moi, trop peu frivole quand j'y repense : l'amour lui faisait baisser les yeux. Elle avait le don de disparaître, comme un de ces enfants dont on oublie la présence un instant et qui en profite pour disparaître. Déjà le temps passe depuis des années sans elle.

« Cher Julien,

« J'ai appris par les journaux que vous étiez à Genève pour les Rencontres. Depuis vingt-quatre heures, je n'ai fait que penser à vous. Tout revenait à mon esprit d'une manière si foudroyante... Alors j'ai osé. Vous vous demandez ce que je suis devenue : rien. Je donne des leçons de piano et suis organiste. Bien des fois je voulais vous écrire, je suivais votre rapide ascension dans les journaux, votre position européenne, je lisais vos livres, vos articles, je me cherchais dans un de vos personnages, espérant ainsi être pardonnée de ce que je fus durant cette année de 1943. Et ce ne fut pas beau. J'avais retrouvé un cousin allemand à Etampes où j'étais devenue traductrice et interprète. Et mon enfance revint dans son regard ; je ne distinguais plus les garnitures argentées sur son col et sur ses manches, je ne contemplais que l'ovale de son visage, je m'évoquais en lui, je m'évadais dans son accent campagnard. Il me harcelait et ses hardiesses me plaisaient. Je vous quittai sans comprendre, le cœur léger. Pardonnez-moi. Je devins sa secrétaire dans un bureau qu'il occupait avenue Foch. J'avais appris à saluer, la main levée. C'était seulement une concession pour ne pas le perdre. Vous devinez la suite. Ma fuite, mes retraites, et aujourd'hui ce petit appartement de Genève qui ne donne que sur un passé tout meurtri et nauséabond. Me pardonnerez-vous de ne pas avoir eu le courage de vous avouer ce tendre cauchemar ? Julien, si vous désirez me revoir, envoyez-moi un petit mot, je viendrai tout de suite. J'attends misérablement. Ne me jugez pas, ne pensez pas que je veuille souiller votre mémoire, ne soyez pas impitoyable comme je le mérite. Je suis vieille... »

Julien avait les yeux brouillés par les larmes : on n'oublie pas un corps, son adresse, ces nuits qui n'en finissaient plus après le couvre-feu, le silence des rues qui enveloppait la chambre interdite où tous les deux consommaient goulûment l'amour ; parfois une alerte les désunissait ; Julien enveloppait Laure d'un peignoir, ils attendaient le passage des avions ; la mort rôdait ; la peur de voir blanchir l'aube hâtait leurs enlacements ; s'enfouissant dans une farouche mêlée, se prenant, se rejetant, cuisses fourbues, lèvres, mouillures, cheveux de plein fouet et ce verre d'eau bu à deux dans l'éclaircissement très doux de la chambre (l'habitude du noir) avec la main palpant le paquet de cigarettes sur le tapis...

Odile était revenue vers Julien, intriguée par son regard.

— Qui c'est ?

— Une invitation... Un emmerdeur.

— Et nous irons ?

— J'irai seul. C'est pour une thèse sur mes romans.

— Et ce sera long ?

— Je ne sais pas, mais compte sur moi.

Odile m'avait pris le bras ; jamais elle n'avait été aussi prévenante, elle m'avait serré contre elle, c'était inusité. Car sa tendresse n'était jamais franche. Je lui souris, ça n'engageait à rien. Elle murmura :

— Je suis contente pour toi.

Et elle me quitta brusquement.

— Je vous avais menti.

Laure se tenait devant moi ; elle n'osait pas s'asseoir après m'avoir invité à le faire. Je devais m'habituer à ne pas la reconnaître avec ses cheveux bouffis, sa figure trop fardée pour son âge, sa taille (où était son modelé ?) ; je n'arrivais plus à la prendre en pitié ou en horreur. Elle aurait pu être *une autre*.

— Oui, Julien, j'étais prisonnière à Paris. Et puis, peu à peu, je ne supportais plus cette expiation ; vous comprenez, je suis allemande...

Quel appartement ! Encombré, ténébreux ; on ne rencontrait que des obstacles avant de trouver un siège.

— Ne faites pas attention au désordre. Mon fils est venu passer trois jours avec moi. Il habite en Argentine, chez ma sœur.

Bien sûr, j'avais tout à apprendre d'elle et j'en étais étourdi ; ça prenait une allure de roman, je pouvais imaginer avant qu'elle ne parlât.

— Voulez-vous prendre quelque chose ?

Je refusais en disant que j'avais peu de temps à lui consacrer.

— Je comprends.

Il y eut un silence insoutenable ; elle abandonnait sa confession amorcée dès le seuil, elle n'avait plus la force ou le désir de refaire les diverses étapes de son aventure. Peut-être ne me reconnaissait-elle pas !

— Vous n'avez pas changé, Julien. Vous permettez que je vous appelle par votre prénom ?

Que de précautions ! Le tutoiement était dans l'air. Mais elle restait quasiment muette, elle m'observait.

— Vous n'avez pas un joli temps, les montagnes sont cachées. Vous restez quelques jours ?

— Une semaine, pas plus.

— Vous connaissez Genève ?

— Mal.

— C'est une ville sévère et enfantine.

Elle faisait effort pour dire des banalités sur un certain ton, ne négligeant pas son vocabulaire ; je lui en sus gré.

— Revenez-vous à Paris ?

— Jamais.

Laure voulait être plainte et je n'y arrivais pas. Et pourtant, je devais l'enlever un soir, tout était prêt : la voiture, notre lieu de retraite. Je l'attendis toute la nuit, elle ne vint pas. J'avais accepté de tout abandonner, jusqu'à ma carrière. Nous aurions disparu sans que notre fuite devînt un enlèvement. Ma pauvre Thérèse se perdait dans le noir de l'Espagne.

Comment retrouver la violence de ma passion, la rendre, au bout de quelques années, intelligible à celle qui n'exigeait plus qu'un pardon ? Ses mains à nouveau tremblaient. Elle fut gênée devant mon regard. Vraiment, ce n'était plus la peine de tout recommencer, d'exiger, de mettre au point, de réclamer ce que je n'avais plus envie de supporter. Pourquoi m'avait-elle demandé de venir ? Je compris. Laure voulait que je cesse d'être amoureux, elle voulait se débarrasser de ma présence dans sa mémoire fléchissante.

— Vous êtes célèbre, Julien, très célèbre.

Laure me flattait, elle voulait croire à mon indifférence à son égard. Lentement elle se redressait, affreuse commerçante de nos souvenirs. Ou alors, est-ce moi qui me persuadais de son changement à tout prix ? Je ne l'écoutais plus, enfermé dans une sorte de brume au milieu de laquelle étincelait son énorme collier faux et de mauvais goût. Je m'engourdissais, fatigue ou désir d'écourter cet entretien.

— Merci de m'avoir pardonné.

Je me réveillai, elle me souriait. Un vent de jeunesse passa dans son regard ; elle avait des mouvements plus harmonieux, marchant dans la pièce, ouvrant un tiroir, le refermant, fouillant dans un rayonnage de livres.

— Je cherche votre dernier roman, Julien, pour une dédicace.

Je m'exécutai dans la bonne tradition, je réclamai un coin de table, de l'encre, je m'assis, la plume en l'air. Elle voulait par écrit une preuve de mon pardon. Je mis une formule banale qui finissait par ces mots : « infidèlement vôtre. »

— Pourquoi infidèlement vôtre ?

— Devinez.

Elle me remercia sans insister ; elle me contemplait comme si elle me voyait enfin ; le tremblement de ses mains devint plus fort. Je voulais fuir de ce petit salon où j'étouffais. On sonna.

— Vous permettez ?

J'étais sauvé ; elle entra avec un jeune homme. Présentations.

— Mon meilleur élève.

Je me retournai vers Laure :

— C'est aussi le meilleur professeur que vous puissiez avoir.

— Joël part dans deux mois pour le Conservatoire de Paris.

Joël s'inclina.

— Allez dans ma chambre, mon petit, je vous rejoins.

Puis se tournant vers moi :

— A cause des voisins, le piano est dans ma chambre.

Il n'y avait plus qu'à se prendre les mains longuement. Ce qui fut fait. Arrivés sur le palier, elle m'embrassa.

— Quels fous nous avons été !

La phrase à ne pas prononcer ! Je descendis l'escalier sans me retourner : il y a des souvenirs qui vieillissent pour deux. Malgré l'interdiction de mes médecins, j'entrai dans un bar et bus un double whisky. On verrait après. A mon âge, je ne risquais que de mourir. Jamais je n'eus une soirée plus agréable. Odile m'obligea à danser fort tard dans la nuit, amoureusement, sous les lustres de l'ambassade de France. Elle s'endormit sur mon épaule dans le taxi et je pleurai.

— C'est un accident.

Odile avait pris un air courroucé. Bientôt, elle me gronderait comme un enfant. Et dire que j'avais l'intention de l'épouser après le mariage de Patricia ! Elle ne méritait que ma reconnaissance, non mon amour. Gestes moins beaux, plus pratiques, visage durci, tout en elle prenait des arêtes, un tranchant. Le contrecoup de la guerre. Elle maigrissait au moment où la nourriture devenait plus abondante. Ses cheveux perdaient leurs volutes, ses hanches disparaissaient, elle se négligeait, trop familière avec mes relations. « Et le type de l'Académie, l'historien des coucheries royales, t'a-t-il écrit ? Fais gaffe avec ton éditeur, il te met dans sa poche », etc. D'où lui venaient cette nouvelle manière de parler, ces brusqueries, cette rapidité d'élocution, cette démarche ? Elle marchait plus vite que moi, je courais après elle, elle m'attendait en cassant une branchette. Ah ! cette manie de casser du bois sec quand elle suivait la lisière d'une forêt ! Alors j'avais couru, j'étais tombé.

On m'avait ramassé, du sang sur les lèvres. Pendant plusieurs jours je restai la tête vide, désemparé.

— Odile, dis-moi la vérité.

— Que veux-tu que je te dise ?

— C'est le cœur ?

— Non.

— J'ai comme une brûlure au côté gauche.

— Un muscle froissé, c'est tout.

— Et puis j'ai la tête dans un état !

— Tu as buté sur une racine, à dix centimètres d'un énorme tesson de bouteille. Tu l'as échappé belle.

— Et moi qui voulais changer d'appartement !

— On y pensera plus tard.

C'est pourquoi je lis les journaux de la première page à la dernière page, je me distrais avec le malheur des autres, je me plonge dans l'obscurité des êtres, surtout des inconnus, je me repais de leur gaffe ou de leur haine. C'est mauvais signe, à cinquante-deux ans. « Des cambrioleurs fracturent un coffre et en trouvent un second. » « Lucette vidait les troncs de Saint-Eustache. » « Après cinquante ans, sentez reverdir l'organisme en prenant de l'ail. » Ça, c'est du hors-d'œuvre ; mais il y a cette confession que j'ai conservée :

« Alors j'ai pris son rasoir sur la table de toilette et, comme Yves me tournait le dos, je lui ai tranché la gorge. Il a crié : « Qu'as-tu fait ?... » Le sang a jailli partout et tandis que je tentais de l'arrêter avec une serviette de toilette, mon mari a murmuré : « Pardon, pardon... » Je n'ai pas attendu qu'il rende le dernier soupir, je l'ai emballé dans un sac et alors qu'il se débattait encore, j'ai déplacé le lit de mon enfant qui gênait pour accéder à l'entrée de la cave. J'ai soulevé le corps par les aisselles, puis je l'ai traîné dans la fosse... »

Je suis écœuré ; il faut que je revienne à des lectures plus stimulantes. Quelques pages du *Voyage sentimental* de Sterne me feraient le plus grand bien. Une seule joie : les Français sont champions du monde de la coiffure. Et puis j'aime bien cet ex-maréchal Graziani qui demande au président de la République italienne de convoquer à nouveau la cour martiale déjà réunie sous Mussolini afin de juger de la mauvaise conduite de la guerre en Afrique italienne. Odile ne tient pas compte de mes étonnements, elle ne comprend pas que je m'attarde sur de tels comptes rendus, elle ajoute : « Ça ne peut pas te servir pour ta littérature ; pense plutôt aux tickets pour le pain... » Elle jette le courrier sur ma couverture. Une lettre du gouvernement général d'Algérie. On m'invite : c'est la cinquième Foire d'Oran.

Depuis que j'ai apporté la bonne parole dans ces régions, les officiels ne me perdent pas de vue. Le gouverneur me demande d'assister « à cette preuve éclatante de la vitalité algérienne ». Oui, je me souviens de ce premier voyage lent et cérémonieux au fin fond des plateaux du Sud algérien et de cette famille de Bédouins descendus du djebel Aman, leur enfant mourant sur les bras... Et les Malgaches ? Et l'Indochine ? Chez nous, il y a seulement des barrages au marché de la Villette à cause du marché noir. Mais la disette en Cochinchine ? Ce soir, à l'Opéra, bal des Petits Lits blancs. Dormons en pensant « aux valeurs éternelles de la culture », comme dit *Combat*.

En traversant par hasard le carrefour Sèvres-Babylone, j'ai vu un spectacle qui m'a navré, je ne m'y attendais pas. Je devais rejoindre Odile au *Bon Marché* pour quelques achats, quand je suis tombé en plein square sur un groupe effrayant : des hommes qui n'avaient plus d'âge s'étaient réunis et tenaient une sorte de conciliabule. Mais de plus près, je vis qu'ils contemplaient leurs mains pleines de cerises ; ils ne les mangeaient pas, mais les regardaient comme des fruits inconnus. Ils étaient vêtus de costumes empruntés ou donnés, vestons rayés, pantalons qui n'étaient pas à leur mesure, le crâne complètement rasé. Quand l'un d'eux s'approcha de moi, je baissai les yeux devant son regard : des prunelles énormes, d'une mobilité inquiétante ; les tempes étaient creuses, les joues ; le cou fluet ; il tenait à peine debout, mais satisfait. Je m'arrêtai.

— Vous avez été prisonnier ?

— Non, déporté.

Je ne savais que dire. J'étais au courant par les journaux. Les convois de ces malheureux affluaient vers Paris ; on les tenait encore à l'écart.

— Vous avez beaucoup souffert ?

Il détourna la tête pour suivre un moineau qui sautillait autour de ses pieds.

— Ça ne devait pas être drôle tous les jours...

Mais je n'arrivais pas à l'intéresser à mes questions ; la maigreur accusait le défaut de ses traits : nez long et cassé, rides précoces, petites plaies à peine fermées aux oreilles. Il me rendait mal à l'aise, car je ne comprenais pas son attitude.

— Asseyez-vous, vous devez être fatigué.

L'homme ne bougeait pas. Alors il me montra les cerises dans la paume de ses mains.

— Je ne suis plus habitué aux prix. Cent cinquante francs, cette poignée. Quand je suis parti en 42, j'en aurais eu pour trois ou quatre francs.

C'est cela qui l'étonnait le plus. On aurait dit qu'il ne voyait rien d'autre que ses deux mains.

Je voulus avoir un geste. Je tirai mon portefeuille et pris un billet que je lui tendis. Il le refusa :

— J'en ai plein ma chambre.

— Où habitez-vous ?

— En face, au Lutetia.

— Quand revenez-vous à la maison ?

— Je ne sais pas.

— Mais votre famille...

— Elle habite près de Poitiers.

— On l'a avertie ?

— Je pense.

Mes questions le rendaient soucieux ; il avait envie de rejoindre son groupe. Après un silence, il ajouta d'une voix sourde et à peine audible :

— On est très gentil à Paris. J'ai reçu des tas d'invitations.

— Il faut revenir chez vous.

L'homme ne répondit pas ; il paraissait toujours aussi intrigué par ses cerises qui mollissaient dans ses mains ; l'un des fruits laissait échapper un jus violet. Je n'avais plus rien à lui dire, lui non plus. Sa démarche, ses petits pas, son regard démesuré me rendaient malade. Je me serais cru parmi des fous inoffensifs. Je tentai à nouveau de lui parler :

— Vous devez être content ?

A cet instant, Odile m'a vu de loin ; elle est arrivée, agacée.

— Eh bien, que fais-tu là ? Tu sais que tu viens d'être malade. Ne reste pas dans les courants d'air.

Je lui fis remarquer que, dans ce petit jardin, il n'y avait pas à craindre un coup de vent. Je lui désignai l'homme debout à mes côtés :

— C'est un déporté.

— Je sais. Dépêchons-nous. Il y a encore du tissu d'avant-guerre.

Puis elle murmura à mon oreille :

— Donne-lui de quoi pour qu'il puisse manger.

— C'est fait.

— Ah ! vous, les hommes, avec vos guerres !

Et soudain, l'homme qui paraissait plongé dans ses pensées me fixa :

— Vous savez si Julien Reize écrit toujours ? J'aimais ses livres.

Ce fut comme un coup de foudre. Je balbutiai :

— Vous le connaissez ?

— J'ai lu un de ses bouquins à Fresnes. D'après la photo de la couverture, vous lui ressemblez.

Les larmes me vinrent aux yeux. L'horrible guerre me restituait le plus précieux de mes lecteurs qui avait traversé les domaines de l'horreur et, dans cette matinée fraîche de juin, redisait mon nom avant le sien...

Je le pris dans mes bras, je l'amenai chez moi, je lui offris des exemplaires de mes romans, un bon repas avec les conserves que nous possédions. Je craignais la sous-alimentation pour Patricia.

Il me parla de son camp de concentration, de ses journées ; il en riait encore. Il répétait ces mots : « Vous vous représentez... »

Je ne comprenais pas tous les termes techniques qu'il employait : kapo, musulman, Appel-Platz, proéminent revier, abord, crema, etc.

Mais je fus ému quand il me parla avec une telle gentillesse du héros de *Mademoiselle de Sermeus*, ce pauvre roman qui vit le jour en juin 1940 et qui était rempli de coquilles. Il me dit que ce personnage lui ressemblait et comme mon ouvrage finissait bien, il était persuadé qu'il reviendrait en bon état, comme mon héros.

— Votre optimisme m'a sauvé. Je devais revenir de la mort, j'étais comme votre révolutionnaire Lucien ; son destin le protégeait jusqu'au bout.

Tout ce que je viens d'écrire n'est pas vrai. J'aurais bien voulu que ma rencontre avec ce déporté soit aussi sensationnelle, mais l'homme resta muet. Il comparait ses chevilles encore ensanglantées avec celles de ses compagnons. C'est sur cette scène que je me suis empressé de partir avec Odile ; il y avait une réunion du comité d'épuration, on jugeait certains de mes confrères dont l'imprudence n'avait jamais été audacieuse. J'avais longuement serré la main du déporté, une main poisseuse à cause des cerises. Je fus étonné qu'il gardât les noyaux dans une petite boîte d'aluminium.

Le soir, nous étions à un spectacle où de Gaulle apparut. Anna Marly chanta des chansons clandestines, un peu trop tristes à mon goût. Il y eut l'inénarrable Pierre Dac, une bonne soirée qui se termina sur un violent mal de tête.

Je restai au lit le lendemain jusqu'à l'heure du déjeuner. J'avais à écrire, me semble-t-il, une note dans *les Etoiles* sur cette rencontre avec un homme accablé et peu communicatif qui n'arrivait pas à rentrer dans le rang. Je lui devais bien ça.

« Pourvu qu'on soigne tous ces Lazares et qu'ils deviennent à nouveau vivants pour qu'ils puissent un jour pardonner à leurs bourreaux sans oublier ce qu'ils furent...»

C'était la fin de mon texte. Le surlendemain, je devais partir pour le sud de la France afin de me reposer ; j'avais mal passé l'hiver et ce printemps, avec toutes ses émotions, m'avait épuisé. J'ai tellement peur de ne pouvoir finir mon quatrième tome sur la famille de Sermeus ; je n'en suis qu'au début de la guerre de 1914. Encore une, celle-là !

— Odile, un colis du Béarn !

Il fait froid dans l'appartement, je me couvre comme si j'avais la frilosité d'un homme âgé. A quarante-six ans, on peut espérer se réchauffer vite. Je n'aurais jamais cru que les Allemands fussent à ce point aussi insistants. Dans le *Parizer Zeitung*, ils annoncent la victoire pour la fin de l'année. Mais le ton a changé, il y a de la nervosité dans leurs communiqués. Le fils de ma concierge vient d'être fusillé comme otage.

Nous étions si bien en Seine-et-Oise, après mon deuil : escargots, gibier, fruits, vieilles carpes de l'étang, la nourriture ne posait pas de questions. Nous étions devenus intimes avec des fermiers grâce à ma notoriété. Ici Odile fait la queue, donne des cours de français. J'ai voulu garder le silence et ne plus écrire, mais nous crevons de faim. J'ai repris modestement la plume, je tiens une chronique de philatélie et donne une critique de livres dans des journaux de province sous le pseudonyme de Leuwen. On se ratatine, on vit derrière des fenêtres barrées de peinture bleue, on mange en faisant de petites bouchées ; des tartes à la carotte, aux germes de pommes de terre, du fromage moins appétissant que mon dentifrice, des mamelles de vache, est-ce que je sais... J'ai pu avoir du café, quelques kilos, par mon ancienne Chambre de commerce ; je l'ai échangé contre des souliers.

Nous avons encore des réfugiés à la maison, un couple de professeurs de Strasbourg. Lui ressemble à une cigogne malade, quant à sa femme elle écorche le français en s'excusant, se plaint de ma passivité : on l'aperçoit sous une couverture en train d'écouter la radio anglaise de huit heures. Que faire ?

Deux jeunes gens sont venus me demander des textes poétiques pour une revue de la zone libre : *le Franc-parler.* Odile pense que je risque gros. J'ai pourtant accepté d'écrire un texte vibrant avec la nostalgie des clairs de lune d'avant-guerre et du jambon fumé. Les deux jeunes envoyés m'ont promis un coupon de tissu, de la laine tissée dans le Vaucluse sur un vieux métier à main.

Odile ne répond pas quand on l'appelle. Je ne veux pas ouvrir le colis sans elle : c'est la surprise, car les produits annoncés ne sont jamais dans le paquet. Aujourd'hui on devrait avoir du veau, de la graisse, des gâteaux à la crème de lait. Mme Wissemberg est sortie de sa chambre comme les chats quand ils entendent un crissement de papier dans la cuisine. Elle est à l'écoute. Quand repartiront-ils ? Depuis plus de dix jours, je suis enfermé dans l'appartement. C'est ma faute, j'ai voulu jouer au héros et me voici avec un cœur déréglé et la peur au bout des doigts.

Je passais dans la rue Bonaparte, un matin, vers dix heures, quand j'ai croisé deux « souris » grises, des filles allemandes plantureuses et volubiles ; elles m'agaçaient devant une vitrine de la galerie de Mai où était exposée une admirable peinture de Klee : une sorte de coupe en profondeur de la croûte terrestre, un marbré avec des éclats de jaune, une pointe rouge près d'un gravier beige... Elles riaient, parlaient fort et se montraient du doigt le tableau solitaire. Quand je passai près d'elle, je leur murmurai lentement : « Ah, les jolies truies ! » Hélas ! elles connaissaient notre langue et, se retournant, voulurent me prendre le bras ; je m'échappai. Elles coururent après moi ; je tournai dans la rue des Beaux-Arts, déjà essoufflé. Je les semai car elles avaient appelé à l'aide un civil allemand et le temps de lui expliquer, elles m'avaient perdu de vue. Durant une heure, je louvoyai dans le quartier ; je m'arrêtais devant les magasins pour regarder si je n'avais pas dans mon dos les deux silhouettes grises et noires. Quelle idée d'être plus fort que soi-même !

Une menace pèse sur l'appartement, j'en suis persuadé ; on peut me reconnaître facilement avec mon feutre taupé, ce manteau à chevrons que je porte toujours. Il vaut mieux que je me dissimule. Je ne sortirai que le soir pour éparpiller dans les rues des petites cartes en bristol où j'ai apposé une croix de Lorraine ; je me suis fabriqué ce signe avec une vieille gomme que j'encre. Le bristol est très difficile à balayer, il adhère au macadam. Je me suis payé le luxe d'assister, un matin, au nettoyage du carrefour Danton où j'avais répandu plus d'un millier de ces fiches : ça valait la peine. On ne peut qu'irriter une armée, nos armes sont dérisoires, faisons les insectes.

— Odile, j'ai faim. Viens ouvrir le colis du Béarn.

— Il y a longtemps que je n'ai pas vu Julien Reize.

— On le voit peu.

— Il a failli être arrêté. Marché noir.

— Par les Allemands ?

— Oui.

— Il est vrai qu'au dernier moment il n'est pas parti pour Berlin avec les autres. C'est peut-être une bronchite patriotique.

— On m'a dit qu'il buvait moins, ça m'étonne.

— Le cognac dans une tasse de tilleul coûte cher.

— Il doit se débrouiller.

— Il a beaucoup décollé avec ses histoires d'amour.

— Quelles histoires ?

— Vous ne saviez pas, la pianiste allemande qui loue elle-même les places de son concert... On les a vus ensemble. Je ne comprends pas ce que les femmes lui trouvent : ce n'est qu'un bel homme endommagé, et veuf par surcroît.

— Vous avez lu son essai malheureux sur l'écriture ?

— Il ne me l'a pas envoyé. Je me méfie de ses pensées : c'est un touche-à-tout, un peu trop artisanal à mon goût. Il réfléchit comme il parle, avec grossièreté.

— J'ai détesté sa conférence à l'Institut allemand sur Gœthe. On l'a couvert de fleurs ; les roses nazies ont des piquants.

— Il a du mal à vivre. Ses livres se vendent mal. Il n'est pas fait pour le roman ; ses personnages ont aussi du mal à vivre dans ses intrigues.

— Quel âge a-t-il ?

— On lui donne quarante-cinq ans.

— C'est bien possible. Ce sont des types à vieillir tout d'un coup, sans crier gare.

— Son œuvre disparaîtra avec lui. Il a bien fait de prendre de grands peintres pour illustrer ses ouvrages. Ça lui promet toujours une vente publique.

— Que vous a-t-il fait ?

— A moi ? Rien, ou si peu. Odile fut ma femme.

— Je comprends.

— Il la rend si malheureuse ! Ne lui parlez jamais de vos projets. C'est un inconscient, il se les approprie. Après, allez vous y reconnaître quand ils sont aux mains de ce Stendhal de banlieue. Julien Reize a les idées bien trop moites pour ne pas faner celles des autres quand il les a cueillies.

— Soyez prudent.

— Vous aussi.

— Je suis content de vous avoir rencontré. Il y a si longtemps qu'on ne parle pas à cœur ouvert. Demain, je téléphonerai à Julien Reize ; il paraît qu'il a découvert une ferme où l'on trouve de tout, un véritable petit marché dans les foins.

Le ciel est bas sur Paris ; quelques vélos-taxis roulent sur les quais. On attend un convoi de camions allemands, la police est en place. Julien regarde ces hommes figés portant une large plaque de métal sur la poitrine. Une vieille femme a voulu traverser avec sa boîte à lait, elle a trébuché sur ses semelles de bois, le lait s'est répandu sur la chaussée. Les Allemands injurient la dame affolée qui fuit vers le Pont-Neuf, un soulier à la main. Les policiers contemplent la large flaque blanche qui grandit. Julien se met à rire devant la mine déconfite de ces géants qui essaient avec un papier d'arrêter le liquide qui rejoint le caniveau. Il hausse les épaules, repart. Plus loin, une voiture à gazogène a des difficultés, elle se trémousse, pétarade, des policiers courent vers elle. Des motocyclistes apparaissent, un premier char...

Aucune odeur dans ce printemps ; la ville est farouche, repliée sur elle-même. Comment écrire dans un climat pareil ? Il n'y a personne sur le pas des portes, les chats ont dû être mangés. Deux écoliers reviennent en se bousculant comme autrefois. On fait queue devant une boulangerie.

Julien coupe la file en s'excusant, une femme enceinte s'est assise sur une marche, ses cheveux sont en désordre, elle a l'air de pleurer. Pourquoi se presser ? Le canard des Basses-Pyrénées a été raclé jusqu'à l'os, le beurre devient trop salé et le miel est plein de mouches mortes et confites. Ce matin, il y aura comme dessert des bananes sèches. Odile, hier, a fait cuire des pommes de terre dans de l'huile de paraffine, ce fut ignoble. Et puis on a arrosé le fromage sec et grumeleux avec du sirop des Vosges.

Julien a décidé de reprendre son vélo ; il ira dans les fermes de la Beauce en suivant les chemins creux entre les champs. Un vélo Humbert lourd et noir avec un changement de vitesse compliqué, des freins comme des antennes. Ce sera l'enfance à nouveau, le retour des dimanches quand les hannetons se cognaient au crépuscule sur les branches, quand les lilas se rouillaient sous la pluie... Cours de ferme hostiles, marchandages, ventes d'abats dans des caves, échanges. « J'ai sur mon porte-bagages deux kilos de café vert et des blouses en Vichy... » Envies, regards en coulisse, conversations lentes et minutieuses, le temps passe, le vent fraîchit, verres de vin sur la toile cirée et l'odeur de pommes cuisant dans le four à pain...

Julien roule à vive allure dans un vol de fourmis ailées. Il a remis ses culottes de golf à larges carreaux, les bas de laine écossais, une veste de tweed aux pans flottants, des moufles de cuir. Il fait attention aux pierres de la route, évitant les trous, les bosses, les bouts de fer, suivant la lisière où l'herbe est courte et drue.

Plaines ondoyantes, bosquets, granges cachées dans un repli, mares moussues, crépitement des herbes en feu, chiens réveillés qui viennent mordiller les mollets : fous le camp, sale clebs ! Puis, soudain, un orage de guêpes sur un poirier sauvage.

La terre labourée brunit ; on sème, des groupes discutent : c'est la pause. Il doit être midi. Une paysanne s'est isolée dans un taillis. Julien chantonne un air de Trénet. En arrivant à un tournant assez brusque, il tombe sur un attroupement. Une moto est renversée dans l'ornière. Julien relève la tête, se tait. Une ambulance, le moteur encore en marche, a stoppé près d'un petit bois de noisetiers. Une infirmière en descend ; on voit des bottes sous sa blouse. Des Allemands crient, prennent des mesures, un casque a roulé de l'autre côté de la route. Un gendarme arrête Julien : « Achtung, achtung, paper ! » Julien a posé son vélo par terre, des pommes de terre roulent ; le pull-over qui les recouvrait s'est défait. Il tend ses papiers. Devant les regards, il recule ; un Allemand se penche sur le porte-bagages, ouvre un sac de toile, en retire des boîtes ; le café vert se répand sur la route. Julien reçoit un coup de crosse dans la hanche, il tombe. Des ordres hurlés. Un talon lui enfonce une côte. Douleur aiguë, prolongée, qui le cingle, traînée de feu sur les mains écorchées. Des oiseaux se querellent sur une branche, foncent l'un sur l'autre, se renversent dans le ciel blême, s'éloignent. La paysanne revient de son taillis en tirant sur son tablier. Deux voitures, des onze chevaux noires, s'immobilisent près du corps de Julien. La paysanne a repris son petit troupeau de chèvres : « Biquette, Noiraude, Blandine... » Elle traverse un pré, rabroue un chevreau qui voulait revenir vers le vélo de Julien. Un chien tourne autour du porte-bagages, il a senti la viande et commence à grogner ; il donne des coups de dents dans le sac, le happe, le traîne sur les cailloux. Ses babines rougissent car il a saisi une rate de veau, le chien fuit avec le morceau qui pend comme une lanière. Un soldat tire sur la bête qui entre dans le bois en jappant. Julien essaie de se relever ; le soldat l'a vu, les clous s'enfoncent dans ses joues, raclent le front. Julien pousse un cri. Du sang envahit sa bouche. Le soldat renverse le corps sur le ventre ; la nuque est égratignée, de petites perles rouges grossissent autour des cheveux. Ce n'est pas possible de mourir ainsi, pour rien. Julien a tellement pensé à sa mort, une fin superbe, avec des traits d'esprit, des accès de courage, des sourires confiants à l'entourage. Une maladie qui n'en finit pas, qui laisse du répit pour les dernières recommandations. Les amis viennent autour du lit. On lui parle, il répond avec précision. On le félicite sur son visage lisse et odorant. Louis Rure, l'académicien, lui apporte un paquet de journaux, on parle de lui, les chroniqueurs suivent l'évolution de son mal. C'est le drame du jour. Des envoyés de la radio attendent derrière la porte l'instant fatal.

Un vol de pigeons passe au-dessus de la tête de Julien ; il reçoit sur le lobe de l'oreille une fiente blanche et froide ; ça le réveille. La voiture ambulance est repartie, les autos noires, on fume autour de lui, cette odeur de cigarettes égyptiennes...

Maintenant il est seul dans son trou, on l'a jeté dans les mélisses et les plantes d'eau du fossé. Son souffle devient plus court, il halète, il voudrait appeler, mais les paysans ont fui, la route a été barrée.

Ce n'est pas possible qu'on me... Julien ouvre les yeux. Une calotte de ciel éblouissant l'enserre ; c'est une énorme verrière qui se fêle, s'éparpille en éclats d'un blanc cru, en une poussière cristallisée, saline, globe brisé, sable en fusion, soude, ceinture d'aiguilles... Julien voudrait tourner la tête du côté des troncs, ne plus voir ces fulgurations qui prennent une froideur de suie, ces nuées humides, oui, regarder l'herbe, approcher les tiges, les feuilles piquantes, écouter l'eau.

Alors il commence à geindre si fort qu'il lui semble être écouté par la terre entière. Un gémissement qui finit en sanglot, enfin une grande claque bleutée sur les yeux et tout devient noir.

3

Oui, Julien Reize, mon père, est bien mort ce 3 avril 1943. Je lui ai donné près de vingt-cinq ans de plus à vivre. J'ai imaginé ce qu'il aurait pu devenir au fur et à mesure que l'âge le prenait ; je ne pouvais supporter cet homme jeune à jamais, dans un fossé, seul avec les carnassiers, les mouches, les herbes, l'averse, se défigurant, s'enfouissant dans la boue, dans des tissus déchirés ; je n'arrivais plus à être son propre tombeau. Un cadavre, ce n'est pas une image pour mes vieux jours. Il aurait pu être ce personnage presque brillant, cet écrivain soigneux de lui-même, mais je l'ai embelli, car c'était un buveur effréné, un méchant homme ; il mentait et j'ai réalisé ses mensonges, je lui ai donné plus de talent qu'il n'avait. Il se disait journaliste, mais avait-il vraiment collaboré à un journal ? On m'a raconté qu'il tenait une chronique judiciaire dans un quotidien. Il se régalait avec ces horribles dialogues entre un accusé et ses juges. Il notait bien les reparties, il dessinait amoureusement les visages, les gestes. Il a pris l'habitude des prétoires, il n'y avait qu'un pas à franchir pour être lui aussi entre deux gendarmes, ce qui fut fait. Moi, je l'ai vu, quand j'étais enfant, faisant le pitre pour essayer de dérider le président, je devais porter témoignage contre lui. Grand-maman Jo me ramena, toujours évanoui, dans sa maison. Je me réveillai plus tard, ayant tout oublié.

J'ai imaginé cette suite de péripéties qui puissent être

conformes à ses habitudes ou à ses désirs, pour ne pas dérouter le lecteur. Il y avait une part de vrai dans mes inventions, une donnée exacte. Beaucoup de personnages ne sont pas imaginaires, je me suis arrangé pour qu'on ne les reconnaisse plus. Il fallait que ce récit soit clair, simple et sans apprêt. C'est par bonté d'âme que je l'ai pris en 1967, au moment de son agonie, et je l'ai fait revivre ; maintenant je suis rassuré, car c'est moi qui ai *fabriqué* mon père : il sort tout frais de mes mains, il sent encore le vernis. Je l'ai créé, je l'ai porté, je l'ai entendu crier entre chaque page, il m'appartenait, je l'obligeais à se conduire suivant mes hantises ; le fantôme avait disparu, je pouvais me réjouir de sa venue et me venger de sa disparition. Le vieillissement me redonnait de la tendresse pour ce père égaré qui était à ma merci et se servait de mes mots. Enfin je rêvais sur lui, j'enlevais les taches, je le soignais, je m'habituais à sa nature ; mon seul souci était qu'au détour d'une page, je ne puisse plus l'inventer et je me voyais, jusqu'à la fin de ma vie, avec cette ombre qui m'aurait toisé, cet être fictif qui ne pouvait plus rejoindre sa propre mort et s'y confondre. Ouf, c'est fini ! Et j'ai remonté avec lui le cours des ans à l'envers. Souvent, je fus pris de vertiges par cet énorme retour en arrière, la tête me tournait, ma plume avait des arrêts d'écriture. Je forçais mon imagination, et au fur et à mesure que j'avançais, les événements que j'avais vécus, je n'en retrouvais qu'un schéma ; je n'étais sûr de rien, même pas de ma vie quotidienne. Que faisais-je en 1954 ? D'où m'était venue l'idée d'écrire ce récit sur mon père et qui avait pour titre : *le Petit Jour du jugement ?* Avais-je été inspiré par une rencontre ou une lecture, par une lettre, une famille ou par des souvenirs dont je dissimulais la hardiesse ? Tout se brouillait, je me confondais avec ce personnage si peu sûr. Et quelle envie de le faire souffrir !

Je consultais des journaux de l'époque, j'écrivais à des

amis, j'en questionnais d'autres. J'avais accès aux archives de mon journal et mon rédacteur en chef se réjouissait de mon sérieux. On me révéla sur moi-même des faits que j'ignorais ou que je feignais d'ignorer : je les attribuais à mon père.

Tous les oublis me mortifiaient. « C'est en 1957 que nous avons passé cette soirée mémorable ensemble, on avait bu comme des trous... »

Et Claudie ? Quand est-elle arrivée dans ma vie ? Claudie me soutenait que nous nous étions rencontrés au festival d'Aix. Pourtant, je ne la voyais pas à mes côtés dans ces nuits musicales, je serrais la main d'une Mireille qui avait l'accent nordique.

C'est au fond d'un café de banlieue que je l'avais interpellée ; transie, les yeux pleins de larmes, elle tournait le dos au poste de télévision, ce qui choquait le patron et les clients préoccupés par une reine malmenée dans une dramatique (son immense collerette la gênait dans les tirades), je souriais, cherchais un autre visage aussi amusé ; je rencontrai celui de Claudie ; je lui sus gré de son émotion, je m'approchais d'elle ; une heure après, nous buvions dans le même verre.

Je ne quitte plus Claudie, je l'amène où je vais. Si je fuis comme toujours, c'est avec elle ; j'ai transfiguré mon irrésolution en la mettant au compte de l'amour, je m'en porte mieux. Claudie m'a donné cette chance d'être hésitant pour une belle cause, la nôtre.

C'est à la dernière page de mon récit que je viens d'apprendre enfin qui est ma mère, après tant d'années. Je comprends pourquoi j'ai commencé cet odieux roman par la fin : je voulais arriver à ma naissance, combler les trous ou me glisser dans les vides, utiliser même l'imagination pour m'associer à une aventure familiale inconnue, parcourir tous les âges d'une existence sans but et revenir dans le ventre de ma mère pour m'y blottir. Quelle fin savoureuse pour les psychiatres !

Hier, j'ai eu mon premier rendez-vous avec elle. Ma mère est serveuse dans un restaurant, *Au fin gourmet*. Mais depuis son accident, elle s'occupe du vestiaire, du téléphone, elle vend sur un plateau de bois des paquets de cigarettes. Elle est droite, mince, blanche. Je ne savais où poser mes lèvres sur cette face. On dirait qu'elle est fardée, mais c'est sa peau qui a cette irisation particulière, ce nacré.

Une peau de gant. Elle s'est étonnée de la mort de mon père qu'elle croyait encore vivant. Je lui parlai de sa mort en 1943, sur une route de campagne, alors qu'il allait chercher de la nourriture. Il fut accusé d'avoir abattu un motocycliste allemand, piétiné, puis traîné sur la route et abandonné là comme une bête, aux roues des voitures et des camions. Elle a pleuré sèchement. Après un silence, elle m'a demandé s'il était encore un écrivain connu. Y avait-il des droits d'auteur ? Son œuvre avait-elle encore des lecteurs ? Je mentis.

Je ne disais pas qu'il restait pour nous dans une armoire cinq manuscrits dont aucun éditeur ne voulait. Les morts n'attirent plus, les œuvres posthumes ne sentent pas bon. « C'est du réchauffé », comme m'a répondu un éditeur.

— C'est grand-mère Jo qui t'avait élevé ?

— Oui. Mon père avait une compagne : Odile.

— Que faisait-elle ?

— Coiffeuse.

— Et aujourd'hui ?

— Odile est folle, on l'a enfermée.

— Tu as un métier ?

— Journaliste.

— Dans quel journal ?

— N'importe lequel, je fais des piges.

— J'espère que tu n'écris pas dans les journaux mal pensants. Alors tu écris, toi aussi ?

— Oui, un peu.

— Quelle misère ! J'espère que tu ne parles pas de nous dans tes livres. Es-tu marié ?

— Non.

— Cela vaut mieux, avec ton métier.

Elle m'avait offert un paquet de cigarettes américaines, après avoir pris de l'argent dans son sac et l'avoir remis dans une petite boîte de fer, sa caisse.

— Ce n'était pas la peine de venir. Tu as ta vie, j'ai la mienne. Comment veux-tu que je sois une mère à mon âge !

— Pourquoi es-tu partie ?

— Ton père, Julien, on ne savait jamais quand il allait rentrer. Vers minuit il me ramenait des copains, je devais les nourrir, les faire coucher. Je n'ai jamais pu le voir seul ; tu penses, il me fuyait à cause de mes poches sous les yeux et de mes tabliers... A trois ans, tu ne t'endormais qu'à l'aube. Je ne pouvais plus supporter le linge qui séchait au plafond, les verres partout sur les meubles, les lits défaits. Julien n'écrivait plus, il parlait sans fin, il racontait ses livres, il me prenait à témoin de son génie. A midi, il se mettait devant la petite table de la cuisine, buvait deux ou trois verres de vin, essayait d'écrire ; c'est alors qu'il m'injuriait, j'allais me réfugier chez la concierge. Alors il te prenait sur ses genoux, te berçait, tu criais, il te donnait tout ce qu'il avait dans ses poches. Je t'ai sauvé d'un briquet enflammé. Julien voulut écrire des chansons, il faisait venir des guitaristes ramassés dans les campements gitans et dans la fumée, les battements de mains, il composait des paroles pour des airs dont personne ne se souvenait plus quelques instants après.

Quand j'ai voulu fuir avec toi, il t'a enlevé. Je ne sais plus où il t'avait caché. Je le suppliais de te faire revenir, j'acceptais de travailler chez une voisine pour faire le ménage. Il me traita de mauvaise mère. La police ne me crut pas. On considérait ton père comme un artiste et l'on

113

était indulgent. Moi, j'avais mauvaise mine avec ma figure bouffie, mes cheveux retenus avec un ruban noir, mes espadrilles. Comment voulais-tu que je m'habille ? En deux ans, je n'ai eu qu'une robe neuve, par hasard. C'est un de ses amis qui me l'offrit par pitié. Julien me battit. Il déchira la robe. Il y mit le feu avec un bidon d'essence et la fit brûler dans une cuvette. Je me souviens de l'effroyable odeur du tissu ; les pompiers arrivèrent à cause de cette fumée noire qui s'échappait par la fenêtre. Il m'accusa devant la police d'avoir mis le feu exprès. Puis, magnanime, il me pardonna devant tout le monde. Je décidai de fuir. Te rechercher, c'était le mettre davantage en colère. Où pouvais-je t'emmener ? Je pensais que grand-mère Jo t'avait pris en pension. Ça me rassurait. Et puis, en ce temps-là, il aimait une espèce d'artiste allemande, une pianiste qui jouait dans un orchestre de femmes. Il la suivait dans ses voyages : c'était le bon temps pour quelques jours. Je remettais de l'ordre dans l'appartement, dans les armoires, dans les paperasses, le grand lessivage. Comme je dormais, les voisins me félicitaient de ma figure reposée, j'embellissais, je cherchais du travail, je gagnais un peu d'argent. Et soudain il revenait plus fou que jamais, la chemise sale, pieds nus dans ses souliers, sans veston, pas rasé, des ecchymoses sur les joues. En une heure, l'appartement n'était plus qu'un champ de bataille ; les tiroirs gisaient sur le sol, le linge déjà maculé par ses mains. Il se faisait cuire des œufs, les oubliait dans le plat. L'eau de son bain coulait avec un jet si mince qu'une fois le chauffe-bain avait éclaté. Le soir, tout reprenait comme avant, les coups de sonnette à minuit, les inconnus, les tasses de café sur les meubles, la fumerie, les œillades de certains quand j'allais me coucher. Souvent, Julien me réveillait pour prendre un verre dès le petit matin avec ses amis. Ça continuait dans la salle de séjour, cette beuverie avec les mêmes plaisanteries, parfois avec du remords devant mon visage. Alors on me faisait fête, on me nommait la reine, je devais confectionner un gâteau, « tu sais, ton chausson aux pommes... ». Comme je ne pouvais me rendormir, je faisais la pâte ; c'était le moment du silence, on me regardait mêler les ingrédients. Ton père pelait les fruits, les découpait en minces lamelles, les mettait en étoile sur la pâte, fignolait son travail sous l'œil avachi de l'assistance.

La cuisson était sacrée, on me souriait ; puis c'était la curée sur le chausson aux pommes.

Une nuit, il se cassa la jambe. Julien avait injurié un arbre et frappé le tronc à coups de pied... Ce furent trois semaines paisibles, il se conduisait comme un enfant à l'hôpital, il était dorloté par les infirmières auxquelles il racontait des histoires. Quand il revint, ce fut pire, il se voyait infirme pour toujours et c'était vrai. Je n'avais plus qu'à le quitter, malgré les portes verrouillées par lui.

Ça te suffit, maintenant ?

Jean-Pierre a préparé une enveloppe avec de l'argent dedans ; il la pose près de la main de sa mère, elle a compris.

— Pas d'aumône, j'y arrive. Au fait, on t'appelle toujours Jean-Pé ?

Il s'est approché de sa mère qui recule, elle lutte contre son émotion, elle sourit, regarde l'heure.

— Mon petit, c'est le moment. Je dois me changer ; on se reverra certainement. Maintenant que je te connais mieux, tu n'as pas l'air mauvais, mais tes yeux...

La vieille femme soupire :

— Il suffirait d'un rien pour qu'ils changent.

Elle embrasse Jean-Pierre sur le front.

— Tout de même, ça ne s'est pas mal passé, j'envisageais le pire. Tu viendras dîner chez moi. Tu feras connaissance de mon mari et de ma fille Léopoldine. Au fait, quel âge as-tu ?

— Vingt-neuf ans.

— C'est vrai, tu es né le jour où la frontière italienne s'est fermée. J'ai cru que j'allais accoucher à San Remo. Les douaniers nous ont laissés passer. En 1938. Allez, laisse-moi. Téléphone demain.

Jean-Pierre n'a pas parlé de lui. Il repart avec une curieuse impression : pourquoi serait-elle ma mère, pourquoi ne le serait-elle pas ? Tout est en ordre, maintenant. Depuis dix ans qu'il la cherchait ! Elle est là devant lui, le repoussant gentiment de la main, le regardant sans surprise. Il n'y a eu aucun geste déplacé, aucune pression de main, aucune larme, aucun ressentiment, ce fut correct, sans plus. Au fond, c'est une inconnue, nous sommes des inconnus. Jean-Pierre s'en va et, brusquement, il n'en peut plus. Comment revenir à l'hôtel ? Ma mère ne sait pas où j'habite, elle ne m'a rien demandé. Claudie a haussé les épaules quand je lui ai parlé de ma mère, elle m'a suivi sans entrain. Je lui avais promis un lac, des montagnes aux pentes blanches, des mouettes, des sirènes de bateau et nous sommes à Lausanne, là où vit ma mère, mariée à un brave Suisse.

Claudie est partie pour Genève voir une ancienne amie de pension. J'ose croire à cette amitié. Il vaut mieux ne pas mêler nos amours et nos passés. J'écris pour *la Gazette de Lausanne* une série d'articles : promenades en Europe. Que dire devant le panorama brumeux du lac qui verdit à certains moments comme un feuillage. Soudain le soleil étincelle, un énorme bouclier en feu. Le clapotis miroite, aveugle, la chaleur s'étale, je suffoque. Moiteur des mains, nuque mouillée, je pose mes pieds nus sur le carrelage, j'enlève ma chemise, je m'étends sur le lit avec, au-dessus de mon visage, un lustre grêle garni d'abat-jour en cornets de porcelaine. Tout est grêle autour de moi, sans grâce, les plantes, les fauteuils confortables sans excès, les tables dont le plateau est en bois plastifié, les torchères à cinq branches dorées, les bouquets de roseau, les gravures, les drapeaux en triangle posés sur les guéridons ; c'est du moderne de paquebot.

Claudie va me quitter, je le sais ; elle n'a pas défait ses valises, elle s'habille avec la même robe, elle prend son temps pour me répondre. Que va-t-elle faire vraiment à Genève ? « Et puis j'achèterai une montre. » Je ne lui ai pas donné d'argent, je me méfie, elle ne m'a rien demandé. A qui se confie-t-elle ? Elle est partie ce matin avant l'ouverture des magasins, par l'avenue d'Ouchy jusqu'à l'embarcadère. Elle m'avait laissé un mot : « A ce soir, si je ne rate pas le bateau. Surtout ne m'attends pas, tendres baisers. » Je n'aime pas cette formule de la passion : « tendres baisers », elle peut servir à ma mère...

Je ne travaillerai pas, je n'ai pas d'idée. Pour demain, les interviews d'un jeune insoumis que je dois rencontrer et qui vit lui aussi dans cette ville étagée, à l'affût des touristes, dans un encombrement de buildings, de palais, d'hôtels ; les rues sont déjà marquées par la montagne, il faut un souffle d'alpiniste pour grimper jusqu'à la place Saint-François en venant de la gare ou des quais. Je n'en peux plus, le vent ne se lève pas.

Nous devions partir pour l'océan Indien et me voici dans cette station presque balnéaire accrochée à la roche par ses rues divagantes et ce miroir énorme à ses pieds dont les rives sentent le jardin botanique, avec une flottille de week-end, des jetées pour promeneur solitaire et la France, au loin, minérale, maladive, toute pâle dans ces eaux qui se hérissent sous les averses.

Dormir sans plus, ne rêver qu'à bon escient, oublier ce père qui se dresse devant moi, braillard et nerveux, se faisant le personnage le plus pittoresque d'une vie déjà amochée. Je n'ai aucune photo de lui, comment était-il ? J'aurais dû demander à ma nouvelle mère une description physique ; mes traits sont-ils dans la rainure de ses traits ?

J'ai découvert à la Nationale dans un journal d'avant la

guerre de 40 la photo d'un repas, au moment où il recevait un prix éphémère donné par une société de stylos. Il ressemblait à Falstaff, ventru, le col ouvert. Un sauvage qui devait s'apprivoiser avec un verre ou un éloge sans finesse. Que devaient être ces nuits où il courait dans Paris, déclamant devant les terrasses, fauchant les petites cuillères dans les cafés, entrant dans les conversations sans y être invité, défendant des idées dont l'absurdité devait le mettre en joie, riant avec les inconnus pour qui le temps se défraîchit comme la nuit, champion des causes insolites ou ténébreuses jusqu'au *matin blême* ; alors il devait avoir le visage tout bleu, les pupilles dilatées, la bouche moussue, je le vois, je l'appelle, mais il ne se retourne pas, pressé de s'endormir près de son enfant qui se réveille... Quel visage lui donner ? Comment le mettre à côté de cette mère qui ne reconnaît plus les siens et dont la mémoire est percée comme un vieux tonneau ? On oublie d'éponger, on grelotte sous la trombe des souvenirs, on s'y noie. Parle encore, je vais prendre des notes...

C'est moi la rencontre la plus intéressante de mes reportages. Comment vit-on en Europe ? Doit-on rechercher un foyer ou un horizon ? A qui croit-on ? Peut-on encore mourir pour une Cause ? A quoi rêver quand on aime ? Qu'est-ce qu'un ancêtre aujourd'hui ? Y a-t-il des parents qui oublient de l'être et des enfants qui ne paraissent pas le devenir ? C'est moi, mon principal interlocuteur. Je vais m'interroger, me poser des questions vaches, me coincer...

Jean-Pierre, vous dites que toute l'Europe a des jeunesses manquées à cause de la guerre, et vous, comment vous en sortez-vous ? Ecrivez-vous pour fonder votre histoire, la retenir ou simplement pour la conserver comme un zoo, un jardin d'acclimatation où les êtres s'habituent aux intempéries, aux gardiens, au pain rassis que leur tend un enfant oublié ?

Un roman dans lequel on n'approche pas les personnages

rendus furieux, qui se tuent pour une caresse convoitée, dont les drames déclinent et qui observent nos effusions, s'en nourrissent et deviennent ce que nous n'avons pas voulu être. Ça finit toujours par des cadavres à demi dévorés. Pourquoi ma mère ne m'a-t-elle pas accompagné ? *Et vraiment existe-t-elle ?*

Thérèse sert des clients de passage, elle emmène leur chien à la promenade, elle garde les os pour les dîneurs et les leur remet dans du papier de soie contre un pourboire. Elle les couve du regard, inquiète de leur moindre désir, prête à répondre à leur appel, enlevant les taches de sauce avec un linge fin trempé dans une tasse d'eau chaude, épongeant, mettant du sel sur le vin répandu, ramassant à croupetons une fourchette qui est tombée sous la table, annonçant à haute voix le nom de la personne qui est appelée au téléphone : « On demande M. Jean-Pierre au téléphone ; on demande M. Jean-Pierre au téléphone. » Elle secoue sa clochette et la voix décroît, se perd dans le brouhaha. Qui demande Jean-Pierre ? Il n'y a personne au bout du fil, sinon un père qui vient de mourir sur une route en plein soleil, page 94. La voix est douce, insistante, un murmure à l'oreille. Je n'entends rien, je ne sais pas ce qui se passe, parlez plus fort... Les anges se réunissent, les ailes brûlées, pour redire le nom, mais en plein air il faut crier fort. Dieu est ce vieil automobiliste qui ne s'est pas arrêté et poursuit sa route. Les anges racontent des histoires d'accident, crient entre eux, ils sont seuls, le ciel s'est obscurci, la guerre fait rage, les anges se réfugient dans une grotte, ces messagers qui ne se souviennent plus du message et qui ont mal compris le nom de la personne qui est au bout du fil...

Jean-Pierre s'est réveillé à cause de la fraîcheur qui vient par la fenêtre ouverte. Le lac est comme une assiette vide ; ça fume sur les bords.

Ce soir, c'est le grand repas de famille, la réconciliation, les embrassades quand le vin fait son office, l'émotion au dessert entre deux bouffées de cigare. On parlera sans se comprendre, sur un mode récapitulatif. Il faudra bien parler de Julien, sans insister à cause du nouveau mari, des enfants. Pourvu que la mémoire soit discrète ! Personnellement, j'ai un passé net, un peu glacé. Grand-maman Jo n'était pas une femme à laisser pousser l'herbe entre les souvenirs, elle avait son franc-parler. Elle ne m'a présenté mes parents que comme des monstres indifférents. « Ton père a la maturité de son enfance, voleur, inventant des histoires à dormir debout, vivant à mes crochets sous prétexte qu'il était un artiste. J'ai été obligé de vendre de la terre, tu sais, le grand pré aux morilles, il m'appartenait avec l'étang, et la ferme qui a brûlé ; il y avait mis le feu par imprudence, ou dans une crise. J'avais pu arracher Julien aux flammes, il braillait une chanson à la mode. Et tu diras tout ce que tu voudras, mais c'est insensé, Jipé (c'était mon surnom), la maisonnette n'avait connu que les inondations. Tous les ans, la rivière débordait, rentrait dans la cuisine, y déposait une boue noire et grasse, puis repartait. Et, je te jure que c'est vrai, Jipé, le lendemain de l'incendie, l'eau montait. Un jour de plus et le feu ne prenait pas. On aurait sauvé la maison. A dix-sept ans, il avait fui vers Paris en chemisette, un sac de toile à la main. Il avait mis un mot sur sa table de nuit : « Je suis comme Rimbaud, je vais vivre ma vie et écrire. A bas le monde ! » Qui est ce Rimbaud ? J'ai d'abord cherché parmi ses camarades celui qui pouvait porter ce nom qui n'était pas d'ici, il n'y avait pas de famille Rimbaud dans le village. Plus tard, on m'a dit que c'était un type mort à l'étranger et qui faisait du trafic. Une sorte de gangster. Il avait écrit lui aussi, mais ça ne se vendait pas... »

Pourvu que grand-maman Jo ne soit pas morte sans que je le sache, s'effondrant dans son poulailler, restant sans secours avec les volatiles affamés autour d'elle, les lapins qui mordillent leurs grilles, les dindons qui se battent pour sauter la clôture, l'horrible volière qui me faisait si peur et dont je redoutais soudain la révolte.

J'irai voir grand-maman Jo, mais sa mémoire n'est pas fidèle, elle s'embrouille ; ce n'est jamais le même père ou la même mère dont elle me parle. On dirait qu'elle n'est pas sûre, elle se trouble, essuie ses yeux, me regarde fixement, essaie de sourire, me donne une grande claque dans le dos pour m'envoyer coucher. Il y a plus de cinq ans que je ne l'ai revue, je lui écris, elle me répond, me donne des nouvelles de ses plantations de tomates et moi je lui parle de mes reportages, d'un plat que j'ai mangé, du lavage mécanique qui ronge tous les boutons de nacre de mes chemises : c'est ainsi que nous nous aimons sans interruption dans les choses quotidiennes que nous vivons l'un sans l'autre.

Depuis que j'ai sur ma table les quatre-vingt-quatorze pages du roman de mon père, je pense à moi. Ce fut la belle vie quand je quittai grand-maman Jo, les bois, les glaisières autour de la maison, la rivière, la cour souillée, ma chambre qui donnait sur la basse-cour. Avec la bourse que l'Etat m'avait accordée, j'étais heureux, je suivais des cours, je me faisais une culture rapide et désordonnée. Je discutais beaucoup en ce temps-là, surtout durant l'hiver de 1960, où libéré de tout souci militaire j'écrivais des lettres à l'*Express* sur la liberté d'expression, sur l'appel de l'U.N.E.F., je suivais le procès du réseau Jeanson, j'allais entendre la ronde quadragénaire Judy Garland au palais de Chaillot, je pensais que l'opposition de gauche devait revenir aux principes et s'organiser en petits groupes, je fumais beaucoup, je vivais la nuit, tandis que le jour j'imaginais des contes un peu gluants, cauchemardesques. Ça n'allait pas dans la solitude, je rêvais en rouge.

Aujourd'hui je ne rêve plus, je dors comme un sac de plomb, je me suis fait à cette solitude intérieure, toutes portes verrouillées. J'ai beaucoup désiré avant d'aimer, je n'avais de cesse de ramener chez moi une fille, je ne lui demandais que de se déshabiller vite, sans parler. Et le matin, je lui donnais congé dans un demi-sommeil. Une seule n'a pas accepté ma goujaterie, c'est Claudie, que j'ai aimée tout de suite à cause de son regard aussi appuyé que le mien. Et puis son corps m'allait. Ses taches de rousseur m'attendrissaient. Discrète, amoureuse, elle s'abandonnait avec une telle intensité que je la croyais morte, parfois, dans mes bras. Alors je la giflais, elle ouvrait les yeux, ne comprenant pas mon attitude et tout finissait dans une sortie nocturne prolongée ; nous nous endormions farouchement. Avec elle, le réveil c'est décousu, assez insensé. Nous marchons pieds nus sur les carreaux de ma chambre, nous téléphonons à des amis pour donner signe de vie, nous nous enfermons dans l'appartement avec des tartines beurrées, des livres, je lui chipe son kimono de soie rouge, je me lève, je vais taper à la machine, elle arrive en catimini, ce que je n'aime pas, pousse des cris de guerre autour de moi, pose le chat sur les touches du clavier et va se cacher derrière le rideau de la douche. Je dois respecter les règles d'un jeu que nous sommes les seuls à connaître, des rites auxquels je ne dois pas échapper : un certain air à fredonner, un appel avec la flûte maya en terre rose que nous avons achetée, des coups frappés à la porte disant en morse : « Je t'aime déjà. » Alors je me précipite, ouvre le robinet et nous restons sous l'eau comme si c'était une averse en pleine campagne. Quand on vit mal, il faut se donner le plus de difficulté possible pour déchiffrer sa vie, l'entourer de signes, la recomposer pour qu'elle devienne emblématique, dans des paroles sentencieuses et des attitudes immuables et répertoriées. Chez nous, la superstition est de rigueur. J'ai commencé à m'habituer au roman de mon père, si je le termine, que deviendrai-je ? J'y vis bien, je tiens mon père sous ma poigne, je l'oblige à ne paraître qu'à mon ordre ; bientôt, il faudra que je fasse venir ma mère dans ces pages et je les aurai tous deux disponibles ; les complications ne viendront que de moi ; en attendant cette réunion de famille imaginaire, je fais parler mon père comme je *l'entends*, je lui crée des soucis, des situations inextricables : c'est un vilain bonhomme. Mais je connais mal les époques, je me perds dans les événements autour de 1940 ; alors je consulte de vieux journaux (quelle odeur, ce papier grisâtre !), je pique le détail, le fait divers qui donneraient une vraisemblance à ce récit et à son climat. En 1950, que se passait-il ? Moi, j'avais douze ans, j'allais à l'école. Grand-maman Jo faisait des ménages pour subvenir à tous nos besoins. Je partais en colonie de vacances au bord de la mer, j'étais amoureux de mes monitrices qui, après le bain, me séchaient le dos avec de grandes serviettes râpeuses, je leur écrivais des poèmes. C'est un de mes copains plus âgés qui me passait les rimes, un type dont la drôlerie m'ébahissait. J'achetais du papier et calligraphiais le texte en plusieurs couleurs. Quand mon ami s'est noyé, je fus perdu ; pendant un an, je n'ai plus aimé personne. Je ne me lavais plus les dents en signe de deuil. C'est à lui que j'écrivais dans un journal intime. Tout au long de ces pages datées avec soin, je me calmais.

Je me souviens de mon père Julien. C'est une silhouette remuante sur fond de mur. Avec lui, j'entends surtout des portes claquer, des verres se briser, des rires, un fatras de voix, des bousculades. Sur ses genoux j'étais comme un otage, je ne bougeais plus, j'attendais la mort. J'avais surtout peur qu'il ne me jetât par la fenêtre : son jeu consistait à me tenir au-dessus du vide en attendant l'arrivée de ma mère. Il me ramenait sur le divan, me cajolait, tirait de sa poche une montre et me la faisait entendre. Ah ! ce bruit quand j'ouvrais les yeux : le tic-tac de la délivrance ! Je regarde ses yeux jaunis, je tire les poils de ses sourcils, je hurle...

— Que fais-tu dans mon dos ?

— Jean-Pierre !

— Tu m'espionnais ?

— Je viens d'arriver. Tu écrivais ?

— Tu crois que ça vient comme ça !

— Depuis plus de cinq jours que nous sommes ici, tu ne travailles pas.

— Comment veux-tu, avec tes histoires de famille !

— Ma mère veut que je revienne à la maison.

— Alors tu l'as revu ? Claudie, ne mens pas.

— Par hasard.

— Tu lui as téléphoné, tu es sortie hier soir pour lui téléphoner.

— Ecoute, Jean-Pierre, ne recommence pas.

Claudie a enlevé son manteau, elle ouvre la fenêtre, s'y accoude. Les toits de Lausanne luisent, les terrasses, l'eau du lac barbouillée de couleurs.

— Jean-Pierre, tu n'as pas chaud ? J'étouffe.

— En Suisse, on chauffe trop. Ici, les poitrinaires sont mal vus.

Jean-Pierre a pris une cigarette dans le sac de Claudie, il l'allume et va s'étendre sur le canapé-lit, le bras pendant.

— Pourquoi es-tu revenue ?

— Idiot !

Jean-Pierre soupire, frotte sa nuque sur le coussin.

— Tu devrais aller voir Tenerman, c'est un type à l'affût

de tout ; il pourrait t'aider. On a fait du bateau ensemble.
Il ne pourrait pas me refuser.

— Quoi ?

Claudie ne se retourne pas, mais elle murmure :

— On ne pourrait pas s'aimer comme tout le monde ?

Elle se dirige vers le cabinet de toilette, chantonne. Pourquoi est-elle heureuse ? On l'a changée ; elle a relevé ses cheveux et pourtant elle n'aime pas découvrir sa nuque frêle, un peu rosie. Qui a-t-elle rencontré ?

Claudie renaît à Lausanne, elle grossit, ses bras ont l'air plus courts, de nouveau elle marche mal, à grandes enjambées. Claudie va m'attendrir avec ce calme laiteux tout frais, au bord des larmes ; bientôt elle me demandera de faire des excursions, de rejoindre des amis en haut d'une montagne ou sur une prairie où l'on étend la nappe pour le pique-nique ; on verra les gros genoux des messieurs en culotte et les dames s'endormiront, les doigts arrachant les herbes, les lèvres encore huilées... Je n'aurais pas dû abandonner Paris ; là-bas, mon malheur passait inaperçu ; ici, ça devient nuisible au bon fonctionnement des organes. Je vais me saouler.

Claudie s'épanouit, ses chairs se raffermissent. J'ai senti sous mes mains les muscles de ses cuisses s'arrondir. Et moi, avec mon corps souffreteux, indolent, et mes colères qui n'en finissent pas...

Ce climat ne me convient pas ; Lausanne couve sous un édredon. Hier, je suis allé prendre un verre dans le hall de l'hôtel, une immense pièce boisée jusqu'au plafond, avec des fauteuils bleu vif, des radiateurs comme des orgues, des banquettes de fleurs ; rien ne les fane. Il y avait une horloge électrique entre deux baies vitrées, acajou et cuivre. Le garçon m'a dit : « Elle ne varie que d'un centième de seconde tous les cent ans. » Comment le sait-on ? Si j'avais eu une pierre, je l'aurais brisée. Le temps, ici, est en boîte, on crève à l'heure ; c'est le même tic-tac pour le riche comme pour le pauvre, l'égalité complète. Une nuit, il faudrait que Dieu dérègle toute cette horlogerie, je ne veux pas de ce temps partagé comme un gâteau, d'ailleurs on ne peut pas en reprendre, le couteau tranche sans entamer l'autre part, dans la pâte, la mort a mis sa fève. Si j'étais riche, je mettrais partout des vrillettes qui feraient des trous dans les boiseries, dans les meubles ; d'ailleurs, la vrillette s'appelle aussi « horloge de la mort ». Que toute cette ville soit bouffée, qu'on n'en parle plus !

— Claudie, je suis malheureux.

— Je sais.

Claudie a changé de robe, elle s'habille, tenue de ville de rigueur, des gants à la main, le sac et cet ignoble objet qu'est un parapluie pliable.

— Tu viens avec moi, Jean-Pierre ?

— Où ?

— Chez ma mère. Elle aimerait te connaître.

— Pas moi.

— Son restaurant lui a donné congé.

— A ma mère aussi.

— Tu n'as pas de mère, tu me l'as dit ; ça se voit, d'ailleurs.

— Il est à peine cinq heures. Attends-moi. Nous irons dans un petit restaurant où l'on mange la friture du lac. On y rencontre des artistes.

— Demain, si tu veux.

Claudie veut être aimable, elle prépare quelque chose dans mon dos. Cette hâte pour me quitter. Il est dix-sept heures quatre et je l'aime.

— Reste.

— Impossible. J'ai promis. On dîne tôt.

Claudie s'approche de moi, elle m'embrasse, je la serre soudain comme une brute, elle se débat, je la relâche, je détourne la tête.

Elle caresse son petit col de fourrure.

— Tu es fou.

Jean-Pierre va vers le téléphone, commande un thé et un verre de cognac. Claudie n'ose plus quitter la chambre.

— Nous avons à parler, Jean-Pierre.

— Pas aujourd'hui. Laisse-moi. De la crème fouettée t'attend, ne perds pas une minute. Je vais dans les bureaux de la Croix-Rouge internationale chercher une mère et un père, ça va m'occuper.

J'aurais voulu que Claudie se précipite sur moi, pleure, me reproche mon attitude, mais elle est peu sensible dans ce climat ; la peur se porte mal avec l'air des montagnes.

Claudie, prends ma tête, pose-la sur tes seins, ma joue se réchauffe. Plains-moi. Ne dis rien sur ma barbe qui *fait sale*. Essaie de trouver la phrase qui me fera sourire, je te la soufflerai à l'oreille. Donne-moi mon enfance, ne me prends pas pour un homme qui a de l'expérience parce qu'il a subi des épreuves. Gazouille. Comme si nous commencions à parler. Dis-moi que je suis fiévreux. Gronde-moi. Déshabille-moi, pendant que ma main tire sur la fermeture de ta robe qui descend des épaules avec nonchalance, glisse sur la moquette.

Soyons nus, pauvres, interdits, intimidés, enfonçons-nous dans le lit, perdons pied, laissons-nous emporter jusqu'au halètement, geignons, que nos mains soient moites, entreprenantes, mais aussi pudiques, ne m'abîme pas, coulons-nous d'un ventre à l'autre, que le désir nous maltraite, jamais assez près, mouillures, traces, odeurs, et cette mouche emprisonnée dans le rideau, battant des ailes, dans la fixité de la nuit...

Claudie m'a quitté, je n'ai pas eu le temps de la rappeler. Avec moi, elle a appris à fermer une porte sans faire de bruit. C'est la fin, le heurt, c'est le flacon ouvert sur l'étagère, le gant de crin, le froid du drap, la solitude indécente, c'est moi qui ne comprends rien à mon cœur, à ma faim, c'est moi abrupt...

— Tu as bien fait les choses, maman ; tu permets que je t'appelle maman ?

— Si ça te fait plaisir.

— Tu es bien installée...

— Je m'en contente.

— Et la vue est belle.

— Tu sais, je n'ai pas beaucoup le temps de me mettre à la fenêtre.

— Ça ne fait rien, c'est rudement joli. On aimerait ça à Paris.

Jean-Pierre est heureux de ce nouveau rendez-vous avec sa mère peu impatiente. Elle se plaint surtout de ses heures de service.

— Je fais ma lessive vers une heure du matin.

De la caissière qui lui en veut.

— On a le même âge, que veux-tu !

De Joseph, le serveur aux longues moustaches, qui lui vole des paquets de cigarettes quand il n'en a plus.

— Je l'ai déjà pincé une fois.

Elle est tourmentée pour un rien, mais peu disposée à s'en laisser conter.

— Et puis l'entretien des poignets et du col, tu penses... Je vais changer de robe ; celle que je porte, c'est l'uniforme. Tout est prévu, même les plis.

Jean-Pierre a maintenant des parents. J'ai reçu une lettre de lui ; enfin, il va nous foutre la paix avec sa famille :

« Cher Marc,
Je peux aujourd'hui penser à mes articles. Voilà, c'est fini, j'ai retrouvé ma mère et mon père. La famille est au complet, morts et vivants. La Suisse m'a tout facilité. Jamais je ne me suis senti aussi heureux. Je te raconterai tout dès mon retour. Je vais me marier avec Claudie, rien ne s'oppose plus à notre mariage. J'aimerais que tu sois témoin, Marc ; tu es mon plus vieil ami dans le journal, avertis tous les autres. J'ai l'idée d'un nouveau reportage : le couple, comment se dire tout, à quoi reconnaît-on son bonheur, de quoi est fait son accord, etc. J'ai des idées là-dessus. Dis à Petitpont que je lui enverrai sa copie à partir de demain. J'ai appris beaucoup de choses sur l'Asie en me promenant à Genève... »

Jean-Pierre allume une cigarette, puis il jette un coup d'œil sur l'appartement. Beaucoup d'étoffes bariolées, de rideaux en matière plastique, un encombrement de bibelots, tout un service à thé sur une table, des gravures de costumes locaux... Pourtant, elle n'a rien emporté de la maison, elle a dû se refaire un intérieur et lui donner son âge. Grand-maman Jo aurait ri devant cette cheminée de céramique ornée de griffons verts, je la vois touchant de ses mains déformées les carreaux en disant : « Le bois, ça brûle mieux chez les autres... » La porte s'ouvre, c'est un homme épais et rubicond :
— C'est toi, Jean-Pierre ?
— Oui.
— Je suis le mari de ta mère.
L'homme semble gêné par cette phrase dite avec franchise et sans ironie. Un brave homme. Et drôle avec sa moustache frisée, sa calvitie, son costume bleu à col militaire.
— Quel boulot au magasin ! J'ai dû servir des clients

assez loin. Et le camion ne marchait pas. C'est pourtant un moteur allemand.

Il va se servir une rasade d'apéritif, le boit d'une traite.

— J'avais trois lits, cinq matelas et quatre lampadaires à charger pour une clientèle campagnarde et méfiante. C'est dur. Et certaines routes étaient transformées en torrents avec les pluies. J'ai ramené un vieux qui était malade et qu'on m'avait confié ; je fais aussi l'ambulance.

Sa mère est de nouveau là, les cheveux plus flous, d'un argent mauve. Elle soigne sa mise, un châle est sur son dos.

— Les présentations sont faites, tant mieux. A table !

Elle doit connaître le prix du temps, elle ne perd pas une minute. La table est servie dans un coin de la pièce, un service à fleurs, des verres qui gardent l'odeur aigre du buffet, tout vient du magasin du mari, avec le réchaud pour la fondue, l'assiette de morceaux de pain ; la casserole mijote.

— On boira de l'eau-de-vie de prune, c'est plus digestif.

Jean-Pierre trempe ses bouts de pain dans la pâte en ébullition, attendant son tour. Le repas est silencieux, les bouchées de fromage liquide ne permettent pas une conversation suivie.

— Je la fais à ma manière.

— Elle est très bonne.

— Ce n'est pas la même qualité de fromage, ça se sent.

L'époux se lève pour respirer, il va prendre un album de photos, le pose à côté de Jean-Pierre.

— C'est notre mariage. Albert a pris les photos.

Jean-Pierre voit sa mère en épouse, elle tient un petit bouquet rond, elle porte comme un casque de plumes au-dessus des cheveux.

— C'était quand ?

— Il y a six ans. Juste après mon accident.

Jean-Pierre ne demande pas quelle sorte d'accident, mais le mari veut en parler.

— On a failli ne pas se marier. Trois mois d'hôpital. J'avais reçu un coin de table sur la cheville. Depuis vingt ans je n'avais rien eu, à croire que la noce me portait malheur. Et puis, ça s'est arrangé. Vous pouvez m'appeler Sacha, je suis russe par ma mère et vaudois par mon père. Mes parents étaient anarchistes, ils ont trouvé un refuge ici. Vous savez, les bombes dans un ménage, ça ne nourrit pas son homme.

L'homme se déride, il passe la main dans le cou de sa femme.

— Hein, la vieille ?

C'est tendre et triste à souhait. Jean-Pierre sourit avec indulgence.

— On s'aime bien, mais elle a toujours les pieds glacés.

Il rit, c'est la détente, je suis admis dans le ménage. Sacha a pris un gros cigare dans un compotier, l'allume, ses yeux brillent. Au fond, que viens-je faire dans ce couple ? Qui me reconnaît ? Ma mère ne me regarde pas, elle est trop occupée à changer les assiettes et les couverts, elle veut que tout soit fait selon les règles de la bienséance afin que son fils ne soit pas offusqué par quelque manque dans le déroulement du repas. Sacha est béat, il vient de tourner le bouton du poste de télé.

— Le meilleur moment, Jean-Pierre, on est chez soi ; le patron, on l'emmerde, n'est-ce pas, Suzanne ?

Je ne savais pas que ma mère s'appelait aussi Suzanne. Je croyais qu'elle s'appelait Thérèse. Quel prénom un peu grivois ! Suzanne et les vieillards, la chaste Suzanne, etc. Peut-être dans un moment d'euphorie va-t-il l'appeler Suzon. Ils s'entendent bien. Tous les soirs, ce sont les mêmes gestes, rien n'est changé à cause de ma venue, ça continue.

131

— Moi, je n'aime que le catch, Suzanne aussi ; n'est-ce pas, Suzon ?

Ça y est. Jean-Pierre baisse la tête, il faut s'habituer à cette tendre dénomination. Suzanne s'approche de Jean-Pierre, pose une main sur ses cheveux. Jean-Pierre regarde sa mère, mais elle s'éloigne.

— Est-ce que tu as un souvenir de ton enfance ?

— Je me souviens d'une locomotive rouge...

Elle repart vers la minuscule cuisine qui a été arrangée dans un fond de couloir. Et revient avec un énorme gâteau blanc et vaporeux. Partout de la chantilly piquetée de cerises.

— Sa spécialité, n'est-ce pas, Suzon ? Le gâteau du dimanche.

Je remercie pour ce mardi de fête. On me traite bien, je ne suis pas un intrus, seulement un invité de choix. Pas tout à fait le retour de l'enfant prodigue ; je suis reçu comme un chef de rayon. On me donne la plus grosse part, on y ajoute une lampée de kirsch.

— Paris, c'est toujours aussi olé-olé ?

Je ne réponds pas, je mange, je savoure, j'approuve. Quoi faire de plus dans ce ménage bien clos qui ne se trouble pas devant une vieille aventure dont je suis le témoin itinérant ?

La télé gueule un peu fort, Sacha va régler le poste.

— Suzanne n'entend jamais assez.

Je vois défiler des personnages ; sur l'écran, il y a une grande fête, des robes du soir, des lanternes allumées dans un jardin, des vasques, une femme tout de blanc vêtue qui pleure sur un banc. J'entends mal la musique et les paroles. Du fond arrivent des ballerines ; la scène s'agrandit, la caméra s'éloigne rapidement, prend de haut cette danse que quelques entrechats animent. Les danseuses sont lourdes, elles semblent sorties de notre gâteau qui doucement s'effondre ; par suite d'un certain angle, leurs cuisses apparaissent monstrueuses, le corps des danseurs étroit, mais tout se rétablit dans un ensemble fragile. Il y a du cygne dans le mouvement des bras. Un berger arrive, hésite, un masque sur le visage. C'est la fuite rapide des danseuses, le saut, le pas de deux, les pirouettes, les poses...

Ma mère contemple cette image qui s'empare de sa rêverie. On m'a oublié. Pourtant Sacha tourne la tête vers moi pour quêter une approbation de ce spectacle :

— C'est Martinella, la plus grande danseuse de Genève. Une chic fille. C'est moi qui lui ai porté une de ses commandes dans sa villa. Des chinoiseries rudement fragiles.

Ma mère est troublée par cette évocation ; son époux a pris l'avantage, elle lui sourit. Ils sont heureux sans moi. Ai-je pu m'asseoir un jour sur les genoux de ma mère ?

Bien sûr, toute cette scène est inventée. Je ne suis pas allé chez ma mère, je n'ai pas de mère, ou si peu. Nous étions à dîner chez les parents de Claudie. Je me suis servi de cette soirée pour décrire la mienne, celle que j'aurais pu avoir si les circonstances m'avaient été favorables. Le père de Claudie est fonctionnaire municipal, sa mère, caissière dans un grand magasin. C'est plus cossu, mais le spectacle de la télé était le même, avec quelques séquences sur la guerre du Vietnam après.

Il faut repartir d'ici. Je l'ai dit à Claudie, mais elle est reprise par le climat nonchalant du lac, de cette ville imprégnée de vapeur, comme ancrée sur ses rochers, un Monaco des montagnes. Elle y retrouve ses rues, le marché du matin où se vendent des fleurs rustiques et alpines, de jeunes songes, l'engourdissement des salles de café où jamais je n'ai lu aussi bien et à fond les journaux du monde entier.

Comment écrire auprès de cette pupille immense qu'est le lac ? On regarde, on contemple ensuite dans cette buée de chauffe-bain ; le temps n'existe plus. Pourvu qu'on soit prêt pour le repas ! « Tu te changes ? » ou « Habille-toi plus léger. » Les autres travaillent, viennent de loin, ils grimpent, ils descendent les pentes goudronnées de la ville vers de beaux appareils de photos, des transistors grands comme le pouce, des bijoux, des montres, objets sans poussière, nets ; et moi plein de peur, nu et ne sachant comment me vêtir pour passer inaperçu dans une passion et Claudie plus que jamais accueillante et pressée...

Bonsoir, ma mère de Lausanne, du Mexique et celle de Bretagne, ma préférée. Ça a failli marcher avec elle. Elle attendait son fils depuis près de vingt ans : les mêmes yeux, le même nez, le même chandail. Sa photo à la main.

— Montre tes papiers.

Mais ça ne correspondait pas.

— Le mien chantait avec la voix de Tino Rossi. Tu chantes ?

— Non, madame.

— Pourtant, c'est bien toi, Robert.

Je me laissais embrasser, reconnaître, emporter dans une petite maison qui sentait le genêt mouillé, gaver, coucher dans une chambre qui fut la sienne, celle de Robert. Mais cette mère de Bretagne était folle, je l'ai su quelques jours après, par l'épicier. Robert disparut dans un accident de pêche en 1948. Elle n'avait pas voulu reconnaître ses effets, soutenant que toutes les mères bretonnes avaient acheté cette même chemise à carreaux pour leurs enfants, venue d'une faillite et vendue sur les foires. Le corps était trop abîmé pour le lui montrer. Je l'ai quittée un matin, alors qu'elle allait vendre des crevettes grises et des œufs au marché de Landévennec. Je ne supportais plus cette vie d'emprunt bien que j'eusse commencé à ressembler à Robert.

— C'est bien toi puisque tu es gaucher.

J'avais aussi la même manie que Robert : je mangeais avant le repas le quignon du pain.

— C'est bien toi, tu n'aimes que la croûte brûlée.

C'est moi qui ai payé les frais d'hospitalisation quand elle retomba malade. J'eus aussi deux fausses mères qui m'ont coûté, surtout la mexicaine, une femme noire et résineuse comme une torche qui vivait à Marseille, venue Dieu sait comment de son pays. Elle volait dans les magasins, ostensiblement. Sa main si leste traînait dans les devantures, sur les étals, dans les rayons, enfouissant tout dans la doublure de son manteau. Dolorès se voyait de loin, elle buvait une trentaine de tasses de café par jour. Dolorès doit être à Mexico, plus vieille que jamais et fanatique ; je l'aperçois à l'aube marchant avec un chien maigre et frôleur, une canne à la main. Elle doit nourrir comme à Marseille des tas d'enfants et de bêtes, sauf les chats dont elle avait peur ; elle portait un collier de perles rouges autour du cou pour se protéger de leur fureur. *El gato negro come blanco nube.*

A vingt-neuf ans, on peut être orphelin sans hésitation. J'ai pourtant une vie qui me tire en arrière, au risque de me faire tomber sur de sinistres histoires familiales. Pas beau, un homme qui se retourne sans fin. On a l'ombre qu'on mérite.

Ce soir, Claudie m'a quitté ; la discussion fut orageuse comme le temps, je répondais mal, à tort et à travers, je n'en pouvais plus dans les pages que j'écrivais... Elle m'a quitté, peut-être pour la face nord de quelque pic des Diablerets, la salope !

Je suis seul, dans mes gravats.

Pour la première fois, j'ai rêvé. Le lac était asséché, j'attendais Claudie qui devait revenir de vacances. Je me trouvais sous un grand arbre mort ; à chaque branche était pendue une petite étiquette ; il y avait des noms écrits dessus, mais le vent m'empêchait d'en saisir une. Je voulus monter jusqu'à la cime, mais les branches cassaient. J'avais dans un panier du champagne, des fruits, de la pâtisserie, une petite nappe pliée en quatre. On devait fêter son retour. Et soudain l'arbre bleuit, les branchages devenaient comme une ramification sanguine et vivante. Un bourgeon naquit, éclata ; du sang en jaillit.

Je courus pour préserver mon panier de ce jaillissement ; le sang me recouvrait. C'est alors que Claudie vint vers moi, sans se presser. Elle me regarda et prononça ces mots :

— Jean-Pierre, il faut planter à la fois toute la forêt.

Je lui demandai de répéter les mots qu'elle venait de dire, mais elle hocha la tête en disant qu'elle reviendrait.

Je me réveillai sur sa fuite.

J'ai brûlé la vie de mon père Julien. Je recommencerai plus tard.

4

Non, demain je commencerai le roman de ma mère. Ce sera plus floral, on y entendra des voix très douces, avec des remuements de plantes, des lenteurs autour de sentiments recueillis, du loisir.

Je vais naître dans l'invention ; fils de la mémoire et de l'imaginaire, je dérive comme un îlot d'herbes en plein courant.

Il y a si longtemps qu'elle a disparu, c'est comme un grand paysage figé avec des fissures, de l'ombre froide, des appel, elle me fait signe, elle s'entoure d'une foule, elle apparaît, puis disparaît, je ne peux la suivre ; parfois elle émerge de cette marée, son visage se retourne, mais elle s'enfonce dans ce mouvement imprécis, son emplacement reste un instant lumineux, le long d'un fleuve dont je sens la fraîcheur sur les joues.

Je n'ai plus qu'à croire en ce que je ressens, une mélopée d'Arabes au couchant ; on marche sur la pointe des pieds autour de l'enceinte ; l'odeur y est forte comme celle d'un campement.

Je vais parler des cheveux de ma mère, la tendresse viendra, l'admiration. C'est pour la rassurer que j'écris. Ses malheurs s'éteindront comme une braise dans les mots : mes gouffres pleins de soufre où l'on y souffre des tourments si grands que quand j'y songe... Nous serons seuls tous les deux, l'air plus jeune que jamais, sa vie se déroulera comme une promenade, aucune hâte, des endroits accueillants, des cachettes, un grand jeu qui se poursuit jusqu'à l'âge adulte dans l'épanouissement des rencontres, plus vivante que vraie, ma mère que je n'ai pas besoin d'oublier, mince passante, dans l'éternel démodé de son vêtement.

Je vais me reposer pendant une semaine, me laisser aller, faire le vide dans ma tête et, un matin, elle se présentera neuve, exacte, ponctuelle, ruisseau, bassin, puits, eau vive, relâchée de cette nuit qui sous mon inspiration deviendra miroir mobile, verre léger à peine déformant ; je lui donnerai ses engouements, ses initiatives, je la pousserai à vivre, ne corrigeant que sur sa demande, modulant ses sentiments, disposant autour d'elle des événements ou des lieux qu'elle aura plaisir à connaître.

Ce sera le commencement, je dois lui ressembler dans une partie de son corps, dans une intonation, j'oserai dans un indice ; nos rapports nés du hasard d'une page ne l'exposeront qu'à ma pudeur. Sans m'occuper du temps puisqu'il sera déjà révolu, langage tout bruyant, estival, révérencieux, je m'emploierai à le nettoyer de ses impuretés, donc de ses impulsions. *Cela coulera de source.* Les portes resteront ouvertes, nos projets seront malicieux et déconcertants pour les autres, je l'aiderai à s'habiller, je l'acclimaterai à ma narration, elle suivra de près le développement de notre histoire, rectifiant en cours de route ; nullement mystérieuse, elle sera heureuse d'avoir été aussi bien devinée, on ne la retrouvera que dans le livre de son fils. Personne n'abusera plus de nos ignorances. Ma douce mère métaphorique, image messie, prodige d'une monographie (se tuer pour la moindre faute romanesque), je ne dirai que la vérité de mes pages, avec l'âge qui suivra la pagination de mon récit, tandis que mes lecteurs seront tenus en respect par l'évocation de cette mère entièrement écrite à la main.

5

— Jean-Pierre, réveille-toi !

A dix ans, le sommeil, ça pèse. Il s'étire, se retourne, le visage contre le traversin, mais la voix continue :

— Jean-Pierre, c'est l'heure.

Il se remet sur le dos, enfouit la tête dans ses couvertures. Une main rejette le tout sur ses pieds. La veste de pyjama est déboutonnée, la lie du pantalon défaite. Jean-Pierre se redresse, ramène les jambes sur sa poitrine, en chien de fusil, frotte ses yeux, mais il y a longtemps qu'il est réveillé. Il n'aime pas dormir dans cette maison qui craque de partout, surtout la nuit. On dit même qu'il y a un crime en bas, à toucher le lavoir. Grand-maman Jo n'en parle pas, elle fait taire les questions. Jean-Pierre a demandé une veilleuse auprès de lui. « A ton âge, on dort dans le noir, c'est plus sain. » Jean-Pierre ne dort bien que lorsque la nuit s'éclaircit, quand les futaies ne sont plus devant la fenêtre comme une palissade de lances. Le chien aboie toujours vers minuit, il le sait. Qu'aperçoit-il ? Les Allemands ne sont plus là, ni les maquisards, seulement des prés interdits où l'on récolte des balles et des grenades. L'herbe repousse dans les voitures éventrées. Jean-Pierre s'y est aventuré seul, un après-midi de pleine chaleur, tout le monde dormait. Il possède une cachette où il enfouit son trésor de guerre : c'est un bel arsenal : fusils, cartouchières, fusées, etc. Il a découvert dans la cave une trappe qui conduit à une pièce

143

voûtée. Il faut descendre quelques marches et la salle apparaît toute grise, avec des tas de bouteilles qui ont pris une
teinte irisée, d'énormes toiles d'araignées, une petite char-
rue ; le sol est spongieux, on s'enfonce dans une poussière
de charbon et de scories. Sur une étagère, une caisse qui
porte un numéro, 2341, et un nom de ville, Linz.

— Maman Jo, pourquoi y a-t-il tant de vieillards dans le
village ?

— On meurt vieux, ici.

— Mais pourquoi il n'y a pas de jeunes ?

— La guerre !

Jean-Pierre se tait, il ne comprend pas. Hier, ils ont joué
à se battre ; les enfants se tapent les uns sur les autres, se
cachent dans les fourrés encore à demi brûlés, se lancent
des boulets de boue, s'habillent de branches feuillues, se
poursuivent sur les tombes du cimetière comme sur les
dalles d'un rempart. On les poursuit, ils s'envolent vers
d'autres lieux plus impénétrables que les ronciers ont
envahis. Jean-Pierre se laisse prendre, il vaut mieux devenir
un prisonnier, alors il se retire dans un coin ; parfois il a
des accès de tristesse, il pleure, il tremble. Dix ans et il en
paraît à peine sept. On rigole de lui, de ses jambes aux
gros genoux, de ses cicatrices sur les bras, des rondes, des
minces, bourrelets fragiles et mauves. Près du sourcil gauche, c'est la plus noble, elle est l'orgueil de la bande des
Rangers. On lui demande :

— Où tu t'es fait tout ça ?

— Un accident de chemin de fer.

— T'as été mort ?

— Je ne sais pas.

— Fais voir ton bras droit.

Les gamins regardent, suivent du doigt l'estafilade le long
de la veine.

— Ça, c'est au couteau. Ben, mon con, elle a au moins huit
centimètres. Demain j'apporterai un mètre, on la mesurera.

Les enfants s'écartent de ce blessé qui ne connaît pas bien l'origine de ses plaies et en reste morfondu.

— Un accident de chemin de fer, ça fait pas des blessures comme ça. Ce sont tes parents.

— Je n'en ai pas.

— Où sont-ils ?

— En voyage.

Alors on se moque de lui, il est le plus faible. On peut taper dessus tranquillement.

— Si tu dis que c'est moi qui te les ai faites, je te donne deux tablettes de chewing-gum neuves.

C'est le grand Manitou qui parle avec cette autorité, le fils du plus gros fermier, déjà tout en lard, la pose avantageuse, spécialiste du croc-en-jambe. Il court les filles, il raconte qu'il a eu une chaude-lance à treize ans, on le respecte. Jean-Pierre a accepté le marché, il vaut mieux se faire un allié puissant du grand Manitou. Il a toujours dans ses poches des noix qu'il brise dans la paume de sa main. Il sait aussi faire craquer ses os ; son pouce est cassé, il peut le remuer dans tous les sens et même le renverser en arrière, à toucher le dos de la main. Jean-Pierre voudrait le voir mourir, il attend chaque matin qu'on lui annonce la fatale nouvelle. Mais le grand Manitou se profile à l'horizon ; il marche noblement dès qu'on l'aperçoit, avec ses bottes de caoutchouc noir, sa chemise dont il est si fier.

— C'est mon oncle prisonnier qui me l'a donnée : elle vient de Russie.

Une chemise en grosse toile, fermant sur l'épaule, très longue ; il la retient avec un ceinturon de cuir.

— C'est comme ça que ça se porte là-bas.

Jean-Pierre n'est heureux que seul ou avec son amie, la Pingouine, une fillette qui boite un peu, mais si belle : des cheveux argentés, un minois rond, des yeux qui s'agrandissent à certains moments et mangent la figure. On l'appelle aussi la Polonaise. Elle va retrouver Jean-Pierre près de la pile du pont, là où les poissons frétillent. Jean-Pierre aime pêcher, se taire ; elle arrive, s'installe à côté de lui, déplie sa robe, se déchausse, chantonne pour énerver Jean-Pierre qui lui demande de faire silence. Elle rit, Jean-Pierre aussi. C'est de cette façon qu'ils se disent bonjour. Mais Jean-Pierre ne reste pas longtemps heureux, il a mal dans le dos, là où se dessine encore une marque ; la peau a éclaté à cet endroit, c'est plus mou, on y enfoncerait le poing.

— Tu aimes gober les œufs ?

Jean-Pierre fait signe que non. La Pingouine s'amuse à parler à tort et à travers, elle roule des « r », elle dit sourin pour sous-marin, déformant les mots, les rapetissant quand ils sont trop difficiles à prononcer ; parfois certains lui échappent, gutturaux, guerriers, mais entre ses lèvres tout s'adoucit. Elle ne se fait aucun souci pour parler sans se faire comprendre. Jean-Pierre regarde sa bouche toujours ouverte, elle le sait, pointe sa langue, baisse les yeux, puis soudain bombarde d'une grêle de petits cailloux le bouchon de la ligne ; Jean-Pierre tire sur son bambou ; quand il perce le ver avec le bout de son hameçon, la Pingouine imite le bruit d'une bombe ou l'appel d'une sirène. Puis elle fait la morte. Au bout de quelques minutes, Jean-Pierre se tourne vers elle :

— Réveille-toi, la Pingouine, je m'en vais.

Mais elle ne répond pas, elle fait aller ses doigts sur l'herbe comme si elle voulait arracher une touffe et se retenir à la terre friable. Et Jean-Pierre a peur, il lui prend la main, elle le fait lâcher. C'est long, ce jeu, insupportable pour Jean-Pierre qui se penche sur elle, souffle sur sa figure, sur ses cheveux qui voltigent. Elle ne bouge plus. Il lui souffle dans l'oreille. La Pingouine secoue son visage comme si une mouche l'importunait ; c'est bon signe. Jean-Pierre se rassure. Elle se redresse.

— Je suis restée comme ça toute une nuit.

— Où ?

— Chez moi. J'étais la seule vivante.

— Tu as été morte, toi aussi ?

— Oui.

Jean-Pierre pose sa tête contre son épaule : c'est le meilleur moment. Les tourbillons de la rivière font un bruit de fille chatouillée. Alors la Pingouine parle :

— Tu crois qu'on va grandir, Jean-Pé ?

— Oui.

— J'aimerais qu'on ait la même taille.

— Moi aussi.

— Si tu étais une fille, ça te plairait ?

— Je ne sais pas.

— Une fille, ça se marie en blanc. Et puis c'est elle qui est embrassée.

La Pingouine pleure ; hier, elle a vu une grenouille éventrée, elle y pense tout le temps.

— Il faudra l'enterrer décemment. Tu m'aideras, Jean-Pé ?

— Oui, mais dans la soirée.

— Je l'ai mise dans une socquette blanche.

Jean-Pierre l'écoute ; il ne sait jamais ce qu'elle va dire, à quoi elle pense. Il aimerait tellement la suivre dans sa rêverie, mais elle change de sujet, elle s'impatiente.

— Jean-Pé, tu m'avais promis un rouge-gorge...

— C'est pas le moment.

— Tu ne m'aimes pas.

Jean-Pierre se tait. Comme c'est difficile de vivre avec la Pingouine ! Elle ne se contente plus d'une journée au bord de l'eau, elle veut bien se taire, mais il faut en payer le prix. Jean-Pierre lui donne le poisson qu'il a enfermé dans un bocal de confiture. Elle est ravie, elle veut lui changer l'eau.

— Laisse-le tranquille !

— Ce soir, je lui donnerai du fromage.

— Je t'apporterai des vers, il ne mange que ça.

— Des vers ? Mais c'est dégoûtant ! Mon poisson doit manger comme tout le monde.

La Pingouine est capricieuse, elle secoue ses cheveux qui viennent d'être lavés et ondulent sous l'effet du courant d'air qui passe sous le pont.

— Dis, Jean-Pé, tu ne veux pas qu'on te voie tout nu ?

— C'est pas vrai.

— Manitou me l'a dit. Comment fais-tu pour te laver ?

— Je me lave.

— Alors tu savonnes aussi ta chemise ?

Jean-Pierre contre-attaque pour ne pas que la Pingouine aperçoive ses joues cramoisies :

— Moi, je t'ai vue toute nue.

— Où ?

— Quand tu te baignes.

— Je ne suis pas nue, j'ai mon deux-pièces. En tous les cas, j'ai pas honte.

Un tracteur passe sur la route en soulevant un nuage de poussière. C'est la fin. La Pingouine remonte le terrain bossué, appelle. Elle va se faire raccompagner en tracteur par son frère. Elle n'a pas dit un mot à Jean-Pierre qui relance son hameçon dans l'eau. Dans une heure, le soleil se couchera ; le rouge sera violent. C'est l'instant où Jean-Pierre se recroqueville sur lui-même. Il voudrait appeler au secours. Grand-maman Jo est loin.

Il attend cet homme immense, vert pâle, ganté, qui s'avance vers lui. On ne voit jamais son visage à cause de son casque où perche un oiseau qui lisse ses plumes et émet un terrible sifflement. Son torse est étincelant comme s'il portait le soleil sur lui. Pour lui échapper, il faut passer entre ses jambes : une odeur de cuir mouillé se répand sur toute la campagne. Il s'avance en se dandinant. Il ne vient que pour Jean-Pierre, pas pour les autres. Et Jean-Pierre le supplie de repartir, mais il n'entend pas car il grince des dents. Les champs s'obscurcissent derrière son apparition, les voitures allument leurs lanternes. Il aveugle, Jean-Pierre tombe, on le retrouve dans une ornière.

Dans les premiers temps, Jean-Pierre disait qu'une auto le poursuivait et voulait l'écraser. Aujourd'hui, on ne croit plus à sa confession, on le ramasse comme un champignon et grand-maman Jo le fourre au lit. Le docteur ne vient plus l'ausculter ; à deux cents francs la visite, grand-maman Jo n'y tiendrait pas. Ça passe dans la nuit, mais le sommeil ne vient pas. Jean-Pierre entend marcher sur le toit, dans les gouttières, un petit pas pressé, des sortes de griffures sur le zinc. Jean-Pierre lève les yeux, il attend et l'aube arrive : le chant du premier coq le rassure. Le toit se calme, la charpente ; il souhaite que la pluie tombe en larges et impétueuses gouttes, efface les maudits raclements. Un matin, il a retrouvé plusieurs ardoises ébréchées dans la cour : l'homme avait dû glisser sur le chéneau, se retenir au faîtage ou à une chatière. Blessé ou ivre ? D'où vient-il ? Que fait-il dans la journée ? Jean-Pierre connaît les gens du village ; personne n'a sa stature ni son vêtement. Jamais il n'a croisé un étranger qui aurait pu lui paraître suspect. C'est une affaire personnelle, un danger dont il est le seul à profiter, un ennemi qui arrive de loin et qui a pris en charge (pour quelles raisons ?) les nuits de Jean-Pierre. Certainement, dans l'ombre il doit s'asseoir à califourchon sur le faîte de la toiture, peser de tout son poids sur la maison. Un jour il perdra de sa taille, au besoin il deviendra minuscule, se transformant en quelque insecte courant sur le mur.

— Grand-maman Jo, tu as vu la toiture ?

— Oui. C'est le vent. Il a soufflé toute la nuit.

— Il n'y a pas eu de vent.

— Ecoute, Jean-Pé, je ne dors pas depuis des années. C'était un coup de vent d'ouest. D'ailleurs, il a plu.

— J'ai entendu courir sur les ardoises.

Jean-Pierre prend ses précautions. Pourquoi lui dire que c'est un homme qui lui en veut et le menace ? Grand-maman Jo a le cœur faible, les émotions l'étourdissent.

— Un mulot, peut-être.

— Ce n'était pas une bête, ça a duré toute la nuit.

— Tu as rêvé, Jean-Pé. Le soir, je ne te donnerai plus de choses trop lourdes. Pourtant, il fallait bien finir la purée de pois avec les saucisses.

Grand-maman Jo me tape sur la joue, elle a des larmes dans les yeux.

— Oublie tout ça.

Quand l'homme entrera dans ma chambre, me blessera ou m'étouffera, alors on verra que ce n'est pas de la frime. J'ai des traces sur tout le corps. Jean-Pierre en veut à grand-maman Jo qui ne veut pas s'effrayer plus que de coutume.

— C'est vrai que tu es tout blanc, ce matin. Jean-Pé, tu as mal ?

— Non.

— La toiture est plus vieille que moi, les poutres viennent d'un énorme chêne abattu par la foudre, mon petit. Ça travaille au grenier.

Oui, la charpente porte aussi des éraflures noircies comme faites par une lame chauffée à blanc.

Pourquoi discuter ? Jean-Pierre ne peut pas avouer la nature de son angoisse quotidienne. Grand-maman Jo sourirait en rinçant ses tabliers dans la bassine, elle appellerait sa voisine, Mme Crampon ou la vieille Eloïse. Et ce serait une franche rigolade. Le petit a vu un homme qui marchait sur le toit, mais oui, un géant avec des bottes et un casque. Vous ne l'avez pas vu ? C'est peut-être ton défunt mari qui vient voir si tu ne fricotes pas... Ou le serpent qui s'était évadé du cirque, ou le chien-loup qui a fait courir tous les chasseurs. Non, c'est saint Iracin. Il nous surveille. Et les rires reprennent. Tu as un amoureux, Joseline. Moi ? Mais bien sûr, le boucher te donne les

meilleurs morceaux pour le pot-au-feu, je l'avais remarqué. Il doit passer par la tabatière et, hop ! dans ton lit !
Vous êtes folles toutes les deux, ne dites pas de choses
semblables. Je suis une bonne veuve, je n'ai jamais quitté
le noir. Grand-maman Jo se vexe facilement. Les autres s'en
vont. Grand-maman Jo leur crie : « Taisez-vous ou sinon je
dirai que j'ai vu un homme entrer chez toi, Eloïse, vers
minuit, une bouteille de champagne à la main. On me
croira. » Et grand-maman Jo commence à rire sous les huées
des voisines.

Un soir, Jean-Pierre a disparu. Grand-maman Jo s'est
d'abord mise en colère ; rendue furieuse, elle a rossé le
chat Perluche, puis elle a fait tomber sa bouilloire pleine
d'eau sur le carrelage de la cuisine. Elle a dû éponger longtemps. Alors les larmes sont venues. Grand-maman Jo a fait
le tour des maisons voisines. Personne n'avait aperçu Jean-
Pierre dans les environs. Vers neuf heures du soir, elle a
retiré la soupe du feu, éteint le gaz, elle a mis son manteau
sur les épaules en laissant la porte d'entrée ouverte. Le
maire n'était pas chez lui. Elle a sonné chez l'ancien gendarme, M. Rieur, qui a fait la campagne du Rif et les colo-
nies. Il l'a reçu vêtu d'une djellaba orange à bandes marron.
Mais grand-maman Jo n'a pas remarqué son accoutrement.

— Jean-Pé a disparu.

— Attendez, c'est vite dit. Récapitulons.

Et l'ex-gendarme commence son enquête, demande l'em-
ploi du temps de Jean-Pierre. questionne grand-maman Jo :

— Vous ne l'avez pas battu ?

C'est un interrogatoire précis et rapide. Grand-maman Jo
répond n'importe quoi ; ça va trop vite dans sa tête. Elle
se contredit, se reprend, se tait.

— Mais vous venez de me dire que vous l'avez vu à
quinze heures.

— Je dis quinze heures, mais c'est peut-être seize ou
dix-sept heures.

— C'est quinze, seize ou dix-sept heures ?

— Comment voulez-vous que je sache !

— Alors pourquoi dites-vous d'abord quinze heures ?

Et ça reprend. Grand-maman Jo se lève.

— Il n'a pas commis de crime.

Elle retourne chez le maire qui lui offre une tasse de café ; la porcelaine trop fine l'intimide.

Grand-maman Jo s'essouffle ; la salle à manger du maire la surprend, surtout l'étoffe qui est plaquée contre le mur et qui représente une scène orientale : un harem avec des personnages à large turban et chaussés de souliers finissant en pointe relevée comme une queue de scorpion. Elle contemple, fascinée, des hommes qui portent des sabres recourbés comme leurs chaussures.

— Monsieur le maire, on l'a enlevé.

— Qui vous fait dire cela ?

— Il aurait vu quelqu'un sur le toit.

— Il vous l'a dit ?

— Oui.

— Un homme ou une femme ?

— Je ne sais pas, mais le résultat est le même. On l'a enlevé.

Le maire marche de long en large dans la pièce, les mains derrière le dos.

— Servez-vous du café, Joseline, tant qu'il est chaud.

Grand-maman Jo tient mal sa tasse, elle la repose, croise ses mains de peur qu'elles ne tremblent trop.

— Jean-Pé a eu une enfance terrible.

— Je sais.

— Lui ne sait rien.

— Quelqu'un, par malveillance, lui en a-t-il parlé ?

Le gros homme s'est retourné.

— Je vais avertir la gendarmerie.

— Monsieur le maire, il faut le rechercher nous seuls. Les gendarmes, ça trouve toujours les gens morts.

Le maire a réveillé deux conseillers qui ont pris leur fusil, des lampes de poche, un chien de chasse. La poursuite commençait, le vent soufflait : c'était le bruit d'une mer féroce dans les arbres qui se ployaient.

La première visite fut pour l'étang ; on suivit le bord avec soin. La seule trouvaille fut celle d'un couple qui s'enfuit dans l'épaisseur des bois, mais chacun reconnut la femme à sa chevelure énorme et rousse. L'un des chasseurs leva deux perdrix d'eau qu'il laissa partir non sans regret. La vieille barque était toujours amarrée au même tronc. Chacun siffla, mais en vain. Le vent retroussait les lèvres. Le groupe retourna vers un amas de maisons qui servaient de repaires aux enfants et aux gars des batteries. On ne découvrit que les traces d'un ancien feu, des godasses, une chemise à demi calcinée, des ferrailles. Jean-Pierre restait invisible.

Grand-maman Jo fut obligée d'aller chercher des bouteilles de vin et des verres : on but à la santé du disparu. Puis la chasse reprit ; une carrière désaffectée fut l'objet de tous leurs soins. Des grottes naturelles fermées avec des barbelés servaient de granges, personne ne les habitait. Le maire ramassa une vieille décoration allemande, une croix émaillée noire et blanche qu'il épingla sur le revers de son veston en riant. Grand-maman Jo peinait dans cette poursuite où les haltes devenaient de plus en plus fréquentes. On lui permit de revenir chez elle, ce qu'elle refusa. Ensuite, ce fut la sablière dans laquelle on jetait les carrosseries des voitures inutilisables ; on fouilla dans une cabane en planches, dans des resserres, le maire pestait contre le manque de soin des habitants : « Ce sont des pouilleux, de vrais pouilleux. » Des tas de pommes pourries répandaient une odeur de fruits alcoolisés. Il n'y avait aucune trace de Jean-Pierre. Seul le maire prenait des notes, pointait les endroits malpropres, se fâchait devant les monticules d'immondices :

« Ils verront, demain, au conseil. » Vers une heure du matin, il crut sage d'arrêter les recherches :

— On reprendra avec les gendarmes. Ils ont des chiens.

— Je suis sûre qu'on l'a enlevé.

Le maire calma grand-maman Jo qui fouinait encore dans les taillis où de vieilles lingeries s'étaient prises.

— S'il a été enlevé, c'est qu'il est vivant.

Ce fut la seule consolation. Chacun se retira dans sa maison. Et bientôt le sommeil vint, même pour grand-maman Jo qui s'était mise au lit tout habillée en laissant la lampe du jardin allumée.

A midi, on retrouva Jean-Pierre endormi sur le toit de la pharmacie, la tête contre une cheminée. Loulou, l'aide boucher, le prit dans ses bras et le descendit. Jean-Pierre n'ouvrit pas les yeux. Il paraissait comme enfumé, le visage noir. Comment le gronder ? Il ne se réveilla que le lendemain sous la claque amicale du docteur. Jamais on ne sut la vraie raison de son évasion.

— Je ne sais pas, grand-maman Jo, je ne sais pas.

— Mais enfin, tu es bien monté sur le toit ? Et tu pouvais te tuer ! As-tu pensé à moi ?

— J'avais peur du fouet.

— Quel fouet ?

— Le fouet rouge.

— Quel fouet rouge ?

Jean-Pierre ne répondit pas, mais se mit à pleurer. Le médecin lui donna des fortifiants et prescrivit deux semaines de repos. Jean-Pierre ne fut plus le même, il gardait le silence, l'œil aux aguets. On aurait dit qu'il craignait la venue de quelqu'un. Grand-maman Jo l'emmena à la fête de Saint-Iracin, lui paya une place à la ménagerie : l'enfant avait peur, il se tenait contre la jupe de grand-maman Jo.

— Tu as peur de tout, fiston, c'est pas normal.

— Je n'ai pas peur.

— Alors, c'est la foule qui te fait peur ?

— Non, les masques.

— Quel masque.

— Celui du lion.

— Mais il n'a pas de masque... Tu n'as pas honte d'être un gosse à ton âge ?

— Toi aussi, tu as un masque, grand-maman Jo.

— Moi ?

— Quand tu étais jeune, tu n'avais pas ce visage.

— C'est naturel.

— Non.

— Qu'est-ce que tu as, Jean-Pé ? Tu es malade ?

— Et moi ? Avec mes cicatrices, on m'a changé.

Ce soir-là, grand-maman Jo resta longtemps avec Jean-Pierre : elle lui caressait les joues, les cheveux pour l'apaiser. Elle lui fit des crêpes comme il les aimait, cassa des œufs dessus. Puis elle lui montra des photos, celles de son père tué par les Allemands.

— Tu vois, Jean-Pé, tu lui ressembles.

— Pourquoi portait-il la barbe ?

— A cause des Allemands. Pour ne pas être reconnu.

Elle répandit sur la table tout le lot de photos qu'elle conservait dans une boîte de marrons glacés.

— Et ça, c'est ta maman.

— Je ne l'ai jamais vue.

— Si. Tu l'as vue autrefois.

— Où est-elle ?

— Elle a disparu. Tu ne te souviens pas d'avoir fait un grand voyage avec elle ?

— Non.

— C'était à l'étranger. Vous étiez très malheureux.

— Où est-elle ?

— Très loin. Mais elle pense à toi.

— Quand je serai grand, j'irai la chercher.

Grand-maman Jo serra contre sa poitrine la tête de Jean-Pierre, le berça.

L'enfant avait une chemise d'or
T'en fais pas, dit le pinson
il dort encore, il dort encore
la lune aime bien sa maison...

Jean-Pierre s'engourdissait.

— Si elle était morte, on irait sur sa tombe ?

— Bien sûr.

— Elle habite peut-être tout près d'ici...

— Quand tu es sage.

— Pourquoi ne revient-elle pas ?

Grand-maman Jo se releva, se moucha fort, suivant son habitude.

Ce n'est pas vrai, grand-maman Jo sait tout. Elle fait semblant d'ignorer la cachette de maman, mais elle va la voir, la nuit, pour lui porter de quoi manger. Le grand homme casqué la tient prisonnière. J'ai vu qu'elle nettoyait beaucoup plus de linge que nous en avions, notamment des chemises de nuit à dentelles ; grand-maman Jo n'en porte pas. Que fait-elle, la nuit, toute seule dans sa cuisine ? J'entends aussi la machine à coudre qui ne s'arrête pas comme le grillon de la porte d'entrée.

Une nuit, je suis descendu dans la cuisine et j'ai vu grand-maman Jo endormie, le visage enfoui dans une robe immense, toute blanche. Et pourtant, elle est infatigable. A soixante-huit ans, elle porte toujours des cheveux à peine gris, ses mollets sont durs, elle me bat à la course, elle monte aux échelles, fabrique du fromage à longueur de journée, est réputée pour faire grossir une poire dans une bouteille. Avec un pépin d'orange, elle réussit à produire un frêle oranger. Elle ramasse tout, baies, fruits tombés des arbres (c'est pour le pauvre, comme elle dit), en fait des confitures ou des conserves. Nous avons trente canards de Barbarie, des poules en pagaille, elle surveille la ponte de ses serins. Quand elle a un peu d'argent, elle s'affole ; tellement de choses manquent à la maison. Elle casse beaucoup, car il lui manque un pouce qu'elle a laissé dans une tondeuse à gazon ; sa main droite n'est plus habile. L'été, elle prend des enfants en garde ; on aime sa franchise et son autorité, elle redresse les caractères les plus endurcis. Aucun gosse ne lui résiste. Quand grand-maman Jo arrive en plein jeu, le silence se fait, chacun la suit sans rechigner, même pour le lavage des cheveux au savon noir ; sa poigne fait pleurer les plus courageux.

Alors, j'ai l'impression que moi aussi je suis un gosse qui habite provisoirement chez elle ; on va venir me chercher et je surveille la route, je piste le facteur sur son vélo, je cours vers les voitures qui ralentissent à l'entrée du village, je demande ma route à des inconnus comme si je n'étais pas de ce village, je parcours les journaux que je ramasse un peu partout. J'attends.

A dix ans, c'est long d'attendre, ça n'en finit pas et puis ça se voit, surtout à l'arrivée de l'autobus, quand je me précipite pour proposer mes services. Eh bien, Jean-Pé, elle arrive ta bonne amie ? Jean-Pierre est toujours le premier à se présenter devant la portière du car, il regarde les voyageurs longuement, d'une manière insatiable ; il aide à descendre les colis ou les vélos du toit ; une petite pièce tombe dans sa main. Il est serviable par précaution, empressé par maladresse. « Pousse-toi, Jean-Pé, tu gênes tout le monde. »

Alors Jean-Pierre va s'asseoir sur le mur d'en face, près de la fontaine ; il attend à nouveau.

6

J'ai été averti par la radio que grand-maman Jo était gravement malade : « Monsieur Jean-Pierre R., voyageant dans une Austin-Cooper bleue immatriculée 278 R 75 est prié de téléphoner d'urgence au 5, à Monteil, pour raison grave. »

Ce fut un retour difficile ; Claudie ne voulait pas venir car elle envisageait le pire : « Je ne la connais pas, à quoi ça servirait que j'y aille, je t'encombrerai... »

Claudie désirait rester à Lausanne après notre réconciliation ; elle avait repris ses anciennes habitudes. Elle n'était pas faite pour Paris, pour mes soucis trop vagues à son gré, et le drame qui s'annonçait par la voie des airs la touchait peu : grand-maman Jo avait l'âge de mourir. Un festival obscur la réclamait ; pensez donc, une comédienne qui a fait les cent pas dans une pièce de Shakespeare sur une scène parisienne quoique périphérique, ça valait son pesant d'or. « C'est une occasion unique, j'ai le rôle principal et le metteur en scène, c'est Georges Babil, le petit type chauve que nous avions rencontré chez Mathilde, tu te souviens ? » J'aime Claudie quand elle n'a pas d'ambition et se laisse aller à la flânerie des sentiments, elle m'épate par ses avances et ses pudeurs, pourtant son savoir-vivre est dans l'amour le plus terre à terre. Viens m'embrasser. Pourquoi ne me caresses-tu pas ? Mes seins, ça ne te fait rien ? Regarde dans mon cou, ça me démange. Ecoute, Jean-Pé, pas dans un lieu public. Car

161

Claudie a le respect des lieux publics, des foules, elle est soudain une épouse indulgente, caressant les petits chats avec un sourire complice pour les bêtises d'un jeune marmot inconnu, faisant d'une courte promenade une *marche à l'étoile* ou une montée vers un Golgotha dominical. Mais arrivés dans notre chambre, elle redevient commode, complaisante. Nous marchons du lit au frigidaire et du frigidaire au lit, un yogourt à la main. Claudie grignote, mélange, ne finit pas les biscottes ; les fruits, la bouteille de lait traînent sur la table basse près du téléphone ; il y a toujours une tasse en équilibre sur le clavier de la machine à écrire. On a ainsi des repères de nourriture, on retrouve les tranches de jambon dans la boîte à gants de la voiture, elle oublie d'acheter du sucre, alors je suis obligé de mettre de l'eau chaude dans le sucrier pour décoller les plaques de sucre qui se sont formées sur la paroi. Et le thé ! Ça finit toujours par une catastrophe, les feuilles noires et molles bouchent le lavabo. Comment lui en vouloir ! J'ai tant aimé la fermeté de ses cuisses à l'aube. Claudie ne dramatise jamais mon drame personnel, car elle ne s'y attache pas : je suis comme un enfant gâté par le malheur, elle s'étonne de ma tristesse, elle ne la partage pas. Parfois, quand je disparais pendant quatre ou cinq jours, à mon retour elle m'accueille à peine désenchantée, sans colère, mais avec malice. Elle désamorce l'horreur de mes cauchemars, car elle rit à n'importe quelle heure de la nuit ou s'enflamme sur une robe au moment où les larmes me viennent aux yeux pour une pensée trop noire. J'aime les couleurs qu'elle porte, Claudie a toujours l'air fleurie des pieds à la tête. Et quand je perds toute chaleur, elle s'en moque, généreuse pour deux dans les sentiments. Une nuit, j'ai failli l'étrangler dans un mauvais rêve, j'avais encore mes deux mains autour de son cou quand elle appuya sur l'interrupteur pour allumer la lampe de chevet. Claudie fut brave, calme dans ses mouvements pour se dégager de ma

prise ; elle eut ce mot étonnant et sauveur : « Combien
de temps faudra-t-il te répéter de ne pas lire de roman
policier à partir de neuf heures du soir ! » Puis elle se leva,
j'aime bien cette sorte de chemise d'homme qu'elle porte,
légère et bleutée, et m'apporta le plus tranquillement du
monde une pomme : « Tu as sûrement faim. » Je ne l'ai vue
qu'une seule fois bouleversée, le jour où elle vit dans un
numéro de *Match* la photo agrandie d'un poilu de la guerre
de 14, un instant avant l'attaque. « Tu ne trouves pas extraordinaire qu'au bout de quarante ans, un visage ça ne se dé-
mode pas ? » Claudie a voulu découper l'image et la mettre
sous verre, mais le projet ne dura pas et la photo fut oubliée
dans un tiroir avec la mienne où, enfant, je tiens la main
d'une conductrice d'ambulance de la Croix-Rouge.

Claudie a ses préférés, ses préférences, elle choisit, mais
ce n'est jamais par témérité, elle ne préserve rien ; sa
vivacité est toujours pertinente.

Ça ne fait aucun doute que j'aime Claudie mais mal, à
tort et à travers, avec nervosité. C'était plus simple pour
elle d'aimer mon ami Marc...

Quand j'arrivai dans la maison aux volets clos, grand-
maman Jo était veillée par les voisines. Je les fis partir
gentiment. Et je restai seul devant cette vieille décharnée
à bout de souffle. Il y eut un mieux, ses yeux s'ouvrirent,
elle me prit la main, la porta à ses lèvres, ce geste me gêna.

— Je t'attendais.

Je soulevai ses cheveux libérés du chignon et qui retombaient autour du visage en minces nattes comme celles
d'une petite fille ; en passant la main sur cette matière
aussi fragile, d'un gris de taupe, j'avais l'impression de
toucher une soie ancienne ; cette délicatesse m'effrayait.

— As-tu reçu mes lettres ?

— Oui. Mais tu t'es fait trop attendre.

— Tu sais, un journaliste, il ne fait pas ce qu'il veut.

— Je ne te reproche rien. Et le mariage ?

— Pas encore.

— Bientôt ?

— Peut-être.

— Je ne voudrais pas te laisser seul.

Grand-maman Jo fronça son front, des rides d'une finesse extrême.

— Je voulais te voir.

— Je sais, grand-maman Jo.

— Je ne t'ai pas dérangé, au moins ?

— Non.

— A mon âge, il ne faut pas mourir devant n'importe qui.

Elle laissa tomber sa tête sur l'oreiller, ferma les yeux. On l'avait installée comme sur un lit de parade, le buste relevé. Sa respiration s'apaisait, elle s'enfonça doucement au creux du lit, essayant de retrouver sa position préférée, bien à plat, les bras perpendiculaires au corps, je remontai le drap pour couvrir ses épaules. Puis je me dirigeai vers la cuisine et lui préparai une citronnade comme elle le faisait autrefois pour moi. Le citron lui paraissait un fruit miracle : « Quand tu grimaces parce que c'est trop acide, le mal s'en va. » Peut-être avait-elle entendu parler d'un de ces vieillards de l'Orient qui se nourrissaient de citrons et se préservaient ainsi des maladies...

Grand-maman Jo but en souriant, mais elle se forçait et fut prise d'une quinte de toux. Je la remis droite et frottai son dos aussi mince que celui d'une chatte âgée. Le docteur vint ; on lui fit deux piqûres. Le cœur ne tenait plus, peut-être une nuit, peut-être deux ; la mort était en suspens, prête à fondre sur elle.

Je restai auprès de son lit ; il me semblait que le temps n'existait plus ; une scène fixée à l'avance et dont l'ordonnancement était prévu jusque dans les moindres détails : la répartition des ombres, de la lumière, le luisant d'une cuillère, les reflets rougeoyants du poêle et cette blancheur fuyant dans la pénombre et dans les plis... Et soudain elle me parla, avec une voix de jeune fille à peine touchée par le tremblement :

— Il faut que je te parle de tes parents. Approche-toi.

Le grand jour était arrivé, j'allais savoir. Les silences, les rebuffades, les mille manières d'esquiver une réponse, les astuces, les faux aveux, les plaidoiries inutiles, tout cela devenait sans objet et pourtant dans chaque jour de mon enfance, à chaque visite, jamais grand-maman Jo n'avait employé un tel langage ; elle semblait rester sur la défensive, elle appréhendait les tête-à-tête ; pas une seule fois je ne l'avais entendue parler *naturellement,* condamnée à ne s'émouvoir que seule, à ne se souvenir qu'en secret. C'est toujours dangereux de réveiller les morts devant un mauvais vivant comme moi, grand-maman Jo le savait. Son mutisme devait me protéger, la douce lumière de ses yeux atténuer l'interrogation de mon regard.

Aujourd'hui, je pouvais vérifier mon drame ; c'était à elle à me remettre une histoire enfin propre, du linge à moi, mais dépareillé.

— Petit Jean-Pé, tu as vécu dans un camp de concentration. Tu sais ce que c'est ?

Jean-Pierre tremblait, un froid net l'envahit. Grand-maman Jo parlait enfin en toute liberté sur son lit de mort et c'est pourquoi elle avait sur les lèvres ce sourire mystérieux.

— Alors, l'enlèvement, ce n'était pas vrai ?

— Ce n'était pas vrai.

— Ma mère n'avait pas disparu en Suisse ?

— Non.

— Et mon père ?

— C'était vrai.

Pourquoi mon enfance avait-elle le visage décharné de cette vieillarde dont je n'aimais plus la familiarité, ni le halètement ? Je baissai la tête, et pourtant j'avais envie de mourir avec grand-maman Jo, la main dans la main, me prêtant ses cheveux blancs, son cœur déjà happé, je maigrissais, je me voûtais, mon corps perdait de sa taille et de son format, une petite place, grand-maman Jo, pousse-toi, quand on meurt pour un on peut mourir pour deux, je passerai en fraude, qui le remarquera ? Je suis plus vieux que ma vieillesse, écoute ma voix comme celle du dindon, à force de bouffer de l'ombre, de bouffer du vent, de bouffer ma fièvre, le froid devient mortel. Regardez-moi errer dans les ruines de Berlin ou de Caen, avec la veste et les bottes des GI's et la chemise offerte par un stalag sur un aérodrome pourri ; j'enjambe des cadavres. Maman, ich bin da. Je joue avec une semelle de bois que je fais naviguer dans une flaque d'urine, toute une famille de poux m'habite ; il y a grand-maman Pou, elle est dorée, rebondie, elle craque sous l'ongle, et les petits qui se cachent dans l'échancrure, suivent les lisérés, se terrent sous un bouton. Un énorme chien m'appelle : « Jean-Pierre, ta soupe. » Je finis son écuelle. Grand-toutou m'a gardé l'os avec de la moelle, une patate aux yeux noirs. Je lappe, Grand-Toutou geint, hurle à ma mort. Des animaux de potence m'environnent, l'oiseau du Gibet et la veuve du canari qui s'est pris les pattes dans les barbelés. Schlague Ier m'attend, il écrit en lettres gothiques sur un papier à en-tête : *Jean-Pierre est revenu*. On rit autour de lui. Je suis présenté à Schlague Ier. Il me tend un colis de la Croix-de-Fer. Signe là. Il prend mon bras. Avec une épingle et de l'encre, je forme mon nom sur la peau trop tendre, qui ne tient pas. Il répète : signe là. 42.692. Tonton SS photographie la scène. On applaudit. Je cours dans la prairie qui vient d'être désinfectée, je me réfugie à l'intérieur d'un chalet de briques, *Mon Vomi*. Je défais le paquet : il contient un château fort, un adorable mirador qui tourne sur un pivot de bois, de minuscules cadavres en plomb, un petit train. Je fume ma dernière cigarette, il fait bon dans ce village qui s'appelle Revier-sur-Bois. C'est carnaval : je porte une tenue de hussard ; la veste est rouge, avec des boutons dorés. « Goûte ! » Je refuse : ce sont des pustules naturelles, confites, des bâtonnets de charbon de bois qui ne font pas de mal à l'estomac. « Goûte ! » C'est bon. J'en prends plusieurs. C'est meilleur que l'argile de la carrière. On s'amuse bien autour de ces grands fours qui fument jour et nuit. Comme de vrais chenapans, on rôde autour ; les scories sont rejetées, brûlantes, en tas ; on fait la dînette en mettant à rôtir nos patates dans la cendre. On est bien avec les morts-poupées. Qui un œil, qui une main, qui une chevelure...

Jean-Pierre se plie en deux ; c'est une énorme brûlure en plein ventre. La chambre ne bouge plus, les murs reviennent à leur place, les objets retrouvent leur contour ; cette irisation remuante autour du lit a disparu. Grand-maman Jo soupire, elle ouvre les yeux.

— Ça va mieux, mon Jean-Pé. Je peux encore te parler.

Elle porte un visage plus serein ; elle a même un geste de coquetterie pour relever une mèche qui retombait sur sa bouche. Elle n'a pas perdu la suite de ses idées.

— C'était vrai. Ton père a été tué par les Allemands sur une route en 1942. Ce qu'il avait de mieux à faire, le méchant homme. Il écrivait dans les journaux de l'occupation. On le rencontrait dans les plus grands restaurants.

— Et cette histoire de la musicienne allemande ?

— Quelle musicienne ?

— C'est toi qui m'en as parlé. Il vivait avec elle.

— C'est possible.

— Et son voyage à Berlin ?

— Quel voyage ?

— Ce voyage avec des écrivains collabos. Hitler les avait fêtés.

— Ah oui, tu parles de la photo quand on le voit debout sur un marchepied et saluant comme en ce temps-là...

— Il y est allé vraiment ?

— En ce temps-là, on faisait n'importe quoi. Ton père comme les autres. Car il me racontait tout, même ses projets de livres, mais il n'avait jamais le temps de les finir. Il commençait, il ne terminait jamais, sa mort en est la preuve, tu comprends ? Un malade, certainement. Charlemagne l'enthousiasmait. Et d'autres rois moins connus. Il racontait, mais le cœur n'y était pas. Je crois qu'il t'aimait à sa façon. Je recevais des mensualités, il sautait des mois à cause de ses voyages ou de ses frais. Un si bel homme, mais le ver était dans le fruit. Je n'aimais pas l'odeur de ses cigarettes, ça empestait le papier d'Arménie.

Grand-maman Jo paraissait soulagée de tant parler ; la chair de son visage se détendait, ses traits revenaient à leur place, ses mains frottaient inlassablement le drap comme pour en enlever la moiteur. La nuit tomba ; une lueur rouge venue du ciel embrasait la fenêtre, calme et rapide incendie du couchant dont les feuillages estompaient l'ardeur.

— Quel camp, grand-maman Jo ?

— En Autriche. C'est difficile à prononcer. Je crois que c'était Mauthausen.

Grand-maman Jo sourit.

— Je me le rappelle à cause du mot Mathusalem...

— Longtemps ?

— Près de deux ans.

— Et maman ?

— On ne sait pas.

— Qui m'a retrouvé ?

— Ça s'est fait par la Croix-Rouge.

Jean-Pierre, de nouveau, avait envie de vomir. Et brusquement cette odeur fade autour du corps de grand-maman Jo, celle des tiges qui ont trop macéré dans l'eau qui ne se renouvelle pas. Comment s'aimer avec une fin pareille ? La chambre devint violette. Jean-Pierre alluma la lampe posée sur la table de nuit à côté des médicaments. Grand-maman

Jo fut heureuse de voir surgir ce petit rond de lumière. Elle se calmait, regardait Jean-Pierre qui reprenait sa vie depuis le début, entrait dans la clandestinité d'une famille que son enfance n'avait pas eu le loisir de découvrir afin de s'y lover comme une bête qui recherche la chaleur, la laine, l'apprêt du silence, le murmure.

Son père rôdait dans la maison, il allait se réveiller, réclamer son fils, prendre par la taille sa femme, s'offrir un fabuleux repas de rutabagas et de caviar, jeter à profusion de l'argent sur la table, parler d'un projet pour le dimanche... Jean-Pierre contemplait cet arbre abattu et qui se redressait, où le vent se taisait. Un visage agreste, pointu, avec des yeux qui surveillaient les premiers pas de son enfant.

— Jean-Pierre !

— Oui.

— Ton père était un rêveur qui ne s'habituait pas au cauchemar de tous les jours. Le manque de pain et de vêtements en faisait un autre homme à l'affût, capable de tout, et sa misère m'impressionnait. Il m'arrivait de l'embrasser. C'est moi qui lui faisais son alcool avec les poires du jardin et les prunes. Je l'ai vu sauver un homme poursuivi après le couvre-feu. Il l'avait amené chez moi et s'était occupé avec passion de cet inconnu. Le lendemain, il l'injuriait. Julien n'était pas fait pour la peur ; on l'aurait vu changer s'il avait pu mener sa vie à sa guise. Quel homme charmant quand on partait avant la guerre pour une partie de pêche ! Il ne supportait pas la vie qui se détraque comme un jouet.

— Parle-moi de maman.

— Attends. Pas tout à la fois.

— Je t'en prie.

Grand-maman Jo s'était rendormie. Il l'avait perdue comme dans une grande forêt chargée d'ombre, elle n'entendait plus les appels. Jean-Pierre se mit à fouiller dans l'armoire en face du lit. Il retrouvait l'adouci des ferrures, l'odeur un peu triste des tiroirs. Que de fois il avait voulu s'y cacher dans l'épaisseur du linge, devenir minuscule pour se fabriquer une grotte entre deux plis. L'armoire était toujours fermée à clef.

Quelle solennité quand grand-maman Jo venait chercher une serviette ou des mouchoirs retenus par une lie rouge ! « Toi qui es grand, mon Jean-Pé, monte sur la chaise, je suis trop lourde. Je vais te passer les draps ; mets-les bien à plat, recouvre-les de papier. » Et Jean-Pierre posait la toile encore humide sur la pile. « Les initiales brodées sur le devant. » Et c'était tout. Les battants se refermaient comme les portes d'un sanctuaire. Terrible journée quand le maire vint réclamer les objets en étain ou en cuivre pour les Allemands ! Le dessus de la pendule fut dévissé, les casse-roles emportées, les bougeoirs, la série des mesures en étain. « Et pourquoi pas le balancier de l'horloge ? » criait-elle. Tout fut jeté en vrac dans une charrette. Grand-maman Jo pleurait et le maire essayait de la consoler. « Je dois m'in-cliner devant les autorités ; c'est la loi. Et puis pensez aux otages. Vous ne voulez pas que je sois fusillé ? Ce n'est pas dit qu'ils reviennent pour emporter tous ces objets, je vais les cacher dans la salle des archives... »

Trois jours après, grand-maman Jo se débrouillait pour avoir les clefs de la mairie et en pleine nuit, avec l'aide de deux voisines, elle retira ses étains et ses cuivres et les enterra dans le potager. Ce fut plus dur pour le cheval Androcle. Le maire accompagné d'un gendarme allemand vint prendre la bête ; elle était vieille et dolente. « Mais elle ne sert plus, monsieur le maire, elle est presque cen-tenaire. Regardez ses dents, il lui en manque. Androcle est inutilisable, je le garde par charité. » Rien n'y fit. L'ancien coursier partit ; on l'a entendu hennir longtemps, il se déro-bait aux cordes, ruait, l'écume aux lèvres. Toute la soirée, grand-maman Jo tourna autour de la mairie en rasant les

murs, appela : « Androcle ! Androcle ! », mais il n'était plus
là. Le lendemain, grand-maman Jo se mit entre les brancards
de sa carriole et la traîna dans les rues du village. Tête
basse, elle tirait la voiture, ne ménageant pas ses forces.
Tout le monde était sur le pas des portes. Elle arriva devant
la place de la Mairie et s'arrêta sous les fenêtres de la salle
de réunion durant plus d'une heure. Elle restait silencieuse,
comme outragée, la sueur coulait sur ses joues, collait les
mèches de ses cheveux, formait des gouttelettes sur son
menton. Le maire vint vers elle et la supplia de rentrer
chez elle. A bout d'arguments, il lui donna deux cartes de
rationnement de plus. Elle dut accepter et repartit telle
qu'elle était venue, entre les brancards. Grand-maman Jo
me racontait l'histoire avec autant d'émotion : je rêvais
d'Androcle, cheval fantôme au poil blanchi, et je le priais
comme un saint du paradis.

Grand-maman Jo me surveille depuis un moment. J'ai
trop hésité. Ses yeux sont fixés sur moi ; soudain, elle
m'épouvante.

— Veux-tu quelque chose ?

Je ne pus que lui fermer les yeux. J'appelai les voisines.
On l'habilla comme pour la messe avec sa blouse de soie
noire à petits plis, sa jupe à carreaux. Je demandai qu'on
lui laissât sa petite bague d'or et ses boucles d'oreilles. Les
voisines me traitèrent de fou. « On va violer sa tombe, lui
couper les oreilles, etc. » Je n'écoutais pas ces ardentes gar-
diennes de sépulture. « Si ça se sait, vous verrez... » Je
veillai dans la chambre toute la nuit, après avoir averti
quelques membres inconnus de la famille dont j'avais
retrouvé l'adresse dans un petit carnet. Ça occupe un mort,
ça attire du monde, le village défilait lentement, certaines
femmes avaient l'air de prier, d'autres parlaient entre elles
ou déposaient sur le drap des fleurs de saison. Je n'aime
pas le chuchotement, le glissement des pas. Qu'on marche
naturellement ! Peut-être avait-elle pu croire que je forçais

la porte de son armoire et j'en fus tout endolori. « Ce sera obscur jusqu'à la fin. » C'est ce que j'écrivais pour mon vieux romancier au moment de son trépas à rebours. « On veut que je me taise de moi-même. » J'ai écrit la vérité. Tout se confirme, bouche cousue, tendre morte ! Elle est là, étendue sur le lit. Ce n'est pas possible qu'elle soit *maintenant* insouciante ! On a posé sa tête sur un énorme oreiller. Les bruits se taisent aussi. Il fait un froid de chien comme si la maison était restée longtemps fermée. Et voilà que je suis pris à ce piège mortuaire, à ce rendez-vous auquel nul ne vient plus. Grand-maman Jo n'a pas eu le temps de me parler de ma mère, je ne saurai plus rien. La tradition orale ! Et moi, je veille en même temps ma mère, mon père et grand-maman Jo, une belle collision de la vie ! Ils sont ensemble, muets et complices. A quelle enfance me vouer ? Si Claudie était auprès de moi, je verrais d'une tout autre manière cette scène qui n'appartient qu'à moi. Je pourrais déjà préparer avec elle notre retour à Paris.

Je te ferai connaître un coin extraordinaire, une clairière perdue entre les arbres où vit un peuple de statues. On m'en avait parlé. Un châtelain avait arrangé ce coin de paysage pour ses rêveries quotidiennes. Toute sa famille était représentée dans des costumes locaux. Tu verras, c'est impressionnant. On dirait que le silence étouffe les voix, on ne parle plus. Au milieu, une colonne supporte une boule d'or qui représente la terre. Tout est en granit et, tu sais, le granit, ça prend bien la mousse et le lichen. Il y a des couples, mais séparés par quelques mètres. L'homme ne pourra jamais rejoindre sa femme, il tend les bras, mais elle reste les mains collées à la robe. La pluie a creusé des rigoles noires sur les joues, les oiseaux n'y viennent pas, sauf quelques corneilles criardes. Et même le vent ne soulève pas les feuillages. Tout est immobile, préservé. On s'y laisserait mourir. Ensuite, on ira dormir dans un hôtel près de la route. Il faudrait de la neige. Quand on se réveille, un paysage en blanc est plein de cachotteries, tu verras. C'est dans une de ses chambres que j'ai commencé mon roman, tu sais, l'histoire de ce très vieil écrivain dont je voulais décrire l'existence en commençant par la fin. Claudie, nous irons au Danemark voir cette étrange clairière ; elle appartient au roi. Et puis on se mariera ; au moins, si on se dispute, ou saura comment. Je t'aime, Claudie, sans raison, mais je t'aime. On laissera les morts se débrouiller ; j'ai perdu trop de temps avec eux, j'ai...

Quand la porte s'ouvrit, Jean-Pierre dormait dans le fauteuil de la chambre, harassé. Ce fut d'abord un bruit de godasses, ensuite une toux de fumeur. Jean-Pierre se redressa : un homme, devant lui, tenait un briquet allumé à la main. Il n'avait pu trouver l'emplacement des boutons électriques.

— Jean-Pierre ?

— Oui.

— Je suis ton oncle, le frère cadet de ton père. Ernest Soupirant.

Il m'embrassa, me tint le bras, puis vint s'agenouiller devant le lit.

— J'ai apporté des fleurs du jardin ; elles sont dans la cuisine.

L'homme se tut. Il se releva en maugréant, prit le réveille-matin posé sur la table de nuit, en remonta le ressort, le mit à l'heure.

Il paraissait soulagé.

— J'ai apporté aussi un pâté de lièvre pour demain et trois bouteilles de vin.

Je regardais à la dérobée cette silhouette aux formes lourdes, essayant de lire sur son visage quelque sentiment, mais il restait impassible. D'où venait cette image grossière de mon père ? Il ne s'occupait plus de ma présence. Il avait rejoint sa femme à la cuisine. Elle devait connaître la cuisine, certaines habitudes de rangement. Les fleurs étaient

173

dans un broc sur l'évier, les aliments les plus précieux dans des assiettes. Je la regardais par la porte ouverte, allant et venant d'un pas sûr. Elle portait les bouteilles dans un placard avec le bocal de cèpes en conserve. D'un coup de torchon, elle fit fuir le chat qui dormait sur le fourneau.

— Bonjour, ma tante.

— Bonjour.

Ni eux ni moi n'étions étonnés de cette rencontre au chevet de grand-maman Jo : les familles sentent la mort à des lieues à la ronde. Mystérieusement, elles sont averties, prennent des positions inexpugnables, on ne peut plus les déloger.

— Il y a longtemps qu'elle est morte ?

— Ce matin, vers six heures.

— Tu as averti le notaire ?

— Non.

— Il faut le faire. Et pour l'enterrement ?

— C'est fait.

— On n'a jamais su quel âge elle avait. Les archives ont brûlé pendant l'occupation. Ça va faire des histoires pour le caveau. Elle se vieillissait par plaisir. Quand elle t'a recueilli, à peine avait-elle quarante ans...

On savait tout sur moi et je ne savais rien sur eux. Mais les questions paraissaient inconvenantes à huit heures du soir.

— Je ne sais pas si Ferdinand pourra venir.

Doucement, je demandais qui était ce Ferdinand.

— Ton cousin, celui qui est à la Sécurité sociale. Quant à Marie-Rose, elle attend un enfant, ce n'est pas la peine de lui donner une émotion de plus. Une femme enceinte ne doit pas veiller un mort. L'enfant qui naît est aveugle.

Je n'avais pas envie de la contredire. Son visage m'effrayait par sa lourdeur ; le menton s'épanouissait sur la gorge, les yeux étaient petits, globuleux, la bouche bourrue ; elle venait de chez le coiffeur, ses cheveux sentaient la teinture, la mèche trop chauffée.

Qui était cette Marie-Rose prudente ? D'autres prénoms allaient être prononcés et je ne saurai rien de cette famille spontanée dont je ne soupçonnais pas l'existence.

— As-tu averti Mme Espiègle ?

— Non.

La tante paraissait furieuse.

— C'est une Espiègle de Chaux-Fond et pas des Lardins. Ne l'oublie pas. On téléphonera demain, elle nous en voudrait de ne pas assister au convoi.

Il y eut un silence ; j'attendais la venue de quelques autres inconnus, ce qui arriva.

— Et les Mouchet ? On est cousins au deuxième degré. Je sais qu'il sera obligé de fermer sa pâtisserie, mais il est de la famille. Et la veuve Julie ?

J'avouai que je n'en avais jamais entendu parler.

— La veuve de Gaspard, le minotier. Elle bégaie depuis qu'elle est tombée d'une échelle. En 1940.

Elle se retourna vers son mari :

— En 1940 ou en 1941 ?

L'oncle ne répondit pas. Que faisait-il dans la chambre ? On ne l'entendait plus.

— Tant pis, on se débrouillera sans elle. On ne sait jamais avec quel mari elle pourrait débarquer et je ne désire pas serrer la main de n'importe qui.

Ma tante revint vers la chambre, elle maniait un énorme chapelet dont la croix d'argent tapait sur la boucle de sa ceinture. Puis elle s'assit, se déchaussa, prit des pantoufles dans un sac.

— Moi, l'émotion, c'est toujours dans les pieds.

Elle se détendait.

— Tu te souviens de nous ?

— Très mal.

— Quand tu es parti à Paris en 1955, c'est moi qui t'avais donné l'adresse d'un hôtel dans la rue de la Glacière.

Ma tante me regardait ; elle fronça les sourcils devant mes boots de daim beige, mais la cravate lui plut.

— Il y aura des frais. Comme c'est toi qui hérites, tu les prends en charge.

J'acquiesçai. En avoir fini avec cette nuit, ces retrouvailles glacées, reprendre la voiture, foncer vers Paris. Claudie s'irisait dans ma pensée, devenait douce, caressante, sa bouche s'éclairait, je retrouvais sa nuque, je la voyais nue et consentante, prête...

— Il faut regarder dans son armoire ; elle cachait de l'argent. Les vieillards sont malins. Elle mettait ses billets dans une boîte à ventouses.

Déjà, elle ouvrait le meuble ; les portes grincèrent ; la veillée funèbre commençait par un pillage.

— Elle n'a jamais voulu faire réparer le gond de droite ; c'était pour être sûre d'entendre les voleurs.

Mais elle avait découvert la boîte métallique. Avec violence elle essaya d'ôter le couvercle, elle n'y réussit pas. Son mari, arrivé à la rescousse, ne put y arriver.

— Ernest, prends l'ouvre-boîte.

Mon oncle enfonça la pointe avec un marteau. Le métal se découpait en dents de scie. Quand le trou fut assez grand, il renversa le contenu de la boîte sur la table. Le trésor était maigre : six billets de cent francs, une médaille de baptême, une sorte de chaînette en fer qui tenait une petite plaque où était inscrit maladroitement un numéro : 48 692, un petit morceau de granit. Au fond était coincé un carnet aux pages jaunies et pelucheuses.

— C'est maigre.

Je fourrai dans ma poche le bracelet rouillé et le carnet.

Ma tante jeta un coup d'œil indiscret sur les étagères ; elle dérangeait l'ordonnancement des piles de serviettes et de mouchoirs qui s'effondraient. La tante humait la fraîcheur des draps, soupesant la toile, retournant l'ourlet ; sa main s'infiltrait dans les interstices du linge, elle palpait, tâtait de vieilles chemises que j'avais portées, ramenait des épingles, des séries de boutons en nacre cousus sur un carton, reprenait sa fouille avec plus de passion, fermant les yeux pour mieux se concentrer, rapace des fonds de tiroir. Elle découvrit une clef, la soupesa.

— Si je pouvais savoir ce qu'elle ouvre !

J'étais écœuré de son activité. Mais rien n'entamait ses espoirs.

— Il y a du linge en bon état et puis les meubles. Tu as un antiquaire de la région qui te prendra le tout. Quant à la maison, elle nous revient à titre viager. Tu peux prendre aussi la vaisselle, on a ce qu'il faut, bien qu'on n'en ait jamais assez. Comme pour les couteaux.

Le partage était prévu depuis longtemps ; on dépouillait la morte, on la laissait dans sa camisole de terre et à Dieu vat ! Je regardais le pot à lait en faïence blanche avec sa guirlande d'épis de blé en relief. Le seul objet que j'emporterai. J'entends le lait qui coule, la mousse qui monte et déborde, l'odeur fidèle. « Jean-Pé, ton lait ! Je t'interdis le café pur, tu es assez nerveux. » Grand-maman Jo était pauvre ; comment vivions-nous ? Elle ne remplaçait rien ; c'est pourquoi il ne restait plus dans le buffet que deux piles d'assiettes creuses, des verres à moutarde, quelques couverts en étain, des bols dépareillés. Le linge courant s'en allait en lambeaux. Quelles miraculeuses reprises elle faisait, pareilles à une dentelle. Grand-maman Jo raccommodait, cousait, rassemblait, retaillait avec patience. Elle m'avait tricoté une couverture avec des laines de différentes couleurs, mais la teinte générale surprenait l'œil par son éclat. Je la trouvais si belle avec ses motifs bleus, orange et verts. Avec grand-maman Jo, la misère ne se voyait pas, elle arrivait à l'accommoder ou en tirer de menus profits. Pourquoi ses ragoûts étaient-ils aussi appétissants ? Elle

177

avait le génie des herbes, des alliances de goûts. Que de caisses j'ai réduites en petits morceaux pour le feu! Que de branchettes j'ai cassées! La corvée de bois ne m'ennuyait pas. Quand j'avais la hache à la main, je me sentais vigoureux, et grand-maman Jo s'amusait de mes initiatives. Comme nous avons ri quand un camion de boulets de charbon s'est retourné dans une ornière! Nous étions les premiers à le piller avant la venue de la maréchaussée. Malheur à ceux qui perdaient quelque chose, nous trouvions tout! Près de la maison, il y avait un virage dangereux; bien des fois, des cageots tombaient des voitures; nous possédions une main leste, on disparaissait au bon moment; les gendarmes ne croyaient plus à notre innocence. Durant l'époque de la chasse, nous avions la possibilité de rencontrer un faisan estropié ou, dans les marais, quelques canards, l'aile pendante. Rien n'échappait à notre vigilance. Il n'était pas bon de se perdre autour de notre maison; adieu poulets, veau, vache, cochon, couvée, comme disait l'autre! Grand-maman Jo n'avait de sa famille qu'une vague idée; le facteur s'arrêtait si peu devant la porte, sauf pour les mandats d'Ernest. Et, comme les gens retirés, nous avions peur.

Tout revient dans la mémoire de Jean-Pierre : c'est doux et bienfaisant. La paix règne autour de la morte. L'oncle fume, la tante vient de se précipiter pour voir de près l'état de la toiture. C'est une masure paysanne, mais les murs sont ceux d'une ancienne commanderie. Il y a des signes gravés sur certaines pierres, des ronds, des traits, des flèches, des syllabes.

Vers le petit matin, la tante fouina dans la cuisine; peut-être reprenait-elle ses recherches, on ne sait jamais avec les pauvresses. Il n'y avait plus de café depuis longtemps. Je partis pour le village et achetai tout ce qu'il fallait pour préparer un copieux petit déjeuner. La famille était aux anges, je n'embarrassais personne, je me tenais à l'écart, je ne réclamais rien. Ma machine à écrire découverte dans une valise les impressionnaient, mes gants à trous pour la conduite de la voiture (j'avais toujours les mains moites au volant), mon chéquier, mes manières indifférentes et courtoises à leur égard ; ils devaient s'attendre au pire. Dès mon retour, on m'accueillit avec empressement, les croissants leur plurent car ils donnaient au petit déjeuner une apparence de fête.

— Quand tu repasseras dans la région, viens nous voir. Tu feras connaissance avec tes cousins. C'est vrai, on s'ignore et pourtant nous sommes de la même souche. C'est comme avec Alcide qui est au Canada, on ne s'est pas vus depuis trente ans.

Nous mangions les tartines beurrées avec appétit, je ne me laissais pas distancer, tout en approuvant de la tête ce que le couple disait sous l'effet d'une nourriture qu'il n'avait pas payée.

— Et ma mère ?

Mon oncle resta coi, le bol levé devant ses lèvres. Ma tante s'était engouée avec une bouchée de confiture aux prunes d'Agen.

— Pourquoi nous en parles-tu ?

— Il faut que je sache exactement.

— Elle est morte, mais on n'a pas eu son corps. Elle n'est pas au cimetière avec les autres.

— Où est-elle morte ?

— Mais tu le sais bien, en Autriche.

Eux aussi ne savent pas prononcer le nom maudit. C'est loin, la guerre ; eux se trouvaient du côté du beurre, des œufs et du fromage. Ma mère n'est pas rassurante ; peutêtre était-ce elle, cette jeune femme nue et voûtée courant dans une clairière, les deux mains protégeant sa poitrine. Ce n'est pas une photo pour un cadre au-dessus d'un lit. Comment appelle-t-on les habitants de Mauthausen ? Rayé sur la carte ce village provisoire, éteinte la cheminée pour tous, nivelée la petite colline aux ossements, séchés les

pleurs autour de cet enfant italien qui crie : « Pietà, coman-
dante, pietà ! » Sûrement un pote à moi ; terminée la
promenade du dimanche de ma mère et de moi sur l'Appel-
Platz...

— Quand est-elle morte ?
— Attends. Grand-maman Jo t'avait recueilli à la fin de
1946. Tu avais près de neuf ans.
— Alors, j'étais avec ma mère, là-bas ?
— C'est ce qu'on nous a dit.

Bonjours, ma mère, je reviens de ce voyage de vingt-
deux ans à travers ma vie. Elle me voit, elle se précipite, on
la prend par le bras, on la traîne sur le sol, elle me sourit.
Comment me donne-t-elle autant de soupe ? Comment fait-
elle pour avoir cette double ration de pain ? Ne t'en va
pas ! Reste encore. Je l'entends courir entre deux blocks,
elle ne veut plus se retourner. Doucement, un Yougoslave
me prend la main : « Je t'ai apporté de la purée, viens avec
moi... » Je mange dans une énorme gamelle et, comme je ne
me rassasie pas, je bois ce liquide épais et chaud, la tête
en arrière. Ça y est, le goût de la purée me revient, un
goût fermenté, métallique, il y a des bouts noirs, d'anciens
germes, on dirait des morceaux de truffes. « Tu auras de
la purée tous les soirs ; viens après l'appel ; si tu as douche,
je t'attendrai au washroom. »

Qui a connu Jean-Pierre Reize, né le 6 juin 1938 à Saint-
Iracin, arrêté à l'âge de cinq ans avec sa mère décédée à
Mauthausen, matricule 42.692 ? Se trouvait à l'infirmerie à
la suite d'une blessure à la main en juin 1944. Sa voix
ressemblait à celle de Tino Rossi...

— Dans quel état tu étais ! Tu ne te souvenais plus de
rien. On avait apporté à grand-mère Jo des tas de provisions
pour ton arrivée. Tu avais tout dévoré comme un jeune loup.
— Pourquoi était-elle en Autriche ? Et moi ?
— A cause de ton père. La ville l'avait changé. D'ailleurs,
on ne le voyait plus.

L'oncle semble gêné devant les explications de sa femme ; il avait repris sa pipe, la bourrait. A trente ans, comme je me sentais vieux, hors du temps avec toutes ces histoires dont je ne possédais que des bribes, et pourtant c'était comme si un historien mettait au point la suite des événements dans une chronologie exacte, mon histoire dressée suivant l'ordre des temps, sans ratures, dans la sécheresse des archives, décisive une fois pour toutes. N'y plus revenir. Passer à d'autres occupations, à d'autres plaisirs... Mais la vieille bâtisse de grand-maman Jo m'intimidait, sa suie, sa poussière placée trop haut pour le plumeau ou le balai, son désordre, avec ces rames d'oignons et d'échalotes vides, ces bouquets d'herbe, sa lumière gisant dans un coin, son écho : les voix devenaient trop sonores près de la cheminée. C'est pourquoi je parle à voix basse depuis si longtemps, les amis se moquent de mes chuchotements, Claudie en est irritée. Dans un restaurant, je n'arrive pas à appeler le garçon, on m'entend mal, on me fait répéter.

Je n'ai jamais quitté cette maison à l'air immobile, j'y suis encore enfermé à double tour. Claudie a raison de railler ma voix, mes apartés et cette façon que j'ai de rester silencieux au moment inopportun. Grand-maman Jo m'a appris à ne parler qu'à la dernière extrémité. Peut-être ai-je écrit à cause de ces empêchements. Une feuille blanche me plaît, elle ne m'intimide pas, car j'ai l'impression que c'est moi le premier qui vais parler, contrée vierge, grande étendue immaculée abrupte sur la vie, aucune trace, aucune ombre, tout va commencer à partir de moi, je fais naître, je donne le signal, on m'obéit, j'ordonne le paysage, les premières rumeurs, j'appelle, la horde viendra plus tard, le tremblement, les souillures. J'approuve les mots qui viennent, les phrases qui s'ajustent, j'allège le déroulement des paragraphes, je ne me décide pas encore. C'est le faste sans les décisions, sans les porteurs, la dorure du soleil, le vif des reflets, je n'appartiens qu'à mon ignorance et ne rien savoir est la preuve de mon autorité. Quand je saurai, je serai abattu ou contaminé ; les empreintes me cerneront, les marques qui me feront comprendre qu'on ne reste pas comme un diamant monté seul. Revenir à la gangue, à l'enveloppe boueuse, gelée ; pour naître, il faut percer le froissement des feuilles blanches et baigner dans son sang. Le jaillissement viendra après le passage d'un enfant, sa grenouille, sa poignée de sel, ses jets de salive : Mauthausen story !

L'oncle et la tante doivent aimer le silence ; ils sont revenus auprès du lit où grand-maman Jo repose ; la peau plaque l'ossature mince et coupante, les joues sont comme plâtrées, je ne veux pas regarder ce visage définitif. C'est mon père qui a dénoncé maman. Il s'est vengé. Parle, grand-maman Jo ! Ne laisse pas refroidir mon histoire avec toi ! Tu ne l'emportes pas, toute livide dans son désœuvrement, j'y entre pour le pire. Alors je prends l'oncle par le bras, je lui verse un petit verre d'alcool qu'il ne refuse pas.

— Où l'as-tu trouvé ?

— Derrière les casseroles.

On trinque et, brusquement, la tête me fait mal. Je suis debout depuis des heures à ne rien faire, à tourner dans cette pièce sans air. Le noir m'étouffe, j'entends craquer la toiture sous la pesée du vent ou d'une bête, ça vacille autour de moi, je lève les yeux, je vais apercevoir deux longues jambes bottées contre les vitres, le gland d'argent du poignard, on marche ! Sentir l'odeur bienfaisante des lessives de grand-maman Jo comme autrefois... Douleur aiguë dans la nuque. Je renverse la tête, je masse mon cou derrière l'oreille et je crie :

— Vous détestiez ma mère !

— C'était une intruse. Mon frère est devenu mauvais à cause d'elle.

Voilà que tout recommence, les témoins vont mentir, les ressentiments s'exaspérer, on va encore me foutre dehors, hors de ma propre vie. Mon récit deviendra fou, je n'en connaîtrai plus que les excès savamment mis en place, les retournements, la haine dont l'ancienneté n'a pas diminué la violence. Ça va se déchaîner autour de moi, au milieu de cette halte de grand-maman Jo. Et quand midi sonnera, d'autres membres de la famille viendront se joindre aux imprécations de ce couple en proie à des mémoires abusives.

— Qu'en savez-vous ?

— Elle n'a pas compris ton père. Et quelle idée d'entrer dans un maquis pour faire l'amour comme il lui plaisait ! Ça attire, une paire de seins sous une chemise d'homme. Et toi, dans un camp de concentration, à ton âge ! Regarde tes cicatrices, c'est du pus, de la merde, des coups, sous la protection de ta mère, une héroïne pour va-nu-pieds ! Et elle avait le culot de nous montrer du doigt...

Les gestes de Jean-Pierre furent précis ; ses poings tombaient sur ce corps rondouillard. Il tapa sur la figure, dans l'estomac ; l'oncle esquivait maladroitement. Du sang gicla de son nez. Alors, pris de fureur, il saisit une Vierge en porcelaine qu'il lança sur Jean-Pierre ; sa tempe fut effleurée. La tante vint à la rescousse. Elle criait au secours devant la porte ouverte, tandis que l'oncle à moitié tassé dans un coin prenait un couteau dans sa poche.

— Petit salaud, tout pareil à tes parents, petit salaud !

L'oncle voulut se relever, mais il ne put que se traîner sur le sol, le couteau à la main. Jean-Pierre reculait. L'homme haletait, ne pouvait reprendre souffle. Une de ses mains saisit un coin du drap mortuaire comme pour se retenir. Le drap glissa ; grand-maman Jo apparut en chemise, le visage semblait avoir bougé. La tante hurla :

— Attention à la grand-mère !

Mais je bousculai la tante qui voulait s'agripper à ma veste. Je m'enfuis vers le hangar qui servait de garage pour ma voiture. Deux hommes arrivaient sans se presser. Je mis le moteur en marche et fonçai dans l'allée. Un homme me lança une pierre.

Le soleil naissant me suivit longtemps derrière la cime des arbres.

7

— Jean-Pierre a disparu.

— Depuis quand ?

— Il y a trois jours, quand je suis rentrée de Lausanne, l'appartement était désert, le chauffage éteint, mais la chambre ! Les tiroirs renversés, du linge sur le lit, sur la moquette, le lavabo pas vidé. On aurait dit qu'il avait fui sous la pression de quelqu'un.

Claudie pleure. Marc lui tient la main. Le studio a retrouvé sa netteté ; rien ne traîne sinon des mégots dans tous les cendriers.

— Marc, toi qui le connais bien, comment était-il au journal ?

— Tu sais, c'est un ami difficile. On lui parlait, il n'écoutait pas.

Marc s'est relevé ; il n'aime pas ce genre de situation. Il y a pourtant des fleurs dans un vase, un bouquet arrangé avec goût.

— Il avait emporté beaucoup d'affaires ?

— Je ne sais pas. En tous les cas, le transistor avait disparu.

— Ce n'est pas un vol, au moins ?

— Non. Il y avait encore de l'argent dans sa veste bleue. Et sa bague dans une coupe bien en vue.

Marc voudrait réfléchir, mais Claudie l'attire, il détourne la tête, va vers la baie d'où l'on découvre un chevauchement de toits, un ciel trop lumineux qui blesse vite le regard.

— Tu crois qu'il a fait une bêtise ?

— Pense donc, il tient trop à sa petite existence. La veille de son départ, je l'ai accompagné pour acheter un costume. C'est un type qui aimait brusquement tout dépenser.

Marc a pris une bouteille de scotch, s'est versé une lampée dans un verre. Il va dans la cuisine, ouvre le Frigidaire, prend une poignée de glaçons.

— Tu en veux ?

— Non. Je suis déjà assez moche comme ça.

Marc revient en faisant tourner le liquide dans le verre.

— Ecoute, ne fais pas tinter les glaçons, ça me rappelle trop Jean-Pierre.

Marc embrasse Claudie sur les deux joues.

— Je passe à la police, je te téléphonerai.

Il a reposé le verre, hésite, puis se dirige vers la porte. Avant de la fermer, il regarde cette fille qu'il a aimée, elle pourrait être à lui, elle est prête à s'effondrer dans ses bras, à se laisser réchauffer par des baisers, son regard est complice.

— Dis donc, tu sais que tu es jolie ? Le chagrin, ça te va.

— Ne dis pas de bêtises.

— Abandonner une fille comme toi...

Claudie sourit ; ses yeux brillent, sa lèvre inférieure est épaisse, chaude, rouge ; il y a de l'émoi dans sa poitrine.

— Claudie, tu sais à quoi je pense ?

Marc s'est avancé ; Claudie, qui s'était installée en chien de fusil au fond du fauteuil, détend ses jambes, s'assoit sagement. Elle regarde sa montre.

— Sept heures, et tout ce que j'ai à faire !

— Veux-tu que je t'accompagne ? J'ai ma voiture.

— Non, je ne vais pas dans ta direction.

— Comment le sais-tu ?

Claudie ne répond pas, elle se lève.

— Il fait froid ?

— Non.

— Je vais à la radio pour demander qu'on passe un communiqué.

— Est-ce qu'il a des parents ?

— Je ne sais pas ; il ne m'en a jamais parlé.

— C'est le genre de type qui dit : je suis orphelin, si ça me plaît.

Marc baisse la tête, met un doigt sur ses lèvres, les frotte doucement.

— Il faudrait envisager le pire, Claudie.

— Tais-toi.

— Tu m'as dit qu'il y a six mois, tu l'avais surpris en train de nettoyer un revolver. Il vit à regret, j'en suis sûr.

Marc embrasse de nouveau Claudie, mais plus près de la bouche. Brusquement elle le repousse, s'approche d'une glace. Elle se contemple ; tous les deux se regardent longuement dans le miroir. Claudie ne doit pas se retourner ; immobile, elle passe un coin de mouchoir sous ses yeux avec minutie, nettoie le haut de ses pommettes. Elle fait semblant d'être seule, absorbée par son travail. Un instant Marc hésite, puis il ouvre la porte.

— Je te téléphone. Si c'est urgent, appelle-moi au journal.

Marc est parti ; Claudie ferme les yeux, revient vers le fauteuil, tire de dessous le coussin un carnet et commence à lire.

7 novembre 1958

J'ai la chance de pouvoir choisir la vie qui me convient. Mon père n'a pas eu le temps de vieillir : c'est dans une ornière qu'il a fermé les yeux, il a bien fait de mourir, les Allemands ne l'ont pas trop abîmé. J'ai revu la route où il fut surpris par des policiers ; elle est banale et mauvaise ; des taillis l'entourent, les maisons sont au loin ; on n'y passe plus comme autrefois, elle sert pour les chasseurs, les

189

conducteurs de machines agricoles, des écoliers et quelques touristes effrontés qui vont voir les ruines du château de Pleurevie. On prend maintenant la nouvelle route qui contourne le village.

Il a été tué en plein soleil, le front dans les mélisses. Personne ne se souvient de cet après-midi. Les coups de feu se sont mêlés avec un début d'orage ou avec un passage de camions à gazogène. En ce temps-là, on ne s'intéressait pas aux inconnus broyés sur une route, la curiosité pouvait coûter cher. Même avec un verre de vin, aucune langue ne s'est déliée, personne ne se le rappelle. Un paysan a ajouté : « D'ailleurs, le coin est dangereux ; il y a trois ans, un motocycliste a été blessé au même endroit ; on voit mal le haut de la côte et le virage qui suit est brusque. »

Je n'aime pas la campagne, on y meurt en cachette. Qui pourrait crier plus fort que les coqs ? Et le vent souffle sur ce plateau qui se refroidit si vite dès que le soleil a disparu. A cent mètres de là, j'ai vu un hérisson écrasé par une roue : c'était net et impitoyable. Je vais rechercher mon père dans d'autres endroits.

2 janvier 1959

Le bar Atlantic a disparu. C'est un coiffeur pour dames qui vient de s'installer à sa place. Mon père y venait presque tous les soirs avec une bande d'amis. Je l'ai su par une vieille concierge qui fut jeune du temps de mon père ; il serait, lui aussi, mou et rebondi comme elle. Il est curieux de constater combien je suis aux mains des inconnus. On peut me mentir sur mon père, je ne dois pas m'en étonner, tout est vrai dans leur bouche, à priori. Et comment vérifier, comparer, ne retenir qu'une parcelle de vérité ? Tout m'est donné en gros, le vrai et le faux, c'est à moi de faire le tri. Il y avait beaucoup d'artistes de Montparnasse au bar

Atlantic ; on dit même que Foujita y venait et bien d'autres. Un infirme qui habitait à côté m'a fait une telle description de mon père (un géant, des mains d'équarrisseur, une barbe qui lui mangeait le visage, etc.) que je n'arrivais plus à reconnaître le moindre trait. Je montrai la photo de mon père à l'infirme qui m'assura avec beaucoup de conviction que ce n'était pas lui, qu'il se souvenait fort bien de sa prestance et de son accent toulousain. Inutile d'insister. Je remis la photo dans mon portefeuille et remerciai l'homme qui avait passé un bon moment avec mes questions. Pensez donc, en ce temps-là il était plein de vigueur et marchait gaillardement. Je lui avais permis, pour un moment, d'être un jeune homme intact et farceur.

3 février 1959

Le voyage a été long et pénible. Je ne pensais pas que la neige allait faire stopper le train dans la gare de Momendy aussi longtemps. La police m'avait donné une adresse à Gensac où mon père se serait caché. J'ai voulu savoir pourquoi, il me fut répondu que les délits d'alors n'étaient pas ceux d'aujourd'hui. Un commissaire humain ! J'arrivai dans le bourg assez tard.

Tout était fermé. Je devais trouver une chambre pour la nuit. L'hôtel-bar me reçut mal. On me fit coucher dans une chambre qui donnait sur une galerie surplombant une cour malodorante. Les cloisons étaient minces et, quand je parvins à dormir, mon voisin me réveilla, il partait vers son wagon-désherbeur stoppé sur une voie de garage. Son rasoir électrique bourdonnait à mon oreille.

Le monsieur était mort, sa fille le remplaçait et m'accueillit, les lèvres serrées ; elle était réticente sur ses souvenirs. Cette époque ne lui plaisait plus, elle essayait d'oublier la guerre. Oui, elle avait vu mon père qui portait des lunettes noires et une moustache. Il vivait tous volets fermés. On lui apportait à manger dans sa cachette, un énorme placard sous l'escalier. La nuit, il se promenait dans le couloir, puis dans le jardin les nuits sans lune. « Ce qu'il me faisait peur ! J'avais cinq ans. » Voilà que mon père effrayait les autres enfants. Une sorte d'ombre malfaisante. Je contemplai l'endroit qui servait de resserre pour les outils de jardinage. « Mais il étouffait. » Je plaignais mon père qui haletait dès qu'on sonnait à la porte d'entrée, je le voyais se tapir, tendre l'oreille. Un hors-la-loi. Certainement, moi aussi j'aurais craint de le rencontrer. « On savait pourquoi il se cachait ? — Je ne sais plus, papa n'était pas bavard sur ses affaires. Un matin, je l'ai vu endormi dans sa retraite nocturne ; comme toutes les petites filles, la curiosité me poussait. Il tenait un couteau ouvert à la main. » Je restai interdit devant cette image déplaisante. J'étais incrédule. « Ça, j'en suis sûre, je ne l'ai pas inventé. » Je hochais la tête et ne pus supporter plus longtemps l'apparition de ce père en malandrin qui terrorisait les petites filles, masqué, prisonnier de quel méfait ? Je visitai un lieu qui me restait indifférent. Que pouvais-je comprendre mieux après cette rencontre ? Il devait payer cher ces complicités. Je partis en remerciant la jeune femme qui paraissait ennuyée de mon mutisme. Voulait-elle un pourboire comme un guide ? Elle devait espérer d'autres explications de ma part, une certaine émotion qui l'aurait encouragée à me plaindre. Elle me reconduisit jusqu'à la porte où je lus, à demi effacé : *Abri 15 personnes.* Je me souviendrai de ce retour par une route boueuse, la neige avait fondu, j'avais froid jusqu'au cœur. Pourquoi veut-on ainsi une mémoire de tout repos, où les événements sont au point, où les visages ne comptent plus que pour le trouble qu'ils donnent au moment où on les évoque ?

Je ne suis l'enfant de personne.

mars 1959

A quoi bon ces recherches ? Mon entourage ne comprend pas mes randonnées, ce qu'on appelle « mes fugues ». Je poursuis le fantôme d'un père qui se déplace avec une telle rapidité que j'arrive toujours au moment inopportun. Quelle horrible partie de cache-cache !

Je ne savais pas que mon père avait habité Amsterdam. Une lubie. Il avait abandonné le domicile conjugal et pris pension dans un hôtel à Waterloo-plein. Je le vois un peu voûté, un feutre qui cache ses yeux, vêtu d'un imperméable très long. Des gens autour de lui, hommes en salopette tenant sous leur bras un paquet enveloppé d'un papier journal, la casquette ronde et gonflée, fermant des sacs de chiffons et de bouts de tissu, des femmes à souliers plats, les cheveux trop frisés ou tenus sur la nuque par une barrette noire. Regarde-t-il le coucher de soleil sur l'eau de Oude Waal ? Cette silhouette m'est précieuse, je la garde près d'une écluse. Le froid est vif ; depuis plus d'une semaine, les embarcadères autour de la gare centrale sont déserts jusqu'au printemps prochain. Plus de bateaux-promenades sur les canaux. La ville s'enferme dans ses brumes et mon père est là, accoudé à une balustrade. Qu'il se retourne ! Que je puisse voir enfin son vrai visage, ses traits, son regard vacillant ! Papa, est-ce toi, assis devant le magasin de Moolen à côté de la grande balance ? Un homme te parle, il te montre un objet, il porte de vieux pantalons de golf qui retombent sur la cheville, un ancien boxeur certainement. Tu ne parles qu'avec des inconnus, tu aimes faire connaissance dans un coin de rue, ni vu ni connu, bonjour, bonsoir. Quelles nouvelles, Willem ? L'heure est matinale, on entend un tram filer vers Muntplein dans une rumeur de sonneries, de timbres, de cloches. Il faut

193

bien que je te romance, mon père, que je te fasse entrer dans une page, que je me serve du décor des rues que j'ai traversées, que j'arrête les passants moi aussi, que je te donne un ciel qui te plaise... Tu ne vis plus que dans des histoires inventées : c'est la seule façon que j'ai pour te saisir par le bras, t'obliger à me parler comme aux autres. Compte sur moi pour te rendre plus cruel que tu n'es, plus insaisissable. J'ai le droit de te faire tuer par n'importe qui, de rendre malheureux ceux qui t'approchent, j'ai le droit de te repousser. Un père variant avec les heures de la journée. Ce soir tu ne boiras pas, demain tu iras chercher du travail. Tu vas m'obéir car tu es devenu un de mes personnages que j'abandonne pour aller dîner ou faire l'amour, toujours disponible et non plus cette ombre volage s'enfonçant dans le noir de ma vie d'enfant. Je te fais soumis, aimant, grotesque, employé modèle, scrupuleux sur ses horaires, vêtu sans élégance par une femme économe et difficile qui pourrait être ma mère. Tu cours vers le métro, vers l'autobus, vers ton fils qui s'endort sur sa soupe. Fous le camp, mon père ! Je t'ai assez vu ce soir.

Avril 1959

C'est fini. J'ai laissé mon père dans son ornière pour toujours. Il n'appartient à personne, pas même à moi. A réclamer, une nuit de saoulerie ! On n'oblige pas les morts à regarder dans les transparences des années. Je n'ai pu arriver à redécouvrir une de ses phrases favorites ou le ton de sa voix. Pourquoi me perdre avec lui ? Ce matin, c'est le vrai printemps. Que l'herbe devienne plus verte sur son corps ! Et maintenant, je retourne vers ma mère. Grand-maman Jo m'aidera.

Mai 1959

J'entre comme pigiste dans un journal. On m'a pris mon premier article en le réduisant à trois paragraphes. Je l'ai signé de mes initiales. J'ai acheté trois exemplaires du journal, je vais découper mes articles et les coller sur les pages d'un cahier : je commence mes archives.

La sonnerie du téléphone a réveillé Claudie ; le carnet glisse de ses genoux, tombe sur le tapis.

— Allô ? Oui, qui ? Jean-Pierre ? Où es-tu ! Il t'est arrivé quelque chose ? Allô, oui. Attends, je prends un crayon.

Claudie s'affole, elle ouvre un tiroir avec tant de vigueur qu'elle ne peut le retenir, des papiers s'éparpillent autour du tiroir dont la poignée s'est cassée. Elle trouve un marker dans une timbale.

— Allô, allô, bien, j'écoute. Châteausec, dans le Nord, près de Condé-sur-l'Escaut. Hôtel des Grottes. Allô ! Par où je passe ? Oui, oui... Qu'est-ce que tu fais là ? Bien, je ne te pose plus de questions... Tu as pensé à moi pendant ces huit jours ? Je n'ai plus d'argent. Le journal te réclame. Tu t'en fous ? Pas moi. Je me suis fait un vrai souci, demande à Marc. Oui, bien sûr, tu es malade ? Ta voix est changée. On dirait que tu as du mal à parler... Ecoute, sois un peu comme tout le monde, tu dois comprendre l'état dans lequel je suis, oui, je ne dors pas, ça te fait plaisir ?

» Jean-Pierre, je ne sais plus si j'irai te chercher. Je dis : je ne sais pourquoi j'irai te chercher. Non, non... Et puis ça recommencera. Tu n'as que ce mot à la bouche. Oui, tu dois avoir un train, ce serait plus simple que tu rentres par tes propres moyens... Bon, bon, un pull-over ? Lequel ? Oui, dans le placard. Et quoi ? Quoi ? J'avais compris. Demain, viens me prendre au car puisque tu m'assures qu'il y en a un... Mais non, Jean-Pierre, ce n'est pas moi qui complique tout. Ecoute, Jean-Pierre, une fois pour toutes... Tu m'as déjà dit cette phrase plus de cent fois, je la sais par cœur. Ce n'est pas une raison, mais si, je te comprends... A quoi ça sert ? Que veux-tu que je te dise ? Non, il faut que tu voies un médecin, c'est très sérieux, Marc est de mon avis, mais oui, Marc. Pourquoi veux-tu qu'on se méfie ? Oui, je t'en prie, laisse Marc tranquille ! Essaie de dormir jusqu'à mon arrivée. Non, tu ne m'en laisses pas le temps, j'existe, je dis : j'existe moi aussi. Tu devrais pourtant faire attention, ne me... Que sais-tu de mes sentiments ? Oui, paniquée, ce n'est pas ce que tu crois. Enfin, ce n'est pas à minuit que je peux te répondre définitivement. Mais non, je ne peux pas. A demain, c'est ça, à demain. Oui, j'ai tout noté, à demain.

— Tu n'as pas trop attendu, Claudie ?
— Moi aussi, j'étais en retard.
Marc s'est installé auprès d'elle sur la banquette. Le restaurant est vide ; on entend le ronflement du grand réfrigérateur en bois verni. Un serveur à lunettes se regarde dans une glace tout en nettoyant des verres. Claudie s'est laissé embrasser. Elle a replié son journal, posé son sac sur une chaise. De ses mains, elle lisse la nappe rouge. Marc a commandé deux scotchs.

— Du Perrier ou de l'eau plate, Claudie ?
— De l'eau, simplement.

Marc ne peut pas se défendre de répéter sans cesse son prénom. Il a réclamé un cendrier, offre une cigarette à Claudie.

— Ma petite Claudie, tu vas tout me raconter.

Claudie sait fort bien qu'il n'abandonnera son prénom que pour le remplacer par « chérie ». Il prend possession de cette façon, par à-coups. Claudie n'aime pas ses yeux, le soir, il en profite trop. Son regard est sans délicatesse, plutôt fureteur. Son métier de journaliste lui a donné une aisance de policier, il a bien appris l'art de poser des questions. Marc ne ferme jamais son col de chemise, il perd ses cheveux ; sa maigreur le gêne, il passe souvent une main sur son cou puis met le bout de ses doigts entre ses lèvres, les frotte. S'il est aussi empressé, c'est pour en finir au plus vite ; avec lui, les amours en sont toujours au commencement ; après, la page reste blanche. Il n'est brusque que par paresse. Au début, il a le coup de téléphone facile : « D'accord, oui, d'accord. » Mais il n'a jamais un instant libre. Alors il fait des cadeaux et la femme n'ose plus l'interrompre. Ce sont des démêlés qu'il a avec ses brèves passions, jamais de tête-à-tête, sauf dans le noir.

Il conduit ses rencontres comme sa voiture, en amoureux de la mécanique. Et c'est tout. Ce soir, il n'a pas dormi depuis deux nuits, ça lui donne du charme, du flou dans l'œil ; le manque de sommeil ennoblit ses traits, les creuse, les allonge, lui modèle un visage romantique, ses épaules se tassent, ses gestes prennent du moelleux, sa voix est plus franche, il aimerait raconter des souvenirs d'enfance, se plaindre. Puis il relève la tête et murmure : « Il faudra que j'aille chez le coiffeur. » Il renarde devant le petit gibier.

— Je n'en pouvais plus.

— Ma pauvre petite Claudie, ma chérie ! Veux-tu qu'on commande d'abord ?

Marc réclame un menu ; il n'arrive pas à choisir, sauf dans les restaurants exotiques où ses décisions surprennent.

« Fais comme moi, prends le 24, le 12 et le 8. » Les serveurs chinois s'inclinent, il est parfaitement heureux.

— Des tomates farcies, ça change un peu, Claudie.

Claudie porte des colliers ; elle les fait rouler sur sa gorge, sur sa poitrine, les soulève, les mêle, en joue avec dextérité. Elle a des colliers de rechange dans son sac. Le choix est vite fait, Marc impose ses préférences quand sa faim devient trop forte.

— Je t'écoute, Claudie.

— Je suis arrivée le matin vers midi.

— Quand, ma Claudie ?

— Avant-hier.

— Jean-Pierre t'attendait ?

— Il n'y avait personne.

Claudie pince ses lèvres. A-t-elle envie de pleurer ? Marc craint les sanglots en public. Il lui prend la main, la baise, il la distrait par son empressement. Claudie lui sourit.

— Il t'avait donné un faux rencart ?

— Je ne sais pas.

— Comment, tu ne sais pas ?

— Je ne sais plus.

— Peut-être te surveillait-il dans un coin pour voir ta tête à ce moment-là. C'est bien son genre...

— La place était déserte. C'est au dernier moment qu'il a décidé de ne pas venir.

— Pourquoi ?

— Jean-Pierre a toujours cru qu'il me faisait peur.

— Pauvre chérie, tu n'avais qu'à tout laisser tomber depuis longtemps.

Marc a entamé son pâté de campagne. Claudie croque un radis ; d'un coup de dent, elle tranche le petit bouquet de feuilles.

— Alors, chérie, qu'est-ce que tu as fait ?

Marc a préparé une bouchée de pain avec un bout de pâté, il la tend à Claudie.

— Goûte, c'est fameux.

Il chipe des radis dans l'assiette de Claudie.

— Je suis allée à l'hôtel des Grottes. Si tu avais vu la maison...

— Pourquoi ?

— L'hôtel était fermé depuis plus de six mois.

— C'est un salaud avec nous tous, ce Jean-Pierre.

— Et de plus, un gosse m'attendait avec une lettre. La voici.

« Claudie, je ne peux plus t'attendre. Je pars pour l'Autriche. Je sais maintenant que je ne peux te rejoindre. Je te dois un aveu, il m'en coûte beaucoup, car je vais dans un cauchemar qu'il faut que j'assume. Je t'ai menti. Si je buvais, ce n'est pas par plaisir ; si je t'aimais comme tu le désirais, je restais maître de ma nuit. Oui, c'est horrible, je t'embrassais, je te caressais pour te tranquilliser sur mon propre compte, pour que tu n'imagines pas au-delà de nous deux. C'était un refus, je me protégeais comme si soudain tu allais me révéler que tu n'étais pas dupe de mes sentiments. Compliqué de t'aimer de cette façon, d'être sur le qui-vive, de garder la complète ignorance de nos passés. Je me faisais cynique, puis empressé. Alors, ce que tu prenais pour une passion n'était au fond qu'une sorte de coma, je perdais conscience, je m'enfermais dans notre amour chaotique et si peu serein. J'entretenais la discorde, j'utilisais mes horaires, la circulation des rues afin que je ne puisse être deviné ou repéré. Oui, je devenais un journaliste qui n'avait pas une minute à perdre, même dans un sentiment: les costumes, la voiture, le studio sous les toits, mes rendez-vous à Orly, mes reportages sur de vieilles histoires de guerre (renaissance du militarisme, révélations sur certaines manifestations du nazisme, recherches de disparus célèbres, mise au point des drames de l'espionnage, passion des archives secrètes, reconstitutions des « instants fatals » de l'occupation, interviews d'anciens ennemis à la retraite, tourisme concentrationnaire, etc.), oui, tout cela me permettait de jouer au plus fin avec chacun de vous. Mon sérieux ainsi reconnu me menait vers d'étranges lecteurs qui avaient des renseignements inédits à me transmettre, j'espionnais avec eux des souvenirs intolérables. C'était une franc-maçonnerie de la délation historique, sous le couvert d'une plus grande vérité des faits. Oui, les faits divers issus d'une nostalgie de la guerre me poussaient à tout confondre, à mêler le présent avec mes nuits blanches et mes obsessions. Rappelle-toi le numéro 48 692 ! Si j'avais cherché pendant un an des billets de la loterie portant ces chiffres maléfiques, ne crois pas qu'ils m'avaient été communiqués par une voyante, la fameuse Carmelita ; c'était le numéro que je portais au poignet en 1944 à Mauthausen, à l'âge de six ans. Ma mère, elle, était connue sous le numéro 34 345. Voilà ma confession : mon enfance a été souillée, j'ai vécu en me terrant ; un kapo polonais qui s'occupait des vêtements et de la réparation des chaussures m'avait pris sous sa protection à cause de ma mère qui avait accepté d'être sa maîtresse pour me sauver. Aujourd'hui, je le sais. Je couchais sous des amas de vestes militaires et de chemises russes en toile grossière. Quand le SS venait faire une inspection, il me roulait dans les vêtements qui sortaient de la désinfection ; j'étouffais dans le drap de soldat des anciennes batailles balkaniques. Comment ma mère l'avait-elle connu ? Je l'ignore. Avec quelle complicité on m'avait fait passer dans son block ? Je ne sais rien... De la fenêtre, je voyais fumer une longue cheminée carrée, j'entendais les appels, les chiens, les coups de feu, le piétinement de ceux qui allaient à la douche ou au travail. Je fus couvert de boutons, je ne pouvais décoller mes paupières au réveil à cause du pus ; j'avais le ventre rougi par les phlegmons et si sensible qu'on me donnait des morceaux de charbon de bois pour le calmer. Deux ou trois proéminents connaissaient mon existence, j'étais un peu la mascotte du camp, leur fétiche. Grâce aux putains qui habitaient dans un block séparé et qui pouvaient sortir l'après-midi dans leur tenue soyeuse de travail, je pus manger quelques œufs et des conserves de moules énormes trempées dans la saumure. On me donnait aussi du pissenlit et parfois un bout de brioche viennoise chipée dans un colis. J'avais la fièvre sans arrêt. Puis on crut que j'allais mourir et on me dorlota beaucoup moins. Ma mère avait disparu dans un convoi. Tout cela, je l'ai connu après, par des témoins, des livres, une camarade de ma mère plus âgée qu'elle et qui devait finir dans un couvent à Linz. Elle la soutenait, lui faisait lire la Bible, partageait sa soupe avec elle, lui gardait des patates. Le camp dans lequel j'ai passé plus de deux ans, je ne m'en souviens pas. Je suis obligé, depuis mon retour, à imaginer ce que j'ai vécu et ce cauchemar que j'ai reconstitué depuis 1958, je l'ai fignolé, je l'ai recréé minutieusement avec des on-dit, n'omettant aucun détail, même superflu.

» Je mettais mon camp de concentration *au net*. Je devais régler cette terrible image toujours floue que je portais en moi ; aussi j'ai suivi tous ces voyages qu'on appelle, par pudeur, pèlerinages. J'ai marché dans les allées, entre les blocks, le long des murs, je suis monté dans les miradors qui restaient encore debout, j'ai tenu dans mes mains les fils rouillés retenus par les poteaux de ciment courbés au sommet, je me suis étendu sur cette terre pourrie et pourtant calmée, j'ai ramené mon trésor : une boîte cabossée, un morceau d'étoffe à carreaux qui devait servir pour les rideaux des baraquements SS, une cuillère dont le manche était celui d'une ancienne brosse à dents, des galoches, un ceinturon à demi dévoré par les bêtes et des bouts de grès de la carrière...

» Pardonne-moi, Claudie. C'est dans cette ombre que tu vivais auprès de moi. Je dois maintenant me délivrer de cet asservissement et accomplir seul et sans soutien mes derniers instants. Je vais te dire quel est mon plan. Non, je ne suis pas fou, mais je désire vivre sans complicité avec une misère dont tu n'as subi que les mensonges.

» Dans quatre jours, je serai au camp de Mauthausen ; j'aurai avec moi une valise pleine de plastic et je ferai sauter ce qu'il en reste, les portes d'entrée, les murailles, le crema, les monuments, l'ancienne infirmerie. J'ai pu me procurer au prix d'un gros effort des charges assez importantes pour que l'ensemble disparaisse. Je m'installerai dans l'hôtellerie pour mettre au point mon dispositif. La suite, tu n'as qu'à l'imaginer.

» Adieu, Claudie, je suis allé aussi loin que possible. Si tu savais comme le Danube est beau dans la lumière et les montagnes blanches et or ! Je voudrais être au temps des invasions ! »

— Il est devenu dingue.

Marc se sent mal à l'aise après cette lecture ; ses tomates refroidissent dans son assiette. Il vient d'allumer une cigarette. Claudie a replié sa lettre, elle attend.

— Il ne fera pas ce qu'il dit, ma chérie.

Marc embrasse Claudie dans le cou ; elle s'enfonce dans la banquette, ferme les yeux.

— Pourvu qu'il ne revienne pas !

Marc commande deux cafés.

— Serrés, s'il vous plaît.

On lave des assiettes dans la cuisine, des couverts tombent. Bruits rassurants qui redonnent à la soirée une atmosphère provinciale. Claudie murmure comme pour elle-même :

— Et dire que Mauthausen, ça existe encore.

La patronne lit le journal en attendant le départ du couple ; la note est prête dans une soucoupe.

Marc a fait monter dans sa voiture Claudie qui garde le silence ; elle a renversé la tête sur le dossier, ses cheveux n'ont pas bougé, on la croirait évanouie. Marc conduit lentement. La nuit est douce ; à peine l'air est-il plus frais quand il s'engage dans une avenue du Bois. De temps en temps apparaît un restaurant illuminé, puis c'est l'obscurité, l'approche soyeuse des voitures, le clignement des phares, tout cela un peu louche. Une odeur d'herbes monte des pelouses entre les arbres sans mouvement. Un couple est surpris par la lumière comme du gibier ; le visage de la femme se détourne, l'homme, de la main, fait signe à Marc de baisser ses phares. A nouveau, c'est la nuit, les virages, des feux rouges. Un oiseau surgit dans le faisceau, ses ailes énormes sont d'un gris poivré, il disparaît dans le feuillage comme sculpté par l'éclairage cru. Le ciel devient plus clair, quelques étoiles scintillent. Marc suit un itinéraire qu'il semble inventer au fur et à mesure qu'il roule. Il longe la Seine piquetée de lumières. Brefs appels d'une sirène, explosion dans le lointain, trouée bruyante d'un métro aérien, clapotements, fuite sourde et prolongée d'un avion... Marc arrête sa voiture. Claudie semble dormir, il approche de ses lèvres, les embrasse. Claudie geint. Ses yeux s'ouvrent, elle répond au baiser, se tasse contre la poitrine de Marc qui éteint les phares. La nuit grésille. Claudie lutte contre la pesée de Marc, elle essaie de se retourner, sa robe s'ouvre dans le dos.

Le combat est lent, Claudie étouffe, elle passe sa tête sous le bras de Marc, se dégage, mais avec adresse il la plie, l'enfouit sur ses cuisses. Claudie arrive à se redresser, respire bruyamment ; les baisers sont plus rapides, elle secoue sa tête, mais les lèvres de Marc encore plus chaudes, encore plus molles s'écrasent sur sa bouche qu'elle ouvre enfin.

La voiture est repartie vers le pont de Saint-Cloud, tourne sur la berge, la suit. Claudie voudrait pleurer ; elle est heureuse et malheureuse ; elle n'aime pas ces brusques étreintes, cette lourdeur des mouvements gênés par l'exiguïté du lieu, les petits craquements d'étoffe, la moiteur qui vient. Marc a stoppé la voiture devant une péniche recouverte de feuillages de roseau, de guirlandes d'ampoules multicolores. Un minuscule débarcadère haut perché mène à l'entrée du restaurant par une passerelle fragile. La péniche bouge un peu sous l'effet des vagues qui ont suivi le passage d'un train de chalands.

— On va boire un verre.

— Attends que je me recoiffe.

Claudie demande un peigne à Marc. Ses cheveux s'emmêlent, elle refait sa frange, gonfle les mèches autour de ses oreilles. Marc fume devant la portière ouverte, il resserre le nœud de sa cravate. Une voix nasille dans un micro. Les cuisines sont au ras de l'eau ; par un hublot, un aide-cuisinier lance dans le fleuve une carapace de crabe, des pattes encore collécs à une assiette.

— Ça rappelle le Mékong, ma chérie.

— Tu connais ?

— J'ai fait un reportage.

— Toi aussi, tu vas où l'on se bat...

— C'est mon métier.

— Je suis sûre que tu as envie d'y retourner.

— Ça se peut. A condition d'éviter les pilonnages.

— Tu finiras comme Jean-Pierre.

— Pourquoi dis-tu ça ?

— Tu es comme tous les blonds, amoureux de l'Asie et des coups durs.

Marc rit, tire par le bras Claudie qui trébuche, il la rattrape, la plaque contre son corps. Au même instant un flash, c'est un photographe qui vient de les prendre. Marc se précipite sur l'homme en retrait.

— Excusez, mais si je ne fais pas comme ça, personne ne veut de mes photos. Vous les aurez demain. Combien en voulez-vous ? Ce n'est pas par plaisir que je fais ce métier. Autant tirer le portrait que le diable par la queue.

Marc a mis le carton dans sa poche et entraîne Claudie vers la première salle où les attend une femme qui leur indique une table en souriant. Ses gestes sont menus mais précis. Un claquement de langue et un garçon est déjà là pour prendre la commande.

— Qu'est-ce que tu prends, chérie ?

C'est alors que Claudie aperçoit une cicatrice un peu boursouflée sous le menton de Marc, dans les plis du cou. Elle n'avait jamais remarqué sa peau, ces minuscules trous qui la criblent...

— Partons !

— Qu'as-tu, Claudie ?

— L'histoire de Jean-Pierre m'a tuée.

— Un scotch seulement, en vitesse.

— Je me demande où il est cette nuit.

— N'y pense plus.

— Il y a certainement un télégramme chez moi.

— Tu n'es pas raisonnable, Claudie chérie. Jean-Pierre est assez grand pour vivre sans toi.

Mais Claudie s'est levée ; Marc la regarde, les yeux levés.

— Tu n'auras qu'à acheter demain le *Salzburger Nachrichten* pour savoir...

L'hôtesse les attend à la porte.

— Vous avez besoin de quelque chose ?

— Non, merci.

Et furieux, Marc ajoute :

— Madame a le mal de mer.

Claudie s'est pelotonnée sur son siège. Marc s'est installé au volant, met le contact.

— Où va-t-on ?

— Tu vas me déposer chez moi.

Marc reprend la route.

— Allume-moi une cigarette.

Il fume, le visage droit, imperturbable. La colère fait bouger sa mâchoire, ses joues se creusent.

— Si je te disais, Claudie, que Jean-Pierre, c'est un emmerdeur.

8

La nuit vient vite dans ce port ; elle est étouffante. Rien ne remue autour des cargos et des coques qui, à marée basse, apparaissent dans un entrelacs de câbles et d'algues. Odeur de vase et d'anis. Des marteaux tapent au loin sur une tôle. Des oiseaux de mer circulent en pleine rue.

Il vient de pleuvoir et déjà l'humidité s'évapore. Un chien boit dans une flaque, se sauve dans une rocaille où des plantes en touffes s'agrippent. La terre est fraîchement remuée. Des échassiers pendent au-dessus d'un lac minuscule. Leurs ailes sont dépliées entre deux hampes comme une protection contre les tornades. La douceur soudaine du climat, l'échauffement du sol rendent la soirée d'une épaisseur de résine, collante aux doigts. Autour des avenues, les arbres sont encore meurtris par les échauffourées du dernier complot militaire ; des blessures faites sur les troncs coule une gomme blonde ; écorces boucanées, ramures pleureuses, fruits en grappes orange et, au-dessus, la silhouette d'un palais détruit. On dort dans les encoignures, près des socles dont les statues manquent, sur les marches, car cette ville confuse s'étage sur les collines, se perd dans les croisillons des clôtures en pierre ou en levée de terre. Elle est précise et instable à cause de la luminosité de son ciel ou du changement des vents. Parfois un groupe de chasseurs descend des bois, apportant sur l'épaule des peaux de bêtes encore grasses. Ils ont un peu bu et chantent. Mais les passants sont indulgents devant leur démarche lourde, on les appelle par de petits noms harmonieux et drôles : Hure d'étoupe, Tue-bois, Sac-de-jonc, Lèche-froid, etc. On a besoin d'eux, ils renseignent les autorités sur les mouvements des bergers autour des frontières qui s'enflamment si facilement. Jean-Pierre les rencontre souvent, ils échangent des balles de fusil en signe d'amitié, leur boisson est un alcool de poisson d'un roux doré où macèrent des graines.

Mais Jean-Pierre a changé de route ; il suit la piste des anciens sycomores pour la première fois. Et c'est alors qu'il aperçut une flèche en bois sous laquelle une pancarte annonçait : *Muséum, 100 mètres*. Par curiosité, il se laissa guider à travers fourrés et arbres à demi dévorés par des insectes.

Sur une petite place de terre battue, deux autobus reliés l'un à l'autre par une passerelle formaient un spectacle peu coutumier. Ils étaient entourés d'affiches, de masques, de ferrailles, de planches coloriées et recouvertes de dessins géométriques, avec une petite estrade encadrée de cages, de paniers à salade, de guidons de vélos. A l'entrée du premier autobus, un grand carton : *Muséum, open sunday, you can visit*. La peinture s'écaillait et les carcasses de fer apparaissaient dans leur rouille originelle. Du gravier autour, des massifs de plantes en matière plastique, un puits fait avec des pneus en caoutchouc posés les uns sur les autres et repeints façon brique ; dans un coin, une table de ciment en forme de champignon, des tissus flottants et déchiquetés, un énorme lit de cuivre aux arabesques ternies où dormait une nichée de chats. Sur la toiture des autobus, un réseau de fil de fer reliait des mâts à des antennes de télévision. Tout cela bariolé ; du rouge et du violet encadraient les fenêtres, une scène grandeur nature se déroulait sur les parois : on distinguait, malgré les manques, un vieillard assis sur un trône et assiégé par des guerriers à multiples bras tandis que la foudre se brisait comme un œuf au-dessus de ses cheveux couverts de petits hommes affolés.

Jean-Pierre appela, la porte s'ouvrit et une sorte de militaire apparut, pantalon rouge de zouave, vareuse noire ornée de brandebourgs d'argent, un turban sur la tête. Il semblait surpris de le voir, sa femme suivait, vêtue elle aussi d'une manière excentrique au cœur d'un pays où les déguisements effrayaient les responsables toujours enclins à interpréter la moindre tenue vestimentaire comme une atteinte à leur prestige ou une provocation qui ne pouvait plus être prise en charge par les mots. Sûrement des révolutionnaires attardés.

L'homme tournait autour de Jean-Pierre, le regardait sous toutes les coutures, méfiant.

— C'est pour visiter ?

— Oui.

— Ce n'est qu'un musée familial.

— Il y a longtemps que vous êtes là ?

— Bien avant les autres. C'est à cause de ça qu'on ne nous aime pas.

— Je peux entrer ?

— Oui.

Jean-Pierre souleva un rideau en filet brodé d'un sujet de chasse. Puis il s'avança le long d'un étroit couloir mal éclairé. A hauteur du regard, des caisses de différentes tailles et peintes où étaient exposés des objets ramassés, comme l'annonçait un écriteau, « dans les plus grandioses poubelles de l'univers ».

Bottines couleur crème et framboise sans talons ramassées dans les poussiers en flammes de Copenhague, sacs à main trouvés à Hollywood en 1938, sandales de cuir de type européen dont la semelle était usée à l'endroit du pouce et ramenées de Rome ; elles appartenaient, disait une étiquette, à des hommes qui avaient des apparitions, postes à galène, rasoir mécanique pris dans un terrain vague du côté de Barcelone et portant sur le manche une couronne ducale, un lot de photos de famille découvert dans une valise flottant autour des épaves du *Lusitania*, un mégot avec bout doré sur un coussin de velours rouge et provenant d'un cendrier ayant appartenu à Al Capone, un réveille-matin dont les aiguilles imbibées de curare avaient servi pour un crime parfait, un squelette de serpent recueilli en 1820 lors de la remise en état du musée d'Ankara, des manomètres, des têtes de poupées, un broc ayant perdu une partie de son émail et dont le fond avait été percé de trous pour l'utiliser en arrosoir, etc.

La visite était commentée par le gardien qui fit passer Jean-Pierre dans le deuxième autobus, après avoir enlevé un cadenas pris dans les anneaux d'une chaîne.

— Vous allez voir la coupe transversale d'un terrain de décharge publique patiemment refait par votre serviteur et qui lui a coûté plus de mille heures de travail.

» Regardez d'abord la première couche, celle qui est en formation ; ce sont des débris de verre, des lambeaux de bas, puis la deuxième couche ; ici le métal apparaît : boîtes, couvercles, tringles, etc. La troisième couche faite d'os non différenciés ; vous apercevez un sabot d'âne, et là, en vous penchant, des dents de lapin. Enfin, la dernière couche : la terre est vierge, d'un beau marron, certainement fertile autrefois, car on distingue d'anciennes racines adventives, pivotantes, à crampons, etc. »

La visite se terminait sur un morceau de moteur Hispano-Suiza 1925 installé dans une niche. On avait respecté sa rouille et les dépôts de matières grasses et noires.

Jean-Pierre remercia son hôte pour son accueil et lui donna une pièce.

— Revenez avec des amis, des parents. Faites connaître le muséum.

Il lui serra la main ; il s'était fait un ami.

Cette exposition l'avait distrait. Il en rêvait encore sur son banc, la tête appuyée dans ses mains. La mer est proche, on l'entend racler sur les cailloux. L'air se trouble à cause des marais derrière les casernes et qui fait fuir les habitants vers les plages, même la nuit. Jean-Pierre est vêtu d'une longue chemise de laine vert-bleu et sa barbe est plus fournie. Il la caresse souvent, l'entretient. Ses cheveux lui couvrent la nuque, ils frisent autour des oreilles. C'en est fini du danger, de ces immenses plaines pudiques qu'il habitait, où rien n'échappe au regard ; les bêtes se voient de loin grâce à la poussière qu'elles font en bondissant. Qui viendra dans sa maison de bois travailler la terre stérile avec ses débris qu'on trouve sous le tranchant de la pelle, fossiles énormes, biscornus, boules de calcaire cristallin, petites pierres qui enveniment les doigts quand on les saisit et cette herbe dont les racines sont si enfoncées dans le sol qu'on ne peut les déterrer ? Au milieu de certaines mousses près des points d'eau, les graines prennent bien. Jean-Pierre a pu avoir du maïs dans des creux de rochers et malgré les crépuscules si séduisants, l'harmonie des vents, les subites frondaisons de mars, les amours des bêtes, la peur vient, s'installe dans le sommeil. Qui pourrait répondre à ces appels qui viennent on ne sait d'où, à la familiarité de certains animaux qui recherchent la compagnie et s'offrent comme guides dans les plaines ?

Jean-Pierre a laissé sa barque dans un de ces ruisselets qui traînent autour de la ville ; il a pu semer son chien sur la berge : ses yeux l'effrayaient. Les maisons paraissent fermées ; les gens ont fui : magasins calcinés, monceaux d'archives sur les trottoirs, valises éclatées, linges, meubles disloqués ; déjà des bulldozers s'ouvrent un passage dans les décombres. Qui est aujourd'hui le chef, le père de la Patrie, comme on l'appelle ? On a tué tous les vieillards car leur attitude conciliante et leur regard hypnotisaient les foules trop soumises à leurs secrets égarements (les cheveux blancs sont suspects, les démarches trop lentes, les sourires). On ne peut s'en débarrasser quand les maladies se détournent d'eux, et les tuer à la main, ça répugne même aux plus révoltés.

C'est encore la stupeur, des enfants jouent avec un abat-jour décoré de frégates, un couple ratisse les décombres, en retire un fer à repasser et un cadre. Mais les soldats posent des palissades autour du quartier. Jean-Pierre a bien entendu des coups de feu, le claquement des grenades lacrymogènes, les canons de la citadelle ; la terre tremblait jusque dans sa cabane. Quel ennemi a-t-on chassé ? Qui est l'ennemi ? Jean-Pierre n'a pas voulu se mêler aux querelles, surtout avec les bergers et les chasseurs.

On l'a tout de suite pris pour un homme de grande sainteté et, dans l'empreinte de ses pas, les mères posaient leur enfant malade. Mais quand il convoita cette jeune fille qui passait devant son seuil avec sa grande parure de fête autour du cou en plumes de colibri et voulut l'entraîner dans la pièce qui lui servait pour toutes ses activités ménagères, chacun le jugea maudit. La fille se laissa faire ; elle était belle et solide ; ce qui gênait les ébats, c'était la corne de ses pieds habitués à marcher sur les pierres coupantes et sur les épines. Jean-Pierre s'endormit brusquement dans ses bras car ses colliers trempés dans une sève odorante engourdissaient les corps qui se frottaient à eux. Jean-Pierre ne le savait pas. Il put fuir, encore sommeilleux. Quel pays ! C'est comme si je rêvais à lui. Rien n'est sûr ; les paysages rongés de l'intérieur s'effondrent et brûlent les yeux. Seule la halte du muséum semble l'image d'un paradis figé dans ses excréments, une oasis perdue dans une mémoire inutile.

Il se passe des événements dont les causes sont inconnues. Qui dirige ces tornades ? Comment parler avec ces gestes rapides de la main virevoltant au-dessus des têtes. Quand j'ai voulu m'exprimer, les gens se sont mis à rire ; je ne me doutais pas que, quand je baissais le bras, je disais un gros mot. Dormir, ne plus se méfier du sommeil, c'est fou tout ce qui m'arrive, remettre de l'ordre, ça vient de partout dans une grande mêlée d'écume et d'ombre, ça s'écrase contre moi, ça s'éparpille à l'infini ; on a lâché des souvenirs incandescents et si éloignés que leur lumière met des millions d'années à me parvenir, ma nébuleuse dont je ne possède que l'épreuve négative, taches blanchâtres, fragments solides qui entrent dans mon univers, volatilisés, tombant dans le creux de mes mains... De quel amour suis-je l'ombre ?

— Qu'est-ce que tu fous ici ?

Jean-Pierre ouvrit les yeux ; il lui semblait qu'ils étaient pleins de sable. Un petit singe s'était blotti sur ses genoux, il le chassa.

— Georget Rustique ! Ça par exemple !

Jean-Pierre se réveillait douloureusement, il se leva et se tint debout en prenant appui sur l'épaule de son ami.

— Je croyais que tu étais mort, Georget.

— Moi aussi, je croyais la même chose. Comment es-tu ici ?

Jean-Pierre respira cet air sucré, trop végétal.

— C'est une très vieille histoire. Et toi, Jean-Pierre ?

— La guerre.

Jean-Pierre contemplait Georget qui n'avait pas changé depuis plus de quinze ans : la même démarche raide, le même visage insatisfait, la même voussure des mâchoires. Il riait de cette rencontre, se balançant comme autrefois sur une jambe. Il avait fermé une main et, s'aidant de l'autre, en faisait craquer les jointures. Le même, pareil à cette silhouette aperçue à Paris : il était avec une fille et la tenait enlacée. Jean-Pierre avait détourné la tête, mais Georget quitta sa compagne pour prendre dans ses bras l'ami ancien ; il avait traversé la chaussée sans se rendre compte de son imprudence, en plein flot de voitures. Des flocons de graines tombaient des arbres, la Seine miroitait.

Quelle maigreur dans tout le corps ! Le regard était plus foncé, plus enfoncé dans l'orbite. Jean-Pierre détaillait ses vêtements, un tissu soyeux que les mouvements du corps rendaient encore plus souple.

— On m'avait dit que tu viendrais, mon petit Jean-Pé.

— Qui ?

— Mais tes parents, ta grand-mère Jo...

Jean-Pierre avait pâli ; il se sentait mal, la chaleur humectait son front, sa chemise collait à la peau. Tandis que Georget tout sec, avec sa chair mate, ses cheveux coupés ras ne semblait pas souffrir de cette fin de soirée qui n'en finissait pas. Pourquoi avoir gardé sur le corps cette cotonnade un peu rude, ses gros souliers ? Il admirait l'allure sportive de Georget et pourtant comme il était lourd autrefois, on riait de ses sauts en hauteur. On l'avait accepté comme goal dans une équipe de football chez les juniors. Il gardait son but comme une bête sa tanière. Affiné, plus tendre, il ne rudoyait plus comme avant Jean-Pierre, il avait posé une main sur son épaule.

— On n'avait plus de nouvelles de toi, Jean-Pé.

— Alors mes parents sont ici ?

— Ça t'étonne ?

— Et grand-maman Jo ?

— Tu le sais bien. Ils habitent toujours la même maison.

Comme Jean-Pierre regardait les fumerolles qui s'élevaient derrière les palissades, Georget le rassura :

— Une histoire idiote.

— J'ai vu passer des soldats et des tanks.

— A cause des pilleurs, des types qui viennent de la plaine on ne sait comment, on va y mettre bon ordre.

— Mais si la troupe est partie, ça va recommencer ?

— Rassure-toi. On est armé. Une mauvaise nuit à passer.

Jean-Pierre fixa Georget qui gardait le sourire.

— Tu as bien dit que mes parents étaient là ?

— Oui. Ton père dirige toujours *le Spectre du matin*. Un homme si original, et quelle plume ! Ta mère va mieux, nous avons eu peur pour elle.

Jean-Pierre saisit le bras de Georget, le secoue, des larmes s'échappent de ses yeux.

— Pourquoi tu te fous de moi ? Tu sais bien qu'ils ont disparu depuis longtemps...

— Tu es le même, tu ne changes pas. Il te faut une preuve ? Je t'accompagne chez eux.

— Non. Où suis-je ?

Jean-Pierre commence à trembler, il essuie ses mains sur les cuisses, respire vite par la bouche.

— Ta grand-mère Jo est adorée.

— Mais, Georget, tu le sais aussi bien que moi : je suis orphelin.

— Toujours à arranger ta petite existence pour la rendre plus...

— Va-t'en !

Jean-Pierre veut courir, mais Georget le retient.

— Ne fais plus l'enfant. Il était temps que tu viennes, ils se font vieux. Et grand-mère Jo perd la mémoire. Quand on parle de toi, elle répond que tu es un ingrat, que tu as disparu pour ne plus vivre en famille, que quelqu'un t'a tourné la tête, que tu ferais mieux de prêter attention à ceux qui t'aiment. Et j'en passe.

— Georget !

— Oui.

— Réponds-moi : où suis-je ?

— Mais tout près de Saint-Iracin.

— Ecoute-moi. Le village n'est pas comme ça ; il est sur le bord d'une route départementale, à quinze kilomètres de Coteaux-Noirs, à deux kilomètres de la cimenterie des frères Suchet...

— Tu ne sais plus ce que tu dis, Jean-Pé.

— Ma mère est morte dans un camp de concentration et mon père a été massacré par les Allemands en 1942 sur une route. Et quant à grand-maman Jo, je suis allé à son enterrement il y a près de six mois.

— Que veux-tu que je te réponde ? Tu es toujours à nier la réalité des faits. Tu aimes trop le malheur. Méfie-toi, il accourt vers ceux qui le désirent.

Jean-Pierre n'en peut plus ; Georget regarde sa montre.

— Il faut se dépêcher, Jean-Pé. C'est fini, les enfantillages. Il y a une surprise pour toi : Claudie est ici, tes parents la considèrent comme leur fille.

Jean-Pierre se laisse entraîner. Des chiens pâles et dorés courent en aboyant après une voiture. La lune est énorme. Georget pousse Jean-Pierre dans une avenue dont le paysage forme des dessins géométriques. Un groupe d'hommes semble se divertir ; certains sautent sur des arabesques, l'un d'eux recule, les autres rient. Un homme plus âgé surveille ces ébats minutieux. On applaudit un jeune qui a sauté à pieds joints sur un motif floral, il s'applaudit lui-même, chacun vient le féliciter. Des coups de sifflet dans le lointain qui font dresser l'oreille aux joueurs. Des lampadaires ont eu leur globe brisé. Le vent se lève mollement. Georget marche devant : il se retourne en souriant comme pour encourager un Jean-Pierre fautif.

— Ma voiture est au parking nord.

Comme si je connaissais cette ville insensée, comme si j'allais marcher vers le piège qu'il me tend... J'ai toujours cette brûlure dans la tête et ce son aigu et lointain autour de moi. Comment verrais-je mes parents et grand-maman Jo et Claudie ? Je suis à des milliers de kilomètres de la France, sur cette langue de terre bordée de hautes montagnes à l'est, d'une mer capiteuse à l'ouest. J'y suis arrivé sur un cargo chargé à ras-bord de camions et de machines-outils, on m'a accepté au dernier moment sans que je fasse partie d'un syndicat ou d'un équipage. Le commandant est froid, énigmatique ; on m'a dit qu'une Indienne l'a sauvé avec des plantes, elle l'a ramassé en plein désert ; il tenait une pépite d'or à la main, le sable était savonneux, des oiseaux de proie faisaient déjà cercle autour de son corps, le bec claquant. On l'appelle encore Pépi ; sa peau est parcheminée, il porte une chemise largement échancrée sur une poitrine où se balance une amulette équatorienne. Il ne boit que de l'eau, ses mains sont gantées à cause des brûlures au troisième degré qu'il a subies alors qu'il nageait dans une nappe de mazout en feu. Tous les autres marins le tiennent pour un navigateur qui connaîtrait des terres et des îles qui ne sont pas marquées sur les cartes. On le hait respectueusement. Le cargo *Esperanza* avait de nombreux propriétaires et les pavillons se succédaient quand les marchandises l'exigeaient. On mangeait bien à son bord et Jean-Pierre s'était retapé. La navigation posait peu de questions, la mer ne l'effrayait pas. Jean-Pierre avait tellement rêvé sur un passage de navire à contre-jour sur l'eau, sur le bondissement des dauphins, sur des houles larges et hautaines : son folklore était au point.

Mauthausen était loin ; son voyage à Linz, sa rencontre avec un Autrichien qui travaillait dans la carrière du camp : maintenant un homme âgé. Il lisait la Bible, croquait les poires vertes de son jardin, parlait avec animation de ce temps dont il ne se méfiait plus. Jean-Pierre avait suivi le pèlerinage de la Toussaint qui était parti de Paris dans la froidure et la brume. Ce fut d'abord le passage à Munich, l'arrivée à Salzbourg, le dépôt de gerbes au château d'Artheim, puis le dîner et le coucher à Traun, près de Linz. C'est là qu'il avait retrouvé Hammer Hans, cet employé qui surveillait les prisonniers dans la carrière, la taille des trous dans les blocs de granit, leur régularité, l'usure des mèches des marteaux pneumatiques ; il mesurait les morceaux découpés, les étudiait, regardait si la cassure était droite et sans bavures. « La pierre de Mauthausen n'est pas bonne, elle pourrit vite. » Il offrit du schnaps à son nouvel ami. Les souvenirs étaient ceux d'un bon artisan et d'un collaborateur modèle. « Je n'aurais pas voulu être à la place des prisonniers ; c'était eux ou moi. Je laissais tomber des fruits pour qu'ils puissent les prendre. » Il avait fait d'autres carrières, appréciant avec compétence le grain des pierres, leur solidité, ne se fiant qu'au toucher de ses mains. « Aujourd'hui, ce sont des machines américaines qui font le travail délicat. Je me souviens d'un Français, petit, si maigre, avec plein de croûtes sur les mains. On l'appelait Canari ; il mangeait son pain comme un oiseau, par minuscules bouchées ; on parlait ensemble. C'était, je crois, un écrivain. Je lui avais fait passer de la brioche confectionnée par ma sœur. J'aimerais le revoir, il avait l'amour de son métier, il échangeait de la soupe contre des poèmes. Souvent il parlait à haute voix, il récitait des vers à son compagnon, un prince polonais. Il eut tort de boire l'eau souillée d'une vieille locomotive et fut mourant. Je le revis avec plaisir. Quand même, ce sont de bons souvenirs malgré les mauvais traitements. Je surveillais les SS pour que Canari pût faire ses besoins naturels derrière un rocher. Nous étions tous logés à la même enseigne : l'aigle aux ailes carrées... »

Jean-Pierre l'avait vu s'attendrir de plus en plus. Puis ce fut la cérémonie au commando de Gusen, enfin l'entrée à Mauthausen. Je n'aime pas ces messes en plein air autour d'un autel dont la nappe claque comme une voile au vent ; le discours fut sobre ; de jeunes garçons qui nous accompagnaient avaient hâte de courir sur l'Appel-Platz, de grimper aux miradors dont les toits et l'allure générale évoquaient pour eux quelque image d'un Pékin de comics.

Je m'étais écarté de la foule et je ne sais pas ce qui se passa en moi, je retrouvais ma terre natale. Les bâtiments de brique m'émurent, les cremas comme des fours à pain, les montagnes autour de cette esplanade, ce paysage aux brusques passages de lumière à la hollandaise ; le soleil dorait les cimes, faisait étinceler la neige et l'air était si pur. Quand j'arrivai au pied de l'enceinte, je m'aperçus que je ne pourrais jamais faire sauter le tout. A peine arriverais-je à tailler une brèche dans le mur ou à faire effondrer un mirador. Une fanfare militaire jouait des airs classiques. Il commença à pleuvoir sur le camp tandis que la chaîne des Alpes bavaroises restait illuminée. Les parapluies s'ouvrirent, le vent devenait plus pinçant, tous les visages s'assombrirent. Une femme tapait des pieds pour se réchauffer. Des enfants grimpés sur les murs contemplaient ce rassemblement d'hommmes muets avec d'étranges drapeaux et des foulards rayés autour du cou. Comme un de ces villages qu'on redécouvre quand on répare un barrage émergeant d'une vallée intacte : les vergers et les moulins réapparaissent encore argentés par la vase.

...Alors ma mère m'avait tenu la main dans une de ces allées pour une promenade sans lendemain. J'avais suivi d'autres enfants fiévreux et qui parlaient une langue de moi inconnue. Des kapos les accompagnaient en riant jusqu'au lieu de leur mort. Je fermais les yeux et soudain, devant moi, un jeune garçon vêtu d'une blouse, des yeux énormes, des jambes grêles et bleuies ; il me demandait où se trouvait le revier. Et moi qui avais le même âge, je m'enfuyais. Il me faisait peur, comme le kapo qui me caressait les joues.

C'était intolérable ; cette vision précise avait dévoré la réalité et dans sa transparence c'est à peine si je distinguais un homme devant moi, immobile et amical. J'ouvris les yeux.

— Qu'est-ce que tu fais tout seul ?

— Moi ?

— C'est la première fois que tu viens ?

— Oui.

— C'est ton père qui était ici ?

— Non, moi.

L'homme resta silencieux ; il cherchait ses mots, je voyais ses lèvres remuer. Il me tendit une cigarette.

— Je n'ai plus qu'une allumette. Allume-toi.

La flamme brûla une bonne partie de la cigarette. Je ris, lui aussi.

— Dans quel block étais-tu ?

— Je ne sais pas, j'avais six ans.

— Tu es marié ?

— Non.

— Qu'est devenu le petit Robert qui avait le même âge que toi ?

— Je ne sais pas.

— Moi, j'étais à Ebensee. Tu viens prendre un verre ?

Je suivis cet homme qui avait à peine dépassé la quarantaine ; il marchait fièrement. Nous nous installâmes dans une auberge aux boiseries vernies, avec des trophées de chasse, un énorme poste de télévision décoré de plantes délicates...

Mauthausen n'a pas sauté, Mauthausen, le lieu de mon enfance, reste au bout de la montée ; à quoi servirait ma flaque de sang entre deux stèles bue par la terre cendreuse, toute piétinée par les invasions, les marchands, les kapos, mon beau Danube noir !

Je sais maintenant ce que veut dire le mot de Mauthausen. J'ai fait des recherches, je ne voulais plus qu'il soit figé, mais vivant ; d'autres l'avaient prononcé autrefois, des touristes, des paysans. Du pont des bateaux promenades, les marins montraient du doigt ces verdoyants vallonnements. Un homme a dû dire sous le charme de cette campagne lumineuse : « C'est ici que j'aimerais vivre. » Et sa femme s'est penchée vers lui en souriant et lui a murmuré : « Chaque fois que tu vois un coin qui te plaît, tu voudrais y demeurer. » Et le bateau file sur les eaux gris-bleu du fleuve vers quelque halte heureuse.

Mauthausen vient certainement du mot *muta* en vieil allemand, provenant lui-même du mot latin *muta*, qui signifiait « droits perçus à l'entrée ou à la sortie des marchandises ou des personnes ».

Ce mot était utilisé dans le sud-est de l'Allemagne et ne l'est plus, mais il figure dans tous les dictionnaires avec un h ou sans h ; à partir de ce mot, on pouvait faire toutes les composantes et c'est ainsi que l'on ajouta *haus*, c'est-à-dire maison, donc maison du douanier, *hausen*, maisons des douaniers.

Ce qui prouve que Mauthausen fut un centre important composé de plusieurs bâtiments pour la perception des taxes, un hameau s'étant formé autour de cet octroi.

J'ai consulté des dictionnaires, surtout ceux qui font autorité pour les questions de linguistique, le *Dutchwörterbuch* de Paul Herman, le *Dutchwörterbuch der Deutschen Sprache* de P.S.L. Hoffmann, éminents spécialistes.

Mauthausen, je l'ai réduit à sa forme primitive, à ses clôtures originelles ; des hommes moustachus et méfiants tournent autour des carrioles et des diligences. Moi, j'ai payé mon dû, les papiers sont en règle, je peux passer, la barrière se lève. J'apaise cette terre, ce vieux mot boueux, je l'exorcise, je le fais prononcer par un enfant, je le décrasse, je le frotte contre ma vie ; à nouveau les saisons le font verdir ou sécher.

C'est en répétant ce mot que je nie sa fatalité, la durée du supplice. Je le mélange aux autres mots, à la fumée d'une haleine, je l'évoque dans son origine, je le renvoie aux hommes. A eux d'en faire bon usage !

Mauthausen n'a pas sauté.

Grand-maman Jo m'accueille sous une véranda que des plantes dévorent, les vitres se sont brisées sous la pesée des branches ; des colonnettes de bois retiennent l'armature, d'anciennes grappes de fruits que la chaleur a fait moisir remuent et raclent les festons de fer. A toucher sa jupe, un enfant apeuré. Le tableau est trop gracieux pour que Jean-Pierre ne s'alarme pas. Et ces résilles de fleurs autour de lui...

— Eh bien, Jean-Pé ?

Elle se tient à l'écart, dans l'ombre comme une veilleuse dont la flamme tremble, elle n'approche pas, mais elle a le même sourire, la même énergie dans le regard, la même façon d'essuyer les mains sur son tablier.

— Tu reconnais Ludovic ? Ludovic, dis bonjour à Jean-Pierre.

Quel tableau de famille ! Malheureusement Ludovic est mort le jour de sa naissance ou presque. Grand-maman Jo a fait photographier ce corps mal réveillé dans un flot de tulle.

Je ne me souviens plus de la route que Georget m'a fait prendre. Un monument s'est dressé en face de nous, une sorte de haute stèle avec des noms dessus par ordre alphabétique ; des gens s'inclinaient devant un trou de bombe clôturé ; nous fîmes un détour...

— Grand-maman Jo, c'est impossible.

— Tu vois comme tu es. Fais-nous confiance un peu.

Derrière elle, j'aperçois une grande pièce ; des gens se déplacent, une porte claque, des rires... Elle a vu mon regard.

— Tes parents sont là.

Je distingue mal les visages ; ce sont plutôt des silhouettes irisées à cause d'une brume de chaleur qui s'élève des taillis, envahit la maison, trouble les éclairages qui s'étoilent et rayonnent.

— Allons, Jean-Pé, c'est le moment.

Je la vois entrer dans la maison ; le gosse suit, tête basse. On dirait qu'il a eu un accident aux jambes tant sa marche est hésitante. Je ne bouge pas. Où est Georget ? J'entends une voix crier : « Jean-Pierre ! » La fenêtre s'ouvre en grand et c'est ma mère qui apparaît, un visage que je vais pouvoir démasquer et réchauffer. Alors je cours, j'ouvre la porte et Jean-Pierre tombe dans un puits, ça n'en finit pas ; son corps heurte la pierre, il respire de plus en plus faiblement, puis de grandes ailes multicolores le frôlent, l'emportent. La maison n'est plus qu'un point de lumière dans le noir, dehors.

— Vos papiers !

Deux hommes sont devant moi ; je dois avoir un visage ahuri, ils se calment.

— Vos papiers !

La neige tombe dru, le commissariat ne doit pas être loin. Des voix d'enfants viennent jusqu'à Jean-Pierre encadré par les deux policiers qui n'ont pas l'air enchantés de leur butin. Les semelles s'enfoncent en crissant.

Avec les cristaux de neige suspendus à ses sourcils et à sa barbe, un des hommes semble transformé en un vieillard débonnaire, les poches pleines de jouets. La chute des flocons fatigue Jean-Pierre, lui tourne la tête, surtout devant la lumière des lampadaires où la retombée paraît plus violente. En passant, un gosse lui lance une poignée de neige

225

et s'enfuit en poussant un cri strident. Il a refermé une porte sur un vestibule illuminé.

— Tu es sûr qu'on t'a volé tes papiers ?

— Sûr.

— Ça va être ennuyeux pour toi et pour nous, surtout un samedi soir.

Un policier fume un petit cigare. De temps à autre, il fait marcher sa torche électrique pour éclairer un mur ou un carrefour.

— Le samedi, il y a des pochards dans tous les coins. Quand ils dorment sur la chaussée, on les écrase.

L'avenue est bien éclairée : petits jardins entourés d'une haie d'arbustes épineux ; les maisons se ressemblent, sans étage, avec des céramiques autour de la porte d'entrée et, sur les toits, des chats, des flamants, d'énormes insectes, des oiseaux. Les briques des murs sont d'un rose que la neige avive et donnent quelque chaleur au paysage qui s'évanouit dans l'épaisseur de la neige. Un chien glisse le long des jardins comme un renard qui a repéré un gibier facile, il vient flairer les jambes de Jean-Pierre, puis galope, la queue entre les jambes. Jean-Pierre aimerait rentrer dans une de ces maisons minuscules, monter un escalier de bois qui prend toute la place : éclairage incertain, tapis, console où est posé le téléphone. Il avance, tout est prêt pour sa venue. On s'est retiré pour lui laisser le temps de s'accoutumer à la nouvelle disposition des meubles. Il doit tout reconnaître, il entend le souffle d'une personne derrière une porte : c'est la fin de l'aventure. Son télégramme est à côté du téléphone, ouvert. Aucune embûche, on respecte son retour. Quelle discrétion dont la retenue l'émeut ! La porte de la cuisine est fermée, mais l'odeur de gâteau ne trompe pas, on prépare sa venue, on lui fera fête, c'est une bousculade silencieuse, chut ! chut ! il est là, rires étouffés, petits cris, un objet tombe, des exclamations étourdies, chut ! Et la salle à manger ? Elle va s'allumer tout d'un coup, le lustre s'embrasera, le couvert fera pousser une clameur d'admiration à tous les invités subitement rassemblés ; puis les cadeaux arriveront ; chaque convive trouve un paquet dissimulé sous la serviette. Les enfants en chemise viendront dire bonsoir, les yeux brillants, et traîneront autour des pâtisseries recouvertes du papier d'emballage.

— Dépêchons-nous, nous serons en retard.

Les policiers se pressent. Jean-Pierre a de la peine à les suivre, il s'essouffle, depuis hier il n'a pas mangé. La neige diminue, les flocons fondent au contact du sol, l'eau apparaît sous les semelles, forme de petites flaques. Un policier secoue son pardessus, enlève son chapeau, l'agite pour le débarrasser de la neige.

— On est tout près. N'essayez pas de vous échapper.

L'avenue s'élargit, c'est un carrefour plus mouvementé ; les voitures et les autobus vont lentement de peur de déraper. Les passants s'amusent à marcher à petits pas, exagèrent leur maladresse ; une vieille dame s'est accrochée au bras d'un policier qui la repousse ; elle reste immobile.

Le commissariat a sa lanterne éclairée au-dessus de la porte. Les policiers tapent sur la pierre des marches du bout de leurs souliers. Jean-Pierre va s'asseoir sur un banc de bois au fond du bureau dont la nudité l'incommode.

— On vous appellera.

Un employé est penché sur une machine à écrire, il relit sa page. C'est net comme un parloir d'école. Les policiers sont repartis après un long conciliabule. Le secrétaire soupire, regarde sa montre, se décide à déchirer la feuille qu'il avait posée sur le rouleau de la machine. Il se retourne vers Jean-Pierre :

— C'est le i et le r qui se coincent...

Jean-Pierre approuve, compatit. Une odeur de beurre chaud flotte dans la pièce. Le jeune secrétaire doit faire sa popote dans un coin, odeur d'herbes aromatiques, friture douce, ça sent le thym, non, le persil brûlé, l'odeur de l'oignon est plus précise, ça fricasse près du poêle. La neige ne tombe plus, le silence s'épaissit dans une chaleur odorante. Il faut dormir, Jean-Pierre, tu as assez veillé, il faut dormir. Froidure d'un rêve dans sa tête. Jean-Pierre ferme les yeux car l'éclairage brutal le blesse.

— Je peux mettre des lunettes noires ?

L'employé fait un signe de la tête. Jean-Pierre ne le comprend pas. Est-ce un oui, est-ce un non ? Il fouille dans ses poches, l'homme l'a vu.

— Restez tranquille, ça vaut mieux pour vous. Je vous ai tout de suite reconnu. Alors soyez sage.

Le secrétaire se lève pour mieux mettre un cachet sur un papier, puis il prend des enveloppes, les ferme en mouillant leur colle avec un tampon de caoutchouc.

— Avant, je le faisais avec la langue, mais je me suis coupé.

Il tasse les enveloppes, s'installe à nouveau devant sa machine.

— Ça fait deux jours que j'attends du carbone. Après, on se plaint que c'est illisible. A qui la faute ?

Le secrétaire se fâche, il essaie de calculer une nouvelle marge pour sa feuille. Le rouleau s'est bloqué.

— Ils me passent toujours des tableaux à faire comme si j'étais un professionnel. Je rends service, c'est tout.

La machine est au point, il soupire, lève les yeux vers Jean-Pierre.

— Votre femme va venir vous chercher. On l'a avertie.

— Qui ?

— Votre femme, je ne sais rien de plus ; les inspecteurs ne sont pas bavards, monsieur Ackerfor. Vous ne devriez plus partir sans laisser un mot...

Le secrétaire semble apaisé, il sourit, fredonne. Sonnerie du téléphone. Une discussion commence : « Mais oui, monsieur le commissaire, c'est lui ; non, je n'ai pas eu la possibilité de le faire ; le même, oui, comment pouvais-je le savoir ? Une photo vieille de dix ans, c'est tout ce qu'on a, oui, dans le quartier Saint-Iracin ; mais, mais, monsieur le commissaire, le dossier avait disparu... La femme est à l'hôpital, elle s'en sortira... Je fais ce que je peux, avec les moyens que j'ai. »

L'employé raccroche, furieux, allume une cigarette. Jean-Pierre se terre dans son coin. Alors, maintenant, on me prend pour n'importe qui. Je passe de main en main, je n'échappe qu'à ce que je suis vraiment. Quelle hardiesse dans mon destin ! Je suis gaspillé, mis en désordre, c'est la police qui me récupère, me présente en entier à qui veut, je suis homologué, enregistré, étiqueté, monsieur Ackerfor, pourquoi ne pas passer l'hiver dans cette personnalité, pourquoi ne pas me confondre avec ce fuyard, j'appartiens à qui m'abrite, mes limiers ont des principes, je ne dois pas dépasser les bornes de leur mémoire, je suis porteur d'un pli à remettre en main propre, mais à qui appartiennent ces mains ? Mon changement s'accomplit avec fermeté, bravo, les flics, oui, estompé, palpable ; toute parole est magique à mon égard, le moindre mot ; l'interpellation conjure mon sort...

— Voulez-vous une tasse de café ?

Le secrétaire a pris une cafetière d'émail sur le poêle, a trouvé deux verres dans un tiroir entre les gommes et les pinces, il verse le liquide brûlant. Un verre se fêle, il rit.

— On se servira du même.

Jean-Pierre boit avec avidité.

— Vous irez demain au stade, monsieur Ackerfor ?

— Non.

— C'est dommage, le match sera passionnant. Les amateurs de Saint-Iracin rencontreront les Springs. De la bagarre en perspective. Ça va nous réchauffer. Et pourtant, quelle arrière-saison ! Vous chassez, monsieur Ackerfor ?

— Je ne chasse pas.

— Depuis quand ? Vous êtes le meilleur fusil de la région.

— Je ne chasse plus.

— Je comprends. La mort de madame votre mère vous a tellement endeuillé. Excusez-moi pour ma maladresse. Au début, je ne vous avais pas reconnu. Mais mes collègues m'ont rappelé à l'ordre.

Monsieur Ackerfor, c'est moi. Marié à une femme célèbre, père, fils, enfant, victime d'un chagrin, la tête tournée par des souvenirs cuisants... Moi, Jean-Pierre, animé des meilleures intentions, rentrant fortuitement dans une famille ; je dois être plus gros que je ne suis, je dois avoir moins de cheveux que je n'en ai. J'habite dans une de ces maisons que le facteur ne reconnaît jamais, avec les bouteilles de lait à la porte dès l'aube, le journal à demi enfoncé dans la boîte à lettres, les bons voisinages, le match du dimanche, une robe de chambre grenat dont le col et les poches sont ourlés d'un cordonnet de soie, parfois amnésique à cause d'un vilain accident, assureur peut-être, le monsieur qui joue sur la mort des autres et l'utilise pour ses traites sur l'avenir, marié avec enthousiasme, tenant les cordons de la bourse, passionné pour sa voiture, lui passant tous ses caprices, l'embellissant de thermomètres, de baromètres à ventouse, de housses écossaises, de lumières tamisées, de radios, de garnitures visibles et invisibles, tatillon sur le potager, sûr de ses semences, ayant étudié avec soin l'éclairage de la maison pour ne pas fatiguer les yeux de madame, violon d'Ingres néant, aimant les chaussures sans couture, la chemise blanche qui ne rétrécit pas, les gants de daim, la petite dame du 35 dont les vitrages sont repérés, indifférent pour son enfance et ses amis de lycée, payant ses impôts le dernier jour, mais ponctuel, recevant les membres de sa famille par roulement. Et ça recommence...

Une femme est devant lui, pâle, les yeux cernés, remettant de l'ordre à sa coiffure après avoir enlevé son fichu de soie.

— Quelle émotion tu m'as donnée !

Elle a pris Jean-Pierre par la main, le guide vers la sortie ; le secrétaire ouvre la porte.

— Il n'avait pas de papiers sur lui. Peut-être les a-t-il perdus. Je vais m'en occuper. Bonne soirée, monsieur et madame Ackerfor.

Il rit, se tortille, baisse la tête un peu confus par la témérité de ses souhaits. Une voiture attend à la porte. La dame fait monter Jean-Pierre au milieu d'un attroupement. Une femme crie :

— Heureuse, hein, madame Ackerfor ?

La voiture démarre ; Jean-Pierre n'aime pas les vitres fermées de l'auto, son aspect funéraire, la hauteur de son capot.

— Je ne suis pas M. Ackerfor.

— Je sais.

— Si vous pouviez vous arrêter, je voudrais descendre.

Mais la conductrice ne ralentit pas.

— Où sommes-nous ?

— Dans la banlieue ouest.

— Comment suis-je ici ?

— Nous allons le savoir bientôt. Tenez-vous tranquille.

Jean-Pierre regardait défiler un paysage dur et glacé ; la boue giclait jusque sur le pare-brise.

— Alors, comment m'ont-ils reconnu ?

— Ils ne vous ont pas reconnu.

— Je ne comprends pas.

— Vous comprendrez.

— Vous êtes Mme Ackerfor ?

— Pour le moment, oui.

La voiture roulait à vive allure, sans baisser ses phares ; parfois, elle dérapait sur les herbes des bas-côtés, traversait des petits bourgs endormis ; des vitrines de brasseries aux vitraux multicolores laissaient passer une lumière mouchetée. Odeur de bière, de cheveux mouillés, craquement des cacahuètes entre les doigts, bruit sourd des fléchettes sur la cible, voix éméchées, gorges laiteuses, jupes, nuit interminable, mouches tombant dans le verre, Jean-Pierre se réveille un instant. Où est mon manteau ? Le pourboire, plus de cigarettes, t'as cent balles ? Fous-moi la paix avec tes accus...

— J'ai fait un grand tour pour ne pas être suivie.

— J'ai faim.

Jean-Pierre, tu es irrésistible. Qui parle ? Il ferme les yeux, revient s'asseoir dans cette brasserie chaude et fumante. Mais tout s'éteint. Nuit noire, avenues désertes, magasins, immeubles taillés à facettes, aux fenêtres enfoncées, parfois des bus vides, sonneries légères, repli des rues à peine éclairées, hangars, entrepôts avec des potences d'où pendent des câbles pris dans des poulies, grincement, moi dans l'ascenseur ouvert sur le grillage, plate-forme montant avec lenteur, caisses, moi avec du sang sur la lèvre, les gants sont tombés, chute...

— Allumez le chauffage si vous le désirez. Je vous ai fait préparer une salade avec de la crème fraîche. Et du saumon d'Ecosse ; c'est le saumon le plus romantique ; on dit qu'il apparaît surtout au clair de lune, fantastique, n'est-ce pas ? Ça doit vous plaire.

Ce fut encore long et embrouillé. Jean-Pierre s'engourdissait, une reprise au col de sa chemise blessait son cou avec le frottement.

— La première chose, c'est un bain. Les ports sentent fort sur vous.

La salle de bains prédisposait au chant, aux roucoulades tant sa sonorité était plaisante : boiseries décorées de floraisons et d'insectes aquatiques, appliques faites de tulipes

opalines, plantes que la buée rendait encore plus verdoyan-
tes, haute baignoire de porphyre aux anneaux de bronze ;
l'eau coulait de dauphins enchevêtrés, la fatigue faisait
place au plaisir. Miroirs ronds pour le visage, grande glace
orientable pour le corps, lampes habilement disposées pour
éclairer un endroit du torse en gros plan... Bref, Jean-Pierre
s'amollissait dans cette vapeur qui donnait une humidité
brillante aux surfaces. Le peignoir de bain était taillé dans
un tissu à entrelacs, il s'y enferma avec majesté. Les mules
de paille tenaient bien aux pieds. Il s'avança vers une niche
qui renfermait la brosserie, les lotions, un nécessaire pour
les mains, des eaux de bain bleutées...

On frappa à la porte ; c'était Mme Ackerfor, nuageuse à
souhait. On s'y perdait dans les plis et les replis de sa
robe d'intérieur, fendue sur le côté.

— Ça va, fiston ?

— Ça va.

Elle conduisit Jean-Pierre dans une pièce longue, basse
de plafond, à la japonaise. Fauteuils creusés dans des troncs
d'arbre, tables de laque noire, pots en grès vernissé, ro-
seaux, rizières dans le lointain peintes sur feuilles d'or,
oiseaux surpris en plein vol, pénombre de pagode, tapis de
joncs, petites terres cuites disséminées sur des étagères
retenues par des cordons de soie, plats d'écaille gaufrée sur
les murs, etc. Jean-Pierre s'étendit sur un coussin posé à
même des lattes de bois. Le thé fumait. Ce fut courtois et
silencieux à souhait. Il prit son bol, mordit dans un rouleau
de sucre d'une pâte très friable. La conversation pouvait
commencer.

— Pourquoi suis-je ici ?

— Ce serait une histoire trop longue à vous raconter.
On a besoin de vous.

— Et monsieur votre mari ?

— Je passe pour une folle dont il faut pardonner les
excès.

— Alors, il n'y a pas de monsieur Ackerfor ?

— Non.

Le saumon était onctueux sur le pain, la salade trop parfumée, mais il se rassasiait, il ne goûtait pas.

— Pourquoi ce décor ?

— J'aime ce qui est tendre et fier.

On entendit comme une légère sonnerie ; un pan de mur se déplaça, un homme apparut, puis un autre tirant une lourde valise.

— Patronne, tout est là.

— Même les petites bacchantes coptes ?

— Oui.

— Et les jades du Guatemala ?

— Oui. Les bijoux aussi, le grand pectoral d'or.

— C'est bien. Venez que je vous présente. Les frères Stick, deux joyeux fossoyeurs de l'art maya. On fait le trafic des cimetières d'Amérique du Sud. Je possède des terrains immenses, c'est plein de civilisations anciennes dedans, en sandwich. Etes-vous collectionneur, Jean-Pierre ?

Elle savait mon prénom. Et tout en retirant de la valise des objets enveloppés dans de la paille et des lambeaux d'étoffe, elle me parlait comme si nous étions de vieilles connaissances. Mon indifférence ne l'intimidait pas.

— Ce qu'il y a de bien chez les morts, c'est leur discrétion. Leurs os ont été éparpillés. Comment savoir que cet oiseau d'or fin a appartenu à une madame Dupont de l'époque ? La terre a fait son tri, nous aussi. J'ai peut-être une arrière-arrière-grand-mère à Costa-Rica qui portait ses amulettes tout en se laissant conduire en litière vers quelque amant ombrageux.

Mme Ackerfor devait avoir le rêve facile. Elle saisit dans ses mains une coupe retenue par des cornes dont les bouts représentaient une tête rieuse.

— C'est drôlement chouette. Le vernis est rose et beige. Bien sûr, c'est un faux splendide.

234

Elle lança sur le parquet la coupe qui se brisa. Il ne restait dans un tas de poussière noire qu'un minuscule étui argenté.

— Enfin, le microfilm si attendu ! Jean-Pierre, n'est-ce pas passionnant ce que vous vivez ? Du James Bond paléolithique ! De l'espionnage dans la beauté des arts archaïques ! Il fallait y penser. Ils ont même gravé notre nouveau code sur une chouette Huetar. L'archéologie au service des Services secrets ! Les dieux complices des trafiquants, les inscriptions prises en charge par les ordinateurs. Oui, les objets du culte deviennent des objets d'usage. Hein, qu'en dites-vous ?

Les frères Stick jouaient aux cartes sur une table basse d'un rouge feu. Au thé avait succédé le whisky. A l'atmosphère feutrée, l'électrophone avec des disques vigoureux ; les guitares scandaient les paroles inspirées de Mme Ackerfor.

— On ne pourra plus dire que les arts les plus précieux ne sont choisis que par des milliardaires maniaques. Dans ce pilon s'amalgament les secrets des états-majors. Mata-Hari n'est plus une Jeanne Moreau empanachée, elle est aujourd'hui cette petite momie mexicaine dont les bandelettes encore poisseuses de suc végétal fournissent les derniers renseignements sur les orbites spatiales, l'emplacement des usines thermonucléaires de Chine et les missiles à combustion antimatière. Puisque les religions ne servent plus à grand-chose, que leurs rites retransmettent au moins ce dont nous avons le plus besoin pour alimenter nos services. Je vais même vous avouer que nous avons codé la Bible. Les Béatitudes ont bien servi, elles nous ont transmis certaines formules qui valent leur pesant d'or. Voilà ce que j'ai fait sans l'aide de personne.

Mme Ackerfor buvait beaucoup, les frères Stick également, surtout le plus petit, Oswald, un peu obtus mais de première force en karaté. Cascadeur de son métier, il portait une belle barbe soyeuse qu'il caressait de la main ; on l'aurait

vu sur scène chantant du folk-song en duo avec une Sué-
doise. Jean-Pierre se laissa entraîner dans cette beuverie.
Mme Ackerfor avait ouvert une armoire de laque chinoise
incrustée de jade. A l'intérieur, un poste émetteur compliqué
et vieillot.

— C'est mon père qui l'a fabriqué pendant la guerre. Il
marche encore fort convenablement, mais le cher homme
gueulait trop ; ses colères brouillaient les émissions.

Pour le plaisir, elle appela des numéros dans un grésille-
ment ininterrompu. Mme Ackerfor s'amusait du chassé-croisé
des radios amateurs éberlués par sa faconde : le monde
entier écoutait son rire. Mais soudain la porte s'ouvrit avec
fracas, un homme très âgé se montra, furieux, la canne
menaçante.

— Que fais-tu là ?

— Rien. Je vérifiais le poste.

— Tu es en train d'ameuter tout l'univers pour rien.

Le vieillard se précipita vers l'appareil en bousculant la
pauvre Mme Ackerfor qui s'effondra sur la table de poker
des deux frères. Il ferma les battants, se mit devant comme
pour en défendre l'accès.

— Comment veux-tu qu'on nous prenne au sérieux ?
Demain, nous aurons tous nos correspondants à dos. Il
faudra se taire pendant des jours. Qui croira maintenant
au sérieux de nos émissions ? On se foutra de nos nouvelles.
Les plaisanteries pour radio-pirate feront fuir notre clientèle. Tu es folle ! Et ce blanc-bec, qui est-il ? Tu l'as ramassé
sur la route...

— Je suis allée le chercher au commissariat nord, comme
pour les autres. C'est un jeune homme convenable. On l'a
fêté, une toute petite cérémonie de bienvenue. Je devais le
compromettre pour qu'il puisse nous servir ensuite corps et
âme...

— Partons d'ici. Tu as sûrement attiré l'attention de nos
ennemis.

— Où allons-nous ?

— Aux Rouges-Pâturages.

Les frères Stick s'étaient mis au garde-à-vous en ricanant. Mais le vieillard, arrivant dans le dos de Jean-Pierre, lui fourra un mouchoir devant la bouche avec une telle promptitude qu'il ne put émettre que des cris étouffés. Puis il glissa sur le sol. Le vieillard fit signe aux frères Stick d'emporter Jean-Pierre sans mouvement. Un avion-taxi les attendait.

Ce fut un chant d'oiseau inhabituel qui réveilla Jean-Pierre, perdu dans un rêve où deux policiers lui demandaient ses papiers et le conduisaient à un poste de police ; il avait encore le froid de la neige sur les lèvres.

Il frotta ses yeux, se releva sur sa couche, inspecta la chambre dans laquelle il venait de dormir. Une drôle de pièce : mobilier de métal et de daim, table évasée comme un champignon, couleur citron, arbustes dont le feuillage était une boule d'aiguilles de cuivre à la façon d'un oursin, peaux de bête, et devant la baie, sur une estrade, une machine à coudre à pédale marque Singer. Des mobiles suspendus au plafond se balançaient au gré des courants d'air, poissons fluets se croisant et s'éloignant, emblèmes multicolores, etc.

Ce modernisme béat impressionnait Jean-Pierre qui se leva ; il tenait à peine sur ses jambes. Il ouvrit la baie qui donnait sur un paysage nu et désolé. Ce n'étaient que rochers émergeant du sable, plantes griffues dans un ciel laiteux. Malgré la forte lumière, le scintillement des pierres, Jean-Pierre éprouvait un bien-être dans tout son corps. D'une anfractuosité jaillit une bête longue dont les poils luisaient comme si elle sortait de l'eau. Sur la gauche, des ruines, une sorte de citadelle à demi rasée dont le tracé des enceintes était visible ; au milieu, une place pavée de grandes dalles et plantée de stèles. Jean-Pierre apercevait l'emplacement des maisons, rectangles ombrés séparés les uns des autres par de petits murs bas ; dans l'un d'eux, des fours en briques noircies. Enclos muré, oppidum sur lequel se desséchait une herbe courte et grise. Jean-Pierre lut sur un écriteau cloué au bout d'un pieu : *Terrains à vendre. Résidence de Muta Haus.*

Il revint vers son lit et s'aperçut qu'il était nu. Il se couvrit d'une couverture qui avait glissé sur le sol. Le tissu le meurtrissait. Mais il n'eut pas le temps de l'enlever, une jeune femme apparut, portant un plateau chargé de nourriture.

— Bonjour, monsieur. Il fait très beau. Nous aurons une belle journée.

Jean-Pierre s'approcha de la fille aux pieds nus.

— Où suis-je ?

— Aux Rouges-Pâturages, monsieur.

— Qui m'a amené ?

— Je ne sais pas, monsieur.

Jean-Pierre devenait menaçant ; il tenait son poing levé.

— Où suis-je ? A Asnières, à Bruxelles ou en Iran ?

— Vous êtes aux Rouges-Pâturages, monsieur. Je n'en sais pas plus.

La servante posa le plateau sur la table, remit de l'ordre dans les objets, recouvrit les œufs avec une serviette, disposa le couvert.

— Je veux savoir où je suis. Qu'est-ce que je fous ici ?

La jeune femme lui sourit. Elle détacha la main de Jean-Pierre qui lui serrait le poignet.

— Il ne faut pas vous mettre dans un état pareil.

— Qui es-tu, toi ?

— Mon prénom est Dora, on m'a recueillie quand j'étais enfant.

— Alors, tu ne veux rien dire ? C'est la consigne ?

— J'aimerais vous faire plaisir...

— Va-t'en !

Jean-Pierre avait faim. Il fit honneur au repas : jambon délicat, thé, brioches, fruits exotiques dont l'intérieur était fait d'une chair épaisse, tranches de pain piquetées de raisins ou de graines, œufs moelleux...

Il fut intrigué par une enveloppe dissimulée sous une serviette, il la prit ; l'enveloppe portait son nom : l'écriture de Claudie. Il l'ouvrit.

C'était une vieille quittance de loyer. D'un coup sec, il renversa le plateau sur le sol. Dora apparut de nouveau, l'air contrarié.

— Il ne faut pas vous mettre dans un état pareil.

— Tu me l'as déjà dit.

— Je vais ramasser les morceaux, vous pourriez vous blesser et les plaies, ici, guérissent mal.

A genoux, elle remet la théière sur le plateau, réunit les morceaux de porcelaine et de verre dans une serviette qu'elle ferme en nouant les coins ; ses gestes sont délicats.

— Je reviendrai, ce n'est rien.

Jean-Pierre aperçut un téléphone auprès de son lit, sur une étagère. Il décrocha.

— Allô ! Oui, allô !

Une voix de femme lui répondit :

— Je vous écoute.

— Je voudrais Etoile 82.95, à Paris.

Il y eut un rire, puis un brouhaha : on discutait ferme. La voix reprit, encore plus gentille, mais ferme :

— Paris est en dérangement. Circuits occupés.

Jean-Pierre était furieux ; il se dirigea vers la salle de bains dont les reflets glauques l'émerveillèrent : c'était une lumière vert pâle, parfois orangée, comme si la source lumineuse changeait de place. Quand il approcha des deux marches qui conduisaient à une piscine ronde, l'eau se mit à couler. Le bain fut agréable, parfumé. Mme Ackerfor faisait bien les choses, surtout dans le sanitaire ; elle ne devait pas aimer les odeurs nauséabondes, exigeant que son entourage fût bien rincé : un homme qui sort du bain est plus malléable, la garce ! Jean-Pierre ne quitta le bain qu'après un temps assez long, et soudain un mur disparut pour laisser place à une baie immense. C'était le même paysage que celui de sa chambre, mais plus ombré : palmiers nains, rocailles, mouvements onduleux, au loin on aurait dit la tranchée d'un fleuve, espace liquide et doré qui se perdait dans une brume. Sur le côté, une bâtisse blanche agrémentée de ferrures à l'espagnole, d'anneaux comme ceux qui servaient autrefois pour attacher les chevaux ; des barrières à claire-voie suivaient un tracé de route qui s'amincissait devant un tourniquet ne laissant le passage qu'à une personne à la fois. Cela rappelait ces systèmes de chicanes employés par les fermiers pour contrarier la libre circulation de leur bétail et l'amener à un enclos. Un grand écriteau portait en lettres gothiques : *Douane, chiens méchants.*

Jean-Pierre s'habilla avec soin : linge neuf, pantalon de toile écrue, sandalettes de cuir rouge. Pour la première fois, on frappa à la porte ; c'était encore Dora, courbée en deux.

— On vous attend, monsieur.

— Quel est le nom de cet endroit ?

— Rouges-Pâturages.

— Je te demande le nom du pays. Il est marqué sur la carte, oui ou non ?

— Je ne l'ai jamais demandé, monsieur.

— Comment s'appelle ce fleuve, là-bas ?

— Il n'y a pas de fleuve, monsieur.

— Fous le camp !

Jean-Pierre sortit de sa chambre après le retrait de Dora.

Il suivit un large couloir dont un côté s'ouvrait sur le même paysage par des arcades azuréennes. Il poussa une porte qui donnait sur une cour entourée de végétations exubérantes. Un ruisseau coulait au milieu dans un lit de céramique. Des chaises longues un peu partout. A droite, un monticule où l'herbe poussait, des taillis de plantes épineuses et argentées, un vrai jardin de roches. Il s'approcha de cet endroit qui l'attirait par sa fixité et dont l'air suave et pénétrant l'amollit. Quand il fut au centre de ces arbres vernissés, de ces plantes, de cette floraison immobile, presque carnassière, il entendit comme un chuchotis. On parlait autour de lui et pourtant il ne voyait personne. Alors il appela :

— Madame Ackerfor, s'il vous plaît !

La rumeur se tut. La voix enrouée de son hôtesse lui répondit :

— Je suis là, mon petit Jean-Pierre.

— Où m'avez-vous amené ?

— Aux Rouges-Pâturages.

Il releva la tête. Mme Ackerfor était accoudée à une balustrade, un verre à la main.

— Nous allons manger. Car le soir tombe vite et j'aurais peur de vous voir affolé par la nuit, car la nuit est effrayante. On n'y peut rien. C'est le seul inconvénient du patelin.

Mme Ackerfor le conduisit dans une pièce encore plus grande où était servi un repas à l'orientale. On s'asseyait sur une multitude de coussins ; tout autour, de hautes verrières derrière lesquelles on apercevait ce même paysage si fin et si délié qu'il ne faisait aucune impression sensible au regard. Les frères Stick l'accueillirent avec de grandes tapes dans le dos ; ils portaient des djellabas dont ils caressaient la soie avec ravissement.

— Jean-Pierre, voici grand-papa Jo. C'est à lui que nous devons d'être heureux.

Le vieillard immobile paraissait courroucé.

— On ne m'écoute pas. Tout ce que je dis, c'est lettre morte. J'ai pourtant donné des ordres, ils sont formels. *Nul ne peut être en dehors de mon affection.*

Mme Ackerfor poussa du coude Jean-Pierre tout en lui murmurant :

— Il parle comme ça, lui seul se comprend.

Le vieillard n'avait pas fait attention à cet aparté.

Il poursuivit sa harangue :

— C'est simple, pourtant. Je vous ai fait un vrai paradis. Je n'ai pas mesuré mes efforts, ni mon argent. Tout ce que vous pouvez imaginer, je vous l'ai donné. Ici, c'est devenu une tente arabe ou un motel. Car vous, ma fille, il a fallu que vous ajoutiez votre grain de sel à cette demeure des délices, vous aviez des idées sur l'arrangement, sur les usages établis... Et les deux zigotos Stick se sont disputés ignoblement pour les charmes d'une servante. Eux qui étaient mes anges gardiens ! Vous avez tout le reste du monde pour ça. Qui est venu me saluer, ce matin ? De quelle manière traitez-vous votre père à tous ? Je vous punirai. Je vous livre à mes vieillards.

A cet instant, de vieilles gens apparurent : elles cernaient la salle, s'avançaient en frappant de leur canne le sol sonore, un bras en avant comme pour repérer les obstacles. Elles gémissaient, épelaient des prénoms : Jeanne, Adrien, Gérôme, Sophie, Marc, Marie... Vêtues de houppelandes qui leur descendaient jusqu'aux chevilles, elles encerclaient la table, leurs mains renversant les coupes et les assiettes, la verrerie et la décoration des plats, tâtonnant, trébuchant, se retenant aux nappes, elles nommaient sans fin, mais personne ne répondait à leur appel.

Mme Ackerfor avait fui comme par enchantement, les frères Stick faisaient front à ce lent envahissement, à cette marée qui parfois demeurait quelques moments au repos, puis reprenait encore plus forte. Grand-papa Jo continuait à crier sa colère et son dégoût.

— Un par un, vous êtes tous partis, toi et toi et toi et toi et tous les autres. Et les pères sont ici, sans enfants, abandonnés. Qui est l'enfant de qui ?

D'autres vieillards arrivaient, accompagnés de femmes aussi âgées et dans le même costume ; on les reconnaissait à leur chevelure qui retombait dans le dos comme celle d'Eves dérisoires. La litanie des noms se poursuivait.

Une femme s'avança en courant, quand elle entendit hurler :

— Sophie !

— C'est moi, Sophie, je suis ici. Qui m'appelle ?

Une autre femme courait vers la première.

— Non, c'est moi, Sophie, c'est moi.

Ce n'était plus qu'un vacarme assourdissant.

— Me voici, Rébecca. Est-ce toi, Isaac ?

Un Appel-Platz délirant, pensait Jean-Pierre acculé à un pilier.

Des centaines de silhouettes tournaient autour de la pièce en psalmodiant : « Nous sommes toujours avertis trop tard. » Ballet fragile et titubant : la danse des ancêtres avait commencé. Père et fils, mère et fille se confondaient dans les mêmes mouvements brefs et saccadés, avec les mêmes chevelures blanches, la même maigreur, les mêmes tremblements. Jean-Pierre contemplait avec effroi cette Babel sénile. Qui retrouver dans ce désordre ? Où est grand-maman Jo et mon père et ma mère ? Qui m'a perdu ?

Et la nuit vint par un éclaircissement du ciel et du paysage qui se diluèrent dans les plis et les replis de cette masse ténébreuse... Tout s'obscurcissait ; ce n'était plus qu'un piétinement ponctué de plaintes. Des ombres tombaient par terre, happées par cette houle vivante, bousculées, écrasées. D'énormes rafales de vent et de pluie soufflèrent sur les verrières ; les vitres éclataient et les éclats retombaient sur les visages.

— Jean-Pierre ! Où es-tu, Jean-Pierre ? Réponds-moi !

Jean-Pierre cherchait d'où venait cette voix dont il reconnaissait les inflexions. Grand-maman Jo était perdue dans cette foule. L'eau entrait par trombes, un éclair coupa en deux la foule qui s'écarta de cette fissure aveuglante. Sur le sol trempé, parmi des débris de nourriture, des souliers, des lunettes, des cannes, des dents en or, gisait Dora la servante, paisible. Et la discussion reprit, âpre et passionnée. Les vieillards, tout en s'invectivant, se battaient entre eux ; des houppelandes jaillissaient un bras trop blême, une poitrine décharnée, une jambe en sang. Chacun hurlait :

— C'est mon enfant, rendez-moi mon enfant !

Mais qui pouvait approcher du corps de Dora, une main broyée par un candélabre ? Une femme en robe de mariée jaunie, encore alerte, l'avait saisie par le pied, essayait de l'emporter avec elle. Mais un groupe encore plus décrépit s'était interposé, agrippait le vêtement de Dora, le déchirait.

— C'est ma fille, je vous dis que c'est ma fille ! C'est moi qui l'ai nourrie de mon propre lait...

Le corps est tiraillé par des mains avides, un corps ruisselant d'une eau rougie et grasse, les cheveux plaqués contre le visage dont on ne distingue plus que la bouche grande ouverte.

Des vieilles ne le lâchent pas malgré la pression haineuse de nouvelles aïeules en folie ; l'une d'elles crie :

— Voyez, elle a rendu son âme, elle a rendu l'âme !

Mais personne n'écoute ; on charge la morte, on la décharge, elle passe de main en main, elle retombe entre les jambes, on la perd, elle est retrouvée plus loin, disloquée, dans un bourbier rouge.

La neige se mit à tomber d'une manière imprévue et cette blancheur qui s'abattait avec autant de légèreté sur ces êtres qui se châtiaient les uns les autres apporta le calme ; les voix se turent, les hurlements, les vieillards s'immobilisaient, le visage tourné vers les flocons qui se retenaient à leur barbe, à leurs sourcils, à leur vêtement en lambeaux. La vieillesse du ciel s'écroulait sur eux, la neige de leur neige, et l'ensevelissement se faisait si doux, si tendre sur cette mêlée maintenant désunie. Ils s'asseyaient, puis s'allongeaient, ne luttant plus, l'œil à nu, lèvres avalées, mains mortes, empreintes d'ombres ensevelies dans les couches de la neige.

Le soir prenait une transparence vitreuse et la lune comme une poterie blanche émergeait du rouge foncé de l'horizon. Pause givrée, repos dans le gel évangélique, glaçure d'une paix familière à la mort. Les racines s'enfonçaient à nouveau dans la terre et Jean-Pierre comprit qu'il n'y avait plus rien à faire avec cette ascendance immobile et jalouse.

Alors il ferma les yeux, non pour cesser d'exister dans cet étourdissement solennel des anciens, mais pour s'étonner de sa jeunesse dont il n'avait d'abord connu que la fin.

Le sommeil viendrait vivant et coutumier.

9

Le secrétaire fit mettre debout Jean-Pierre ; il n'était plus seul dans le commissariat. A côté de lui s'était assis un couple très jeune. Le garçon avait le torse penché en avant et laissait pendre ses mains entre les cuisses ; la jeune fille enlevait à son œil droit des faux cils qui la faisaient pleurer.

Jean-Pierre était aveuglé par la lampe dirigée contre lui ; le policier fumait un bout de cigare en cillant des yeux à cause de l'épaisse fumée.

— Tes papiers !

— Encore ? On me les a volés.

— Ton nom !

— Jean-Pierre Reize.

— Nationalité !

— Français.

— Age !

— Je vais avoir trente ans.

— L'âge exact.

— 6 juin 1938.

— Où ?

— A Paris.

— Pourquoi hésites-tu ?

Jean-Pierre n'aime pas qu'on le tutoie ; cet homme furieux de travailler un samedi soir se venge. Il tape, se trompe, enlève sa feuille, la met en boule, recommence.

— On ne peut pas travailler avec une saleté pareille.

Le secrétaire se lève, va ouvrir un placard, prend une rame de papier.

— J'écoute.

— Je n'ai rien à dire. Je ne faisais rien de mal.

— Et ces plaintes ? Regarde !

Il avait pris un dossier, le feuilleta.

— Ecoute. « Ce locataire a ouvert la fenêtre vers midi. Il était dans un état qui nous fit peur à mon mari et à moi. Il montrait le poing aux passants, criant en français des jurons, puis dans une langue étrangère qui ressemblait à du polonais. Il a commencé à se déshabiller. Il jetait ses affaires dans la rue. Quand il eut le torse nu, il se montra au public qui s'était rassemblé. Et voici ce qu'il disait (je ne peux me rappeler les termes exacts tant les phrases étaient incohérentes et hurlées): « Je vous mettrai tous dans des camps avec Sa Majesté Schlague Ier, je vous vous ferai adorer ma sainte crasse et vénérer mes chiottes, vous partagerez la niche des chiens et vous ferez vos pique-niques dans une carrière de granit, vous vous marierez dans le bordel et l'on vous pendra à la ceinture de chasteté de miss Déportée. Tout le monde à poil, le jour de la Désinfection est arrivé... » Et ce n'est pas tout. Tu as essayé de te tuer au gaz. La concierge est juste arrivée à temps pour fermer les robinets. Et ce n'est pas tout. Tu dormais dans les escaliers et tu faisais venir des clochards pour faire ripaille sur les marches. Au petit matin, c'était plein de boîtes de conserves, de morceaux, de bouteilles brisées...

Le secrétaire s'était tu. Il regardait fixement Jean-Pierre, son visage embrouillé, avec des griffures noires, les cheveux sous un bonnet de laine, tremblant, une épaule plus haute que l'autre, vêtu d'un imperméable dont la pellicule de caoutchouc retombait en petits lambeaux. Il n'y avait que les souliers presque neufs, montants, d'un cuir brun et huilé.

— Tu t'es vu dans une glace ?

Jean-Pierre avait envie de retourner à ses rêveries ; ce petit roquet l'importunait, il avait besoin de répit. Revenir à son chenil, s'assoupir, attendre le jour en faisant brûler un petit fagot de bois entre deux briques, y poser sa casserole noircie, attendre que les pommes de terre mollissent dans l'eau bouillante, surveiller leur cuisson en les piquant de la pointe de son couteau tandis qu'autour de lui les gens vont et viennent, être dehors pour toujours, marmonner, fumer, faire peur, habiter ce qui est inhabitable, *poser pour l'éternité...*

— Alors, qu'as-tu à répondre ?

Jean-Pierre se retourne vers le jeune couple qui lui sourit dans le fond de la pièce.

— Tu te fous de moi ?

En soupirant, Jean-Pierre tire de la doublure de son veston des papiers qu'il tend à l'employé.

— Tu avais des cachettes, ordure !

Le flic se penche sur ce carnet retenu par un élastique et l'ouvre avec précaution. Une carte d'identité, une quittance de loyer, un billet aller-retour pour Salzbourg périmé, une photo sur laquelle un visage a été griffonné rageusement. Jean-Pierre est revenu à sa place. Le couple lui avait fait de la place sur la banquette.

— Comment vous appelez-vous ?

— Moi ? Murielle.

— Et vous ?

— Christian.

— Moi, je m'appelle Jean-Pierre. C'est sérieux, pour vous ?

— On a manifesté. Et toi ?

— Ce serait trop long à vous expliquer.

Le garçon tendit une cigarette à Jean-Pierre. Ils fumaient tous les trois en silence.

— Mon père a téléphoné à la police. Il est rassuré.

Murielle faisait un brin de toilette, remettait de l'ordre dans son habillement, boutonnait son manteau dont une des poches extérieures pendait ; elle avait perdu son sac dans la bataille.

Le jeune homme avait saigné du nez ; un filet brun suivait la commissure des lèvres.

Il passa son peigne à la jeune femme qui se recoiffa ; les cheveux revenaient dans leurs plis, retombaient en pente soyeuse autour du cou.

— On s'esquinte toutes ses affaires dans les manifestations de ce genre.

— Vous manifestiez pour quoi ?

— Le Vietnam.

Il fallait bien parler, entretenir la conversation, et Jean-Pierre retrouvait l'usage de la parole, s'appliquant à finir ses phrases, s'intéressant à ce couple sûr de ses actes. Murielle et Christian avaient le sang chaud et les soirées sont longues en décembre : la nuit est propice pour les défilés.

— On a chipé les drapeaux américains, on les a piétinés, on a jeté des citrons et des pots de peinture sur les officiels. Le pardessus d'un ambassadeur était dégueulasse.

Ils riaient. Jean-Pierre approuvait. Il y a deux ans, il aurait été au milieu de la manifestation avec un photographe. Un papier pittoresque à écrire :

« La colère monte chez les étudiants. J'ai pu parler à un blessé qui était soutenu par ses camarades. Il portait une large coupure au front et le sang ruisselait sur sa figure. Il essayait de l'écarter avec son mouchoir. Il a murmuré, à demi aveugle : « C'est dur, mais le moral est bon. » Il m'a montré un morceau d'étamine d'un drapeau étoilé qu'il avait gardé comme une relique. Je suivis un groupe qui s'était brusquement reformé sur les marches de l'église. Il recommençait à scander des mots dont je n'arrivais pas à saisir le sens. L'un d'eux récupéra une pancarte dont le manche avait été sectionné, il la portait sur sa poitrine. Tous les visages s'étaient tournés vers lui. L'heure venait où la colère les durcissait, le sang avait coulé, il témoignait de l'ampleur de la lutte. Un homme âgé vint vers le groupe ; je crus que c'était un commissaire en civil, mais je fus vite détrompé par sa fureur toute paternelle : « Je te dis de rentrer à la maison, tu vas attraper un mauvais coup et demain tu as tes examens, ta mère est aux cent coups. » L'adolescent est gêné par cette intrusion familiale ; il chuchote à son père quelques mots que je n'entends pas, son front s'est rembruni, il serre les dents. Des policiers chargent tandis que la troupe arrive par camions entiers. Le père est renversé, son chapeau roule sur le pavé couvert de tracts que le vent fait voler ; on dirait un vol d'oiseaux qui n'arrive pas à décoller du sol. L'atmosphère change, les flics en ont assez. Les manifestants grelottent sous la pluie. Des coups de sifflet, une voix crie par haut-parleur : « Dispersez-vous ! » Coups de feu, fuite, éparpillement des protestataires. Un camion a allumé un projecteur qu'il promène sur la foule courant en tous sens. « Couchez-vous ! » me crie un garçon en pull rouge. Je suis environné d'une fumée épaisse et piquante. Je me relève, on m'entraîne. Des hommes casqués avancent en rangs serrés, la mitraillette pointée sur nous. Au fond de la place, le premier étage d'un hôtel particulier s'allume, les fenêtres s'ouvrent, on vient sur le balcon pour enlever un faisceau de drapeaux à demi arrachés. Une petite vieille est prise dans les remous, elle tire son chien par la laisse, il aboie. La place se vide, les manifestants s'engouffrent dans les rues avoisinantes. Pendant quelques minutes, c'est le désert sur l'esplanade. Les policiers refluent vers les camions et les voitures-radios, s'agglutinent autour. Mais débouche d'une avenue à droite un nouveau groupe qui marche tout en discutant. Les policiers courent vers lui, le cernent. Et soudain la place se remplit de monde, tout recommence comme avant. Deux jeunes gens mettent le feu à des drapeaux retombant des lampadaires, ils brûlent mal. Des sifflets, un chant très scandé est repris par la foule. Une masse d'hommes se tenant par le bras s'avance, certainement des politiciens, des membres des syndicats ; ils poussent devant eux une voiture à bras dans laquelle est étendu un corps ; les policiers hésitent, reculent devant cette marche régulière et calme. C'est de nouveau le silence, le choc des talons sur le macadam, une sorte de froissement comme celui d'un feuillage au passage d'une bête. Déjà un homme a été tué. Je n'avais pas remarqué que j'avais du sang sur ma manche, j'ai dû me frotter à des combattants blessés. Quelle heure est-il ? Les magasins ont fermé depuis longtemps leurs rideaux et leurs grilles. Les cafés ont retiré leurs tables et leurs chaises, verrouillé leurs portes vitrées ; on aperçoit des ombres derrière qui consomment et regardent avec crainte. C'est certainement la fin de la manifestation ; la pluie devient plus drue, elle mouille en profondeur, un homme en chemise va se réfugier sous les arcades, tout près de la lumière clignotante d'une balance automatique. Les policiers se couvrent de longues pèlerines tandis que les étudiants, sous l'effet persistant de l'averse, ralentissent leurs mouvements, se cherchent, puis vont s'abriter sous les tentes des magasins environnants. La pluie prend de la force, les rafales grossissent, une ambulance passe au ralenti, vient stopper devant une porte cochère. De l'ombre sortent deux hommes qui soutiennent une femme. Des infirmiers la posent sur une civière, mettent une couverture sur elle et la chargent par l'arrière de l'ambulance. La voiture repart dans un long hurlement de sirène. »

Brusquement une voix crie. Jean-Pierre lève la tête. Le secrétaire de police est debout devant le comptoir en bois qui le sépare du reste de la pièce réservé au public.

— Vous entendez ce que je vous dis ? Vous êtes libres

tous les trois. Foutez le camp et n'y revenez plus ! Vous avez de la chance que ce soit samedi.

Jean-Pierre va rechercher ses papiers, il a le feu aux joues. Devant la porte, Murielle et Christian l'attendent. Jean-Pierre relève le col de son imperméable, le froid est vif, la neige ne tombe plus, le paysage s'est durci dans un étincellement blanc.

— Tu viens avec nous, Jean-Pierre ? Un bon bain te fera du bien.

Encore les salles de bains, le miroitement des glaces et des carreaux, les odeurs, le moelleux, les chaudes étoffes, le thé fumant... Il se tourne vers Christian :

— Je suis journaliste.

— Pourquoi ne l'as-tu pas dit ? C'est à la manif que tu t'es mis dans cet état ?

Jean-Pierre ne répond pas, il suit le couple qui descend les marches. Murielle rit. Et Christian saute à pieds joints dans la neige.

— Dis donc, c'est dur comme du caillou.

— Christian, on va prendre des skis. La pente est bonne dans l'avenue des tilleuls. Dépêchons-nous, ça caille.

Jean-Pierre marche derrière, il s'essouffle vite, mais il les rejoint ; ça fait un halo de fumée autour des visages. Murielle met sur sa tête un foulard qu'elle a retiré d'une poche. Jean-Pierre détend ses lèvres, il ouvre les paupières en grand, ses yeux s'allument. Christian le vise avec une boule de neige prise sur un capot de voiture, il la fait sauter dans ses mains tout en la pétrissant. Jean-Pierre essaie d'esquiver le projectile, glisse sur le sol, le visage ahuri.

Une fenêtre s'est allumée au troisième étage d'un immeuble ; une femme dont les cheveux blancs forment une auréole brillante autour du front contemple ce trio titubant et hilare, referme le rideau.

Ce volume a été tiré sur bouffant Edition
des papeteries de Condat
et achevé d'imprimer le 6 décembre 1967
sur les presses de l'imprimerie Sévin
à Doullens.
Cette première édition comporte
mille huit cents exemplaires
numérotés de 1 à 1 800
et cinq hors commerce
numérotés de H.C. 1 à H.C. 5

Exemplaire n°   5 8 5

D. L. 1er TR. 1968. N° 2 087 (2 001)